# 乔伊斯·卡罗尔·欧茨新世纪小说的叙事伦理研究

刘晓燕 著

WUHAN UNIVERSITY PRESS
武汉大学出版社

**图书在版编目(CIP)数据**

乔伊斯·卡罗尔·欧茨新世纪小说的叙事伦理研究 / 刘晓燕著 .
武汉 : 武汉大学出版社,2025.8. -- ISBN 978-7-307-24794-9

Ⅰ. I712.074

中国国家版本馆 CIP 数据核字第 20249BR306 号

责任编辑:李晶晶　　　责任校对:汪欣怡　　　版式设计:马　佳

出版发行: **武汉大学出版社** 　（430072　武昌　珞珈山）

　　　　　（电子邮箱: cbs22@ whu.edu.cn　网址: www.wdp.com.cn)

印刷:武汉邮科印务有限公司

开本:720×1000　1/16　印张:11.25　字数:160 千字　　插页:1

版次:2025 年 8 月第 1 版　　2025 年 8 月第 1 次印刷

ISBN 978-7-307-24794-9　　定价:59.00 元

# 序　言

美国作家乔伊斯·卡罗尔·欧茨一直以来对于叙事的功能探究都怀有高度的热情，其外表看似柔弱，却拥有十分浓厚的社会责任感。从创作初期开始，欧茨就试图通过她的作品为社会的进步与发展，特别是为现代人的心理困境、伦理困境和生存困境寻求可能的解决方法。她从不满足于作品的审美意味或者艺术成就，而是将作品的社会功能提升到与作品的审美意蕴相同的高度。进入新世纪，欧茨虽然已过花甲之年，但是她对于文学社会功能的思考不但没有任何减缓，反而愈加向着具体的实践领域进军。换言之，欧茨不再满足于展现那些现实困境，或者从内心来思考这些困境，而是进一步提出解决方法。这便是她在新世纪作品中逐步展现，并且发展成为一种拥有明确的叙事框架和共同伦理目标的叙事伦理方法。从某种程度上说，这是欧茨创作观成熟的表现，她从人类困境的展示，到心理方法的探索，再到叙事方法的获得，完成了探索意义生产方法的后期发展轨迹，从而为她的作家生涯增添了浓墨重彩的一笔。

叙事伦理在欧茨的小说中展示了多重实现路径——不仅包括人物自我叙事、他者叙事和社会叙事的多种叙事建构过程，还包括人物通过叙事的中介作用，从内在和外在世界的解释与重组中获得身份认同、伦理交流和存在超越的伦理意义。具体而言，人物的自我叙事是人物自我身份的重要来源，表现为记忆叙事的建构性、叙事来源的多样性，以及叙事同一性与自我的确定性、可能性和同一性的密切关联。人物他者叙事的生成具有转变自我伦理观念、解决自身伦理困境以及进行伦理交流的重要意义。人物的社会叙事与个体叙事的辩证关系体现为个人通过叙事方式实现种族平

1

等、越界生存和社会公正等社会叙事的改写。欧茨作为一个敏锐的社会观察者，她看到了社会生活中叙事作为伦理的功能和力量，并将叙事所蕴含的无限可能编织于她的每一个故事当中，从而形成独特的实现人物自我身份建构、伦理交流和社会生存的叙事伦理方法。

法国哲学家保罗·利科创造性地建立了伦理、叙事与主体自我之间的叙事伦理关系，以及伦理目标概念的三个构件——个人、人际和社会三要素之间连贯性。这为欧茨小说人物的叙事伦理研究提供了理论基础和结构框架，为人物叙事与伦理目的之间建立了有机联系。与此同时，后经典叙事学——特别是叙事伦理——中有关叙事的语境功能和意义生产功能方面的研究为欧茨小说中人物叙事的细节描写提供了分析依据。总之，本研究结合叙事学、哲学、伦理学的相关研究，将其统一在叙事伦理这一理论框架下，展示了欧茨新世纪小说人物研究的叙事伦理方法，为叙事伦理的发展提供了新的研究方向。

具体而言，本书在研究利科叙事伦理思想的基础上，从欧茨小说中人物自我叙事的身份认同出发，继而研究人物他者叙事的伦理交流维度，最后回到对于社会叙事的传承与超越的讨论。此外，本书在层层递进的论述框架中详尽地分析了叙事与自我、他人和社会之间的伦理关系，从而试图揭示欧茨小说中人物叙事伦理的深层意义。

本书包含三个章节。第一章从欧茨小说人物的自我叙事出发来研究自我身份认同的伦理过程。自我叙事首先面临的是自我概念的记忆叙事，而记忆自身的叙事性为自我概念的确立增加了变动的谱系。一方面，自我概念来自记忆叙事的建构；另一方面，自我概念又形塑记忆叙事的内容。欧茨在小说《我的妹妹，我的爱》中展现了记忆叙事，特别是创伤记忆的叙事重组为自我概念的生成提供了可能的确证，而明确的自我概念又会成为自我身份认同的内部基础。此外，自我叙事具有多元的叙事来源。其不仅包含意愿叙事的内容，还包括非意愿叙事的内容，意愿叙事与非意愿叙事共同构成了自我叙事的基本内容。欧茨在小说《我带你去那儿》中对于自我叙事的能动性和叙事行为本身的重视与强调，以及主体对于不同叙事可能的尝试，表明了自我叙事的不同可能代表主体身份的各种可能性。与此同时，自我叙事还需要处理自我的相同性与自身性之间的间隔。自我的内部并不是一个单一的层面，而是由多个方面相互交织的统一体，包括自身性和相同性的内容。叙事同一性使自我的同一性中内在的矛盾和冲突得到了完美的解决。小说《泥女人》充分展现了叙事同一性的实现与自我同一性伦理目标达成之间的一致性关系。欧茨的自我叙事既是对自我中心主义的反驳，也是对身份建构外在论提出的又一反证，自我叙事将自我作为一个变动的、可塑的和能动的主体，具有建构和重组自我身份的各种可能，从而实现自我概念的确定性、身份认同的能动性和自我的同一性等伦理目标。

第二章从他者叙事的角度研究叙事在自我与他者之间所发挥的伦理交流作用。叙事是人类存在和交流的一种表达方式。叙事的过程实际上是一种关系确立的过程，主要涉及伦理关系。自我与他者之间的伦理关系既是叙事建构的前提假设，也是叙事建构的限定条件和建构结果。根据利科的"作为他者的自身"理论，自我的他者叙事是实现自我身份认同，以及与他者伦理交流的可能方式。欧茨小说中他者的呈现是缺失的、多面的和相异的，这就决定了他者叙事的生成性、多元性和双重性特点。具体而言，小说《妈妈走了》中女儿对于妈妈的他者叙事过程反映了他者叙事对于主体产生的伦理价值，即他者叙事的内容和生成他者叙事的过程本身，都具有让女儿尼基转变对母亲的伦理认识、开启自身全新伦理生活的伦理意义。小说《中年》中多面他者亚当·伯兰特的突然离去，让这个弥漫着中年气氛社区里的所有人都开始分别从自身的视角构建属于自己的亚当叙事。虽然不同的人构建了不同的亚当叙事，但他们共同发现了亚当所代表的爱、善、美的伦理维度。更重要的是，他们从亚当那里获得了自我生活的伦理启示，并将这种伦理启示通过叙事的形式进行无限传递。欧茨小说《纹身女孩》中的犹太作家西格尔和女助手阿尔玛在他们相互交织的叙事世界里，逐渐改变着对方的伦理世界，也就是说，小说反映了他们通过叙事由相互的不解与仇恨，转变为相互的爱恋与依赖的伦理交流过程。因而，欧茨在她的小说中强调了自我如何通过他者叙事的建构与生成实现自我伦理的转变、传递与交流等意义生产过程。

第三章从社会叙事的视角来研究个体叙事与社会叙事之间的辩证关系。社会叙事构成了个体生存的社会语境，往往以公众的意识形态、民族文化和权力话语的形式出现。然而，欧茨在其作品中将个体叙事作为一种反抗社会强权叙事的重要伦理方法。换言之，叙事既是权力的工具，同时也是弱者最好的反抗方式。欧茨在小说《黑女孩，白女孩》中将黑人女孩的个体叙事作为反抗种族主义的叙事方法，从而为种族主义叙事的改写提供了可能。民族文化叙事是民族凝聚与融合的最好方式，也是民族之间产生隔阂的重要缘由。欧茨在小说《掘墓人的女儿》中揭露了美国犹太移民双重叙事的矛盾，提出了越界生存背后所隐藏的叙事伦理困境。欧茨在小说《大瀑布》中揭示社会是一个各种权力叙事交融在一起的集合，社会中的个体为寻求公正、维系生存，不得不采取各种个体叙事的形式来反抗强权叙事的束缚。总之，欧茨将个体叙事与强权叙事并置，既指出反抗强权叙事的个体叙事的伦理价值，又指出其具有超越时间的伦理传承意义。

叙事伦理研究进一步揭开了欧茨小说创作的内在机制，既展示了欧茨通过人物叙事构建的一个个具有意义生产功能的伦理世界，又发现了欧茨解决现代人伦理困境的叙事方法，即由自我叙事实现身份建构、由他者叙事实现伦理交流，以及由社会叙事实现存在超越，从而进一步总结出欧茨通过人物叙事的方式表达她对于人类生存、人性本质以及人类追寻伦理意义的严肃思考，让我们看到了欧茨作为小说家的精湛技艺与独具匠心。总之，本书通过对欧茨新世纪小说进行叙事伦理研究，深入探讨和阐释了欧茨关于现代人通过叙事方法生产伦理意义的文学书写。

# 目　　录

# 导　论

美国著名女作家乔伊斯·卡罗尔·欧茨(Joyce Carol Oates，1938—)几乎成为高产和"高效的代名词"①。2004年《卫报》发文称，"几乎所有对欧茨作品进行综述的文章，都要以一长串她的作品开头"(Edemariam，"The New Monroe Doctrine")。在20世纪70年代发表的一篇文章中，欧茨颇具讽刺意味地对她的评论家说道："太多书了！太多了！很明显我在写作生涯中获得了累累硕果，有着太多的头衔，但是我一直在长时间地努力工作，随着时间的推移，我创作的比我预期的要多得多，当然也超出了文学界一个严肃作家的限度。但是我还有更多的故事要讲，还会有更多的小说"(G. Johnson，*The Journal* 331)。花甲之年的欧茨丝毫没有放慢创作的速度和消减创作的热情。这一时期的作品体现了她更为成熟的创作思想和精湛的写作技巧。

欧茨在赢得褒扬的同时，也不免招来了质疑之声。批评者对她过多的暴力描写、多变的女性主义立场，以及多样的写作风格都颇有微辞。尽管如此，这无法减缓她创作的速度，她仍然以每年一本小说的速度向世人证明她的能力与才华。与此同时，《纽约时报》图书销量排行榜上欧茨作品的位置，以及众多文学奖项对于她的青睐，充分证明了她是一位广受大众欢迎和学界认可的美国当代女作家。

自1967年发表第一本小说《北门边》以来，欧茨以一部又一部高质量

---

① *The New York Times* wrote in 1989 that "Oates's name is synonymous with productivity". 参见："The More They Write, The More They Write." *The New York Times*. (1989-07-30).

的作品挑战着评论界对其研究的速度与深度。为了揭开这样一位拥有巴尔扎克般雄心壮志的女作家创作的神秘面纱，评论界也逐步深化和革新研究的理论方法。然而欧茨创作主题的扩展、叙事方法的更新和内容的丰富程度仍让众多研究者望尘莫及。尽管如此，学者从各种视角，以不同理论方法展开的研究仍然为欧茨小说的阐释和理解提供了新思路和新方法。20世纪，围绕欧茨展开的研究以主题分析、心理分析和女性主义等传统批评方法为主。这一时期，格雷格·约翰逊(Greg Johnson)的《隐身作家》(*Invisible Writer*, 1998)作为到目前为止出版的唯一一部欧茨传记，对于研究欧茨来说具有里程碑式的意义。

新世纪以后，欧茨的创作进入了成熟期，相关的研究也随之具有新的态势。主要表现在以下几个方面：

首先，欧茨新世纪的作品，由于其主题内容、创作手法以及作家本人的宣传等受到了不同程度的关注。其中《金发女郎》(*Blonde*, 2000)是欧茨新世纪的第一本小说，也是其新世纪最受关注的一部小说。而时间稍晚于《金发女郎》的《中年》(*Middle Age*, 2001)，评论界对它的研究热情也丝毫没有减弱。乔希亚·科恩(Joshua Cohen)认为，欧茨采用了最有说服力的语言展示了人生是经历一个又一个阶段的过程，这与小说中人物的情感从震惊，到难以置信，再到创伤，最后停留在希望与重生的阶段相同。海勒·麦卡尔平(Heller McAlpin)认为，欧茨展示了纽约郊区富人的中年危机。不过对这部小说的研究虽多，但并没有突破以往对欧茨研究方法的固有限制。

《我带你去那儿》(*I'll Take You There*, 2002)是欧茨在多次访谈中提到的半自传体小说，因而对它的研究也相对较多。雷切尔·柯林斯(Rachel Collins)认为，欧茨在这部小说中重复了她一直以来对于纽约北部生活的迷恋，以及对19—20岁女孩的同情，因而毫无新意。吉·玛吉(Gee Maggie)认为，整部小说都围绕着看与被看之间的关系展开。具体而言，被看意味着失去权力，而看则可以逃离被动状态。维姬·哈钦斯(Vicky Hutchings)认为，这部小说既不消极也不无趣，而是充满了尖刻的笔触和敏锐的智慧，证明了欧茨这位多产作家惊人的才能。丹纳·西曼(Donna Seaman)认为，欧茨将人类的体验推向了正常的边缘，与此同时，疯狂和神话的浪潮蜂拥而至。总之，这部欧茨堪称为自传的小说，引起了学界的广泛关注。

有关《纹身女孩》(The Tattooed Girl, 2003) 的研究比起对其他作品的研究相对不足。罗谢尔·拉特纳(Rochelle Ratner) 和安·彭斯(Ann Burns) 认为，欧茨这部小说通过戏剧性的冲突将误解和愚蠢转变为我们极少发现的生活领悟。乔希亚·科恩(Joshua Cohen) 认为，欧茨塑造了两个典型性人物——一个是因受迫害而堕落的白人女孩，一个是犹太知识分子老男人，并让他们建立一种亲密且最后发展得令人惊奇的关系——这似乎是欧茨在多部小说，如《浮生如梦》《漂亮小姐》中所采用的叙事内容。乔安妮·威尔金森(Joanne Wilkinson) 认为，小说中男女主人公的转变表明了欧茨试图创造一个狂热的梦境来实现改变人性本质的信念。可以说，这部小说因其主题隐晦，评论界对它的反应有些不冷不热。

《大瀑布》(The Falls, 2004) 是一部可以从多重视角来解读的小说，因而在数量上，对其的研究与《金发女郎》不相上下。乔舒亚·科恩(Joshua Cohen) 认为，欧茨在这部小说中又回到了《我们是玛尔万尼一家》中家庭被外部事件所摧毁的主题，并指出欧茨将瀑布作为强大影响的隐喻，戏剧化地展现了我们的生活如何被不可控因素所改变的事实。艾伦·夏皮罗(Ellen Shapiro) 认为，欧茨这位以哥特风格著称的作家，在这部小说里一如既往地展示了美国社会的阴暗面，同时也融入了令人惊奇的细节描写。乔安妮·威尔金森(Joanne Wilkinson) 认为，这部充满激情和令人着迷的小说充分展现了欧茨独特的主题：秘密的破坏性、屈从于欲望和脆弱情感的怪异女人，以及人类情感与自然世界之间互动的神秘方式。因此，这部小说中的多种主题为评论者以多重视角对其进行解读提供了可能。

《妈妈走了》(Missing Mom, 2005) 根据欧茨对于逝去母亲的回忆创作而成，但有关这部作品的研究略显不足。苏珊娜·威尔斯(Susanne Wells) 认为，欧茨作为美国最好的作家之一，在这部小说中并没有延续她一贯对美国社会的大视角书写，而是再现了亲密的家庭关系。索菲·拉特克利夫(Sohpie Ratcliffe) 认为，欧茨通过展现女性身份的女性物品、女性身体和女性生活的细节描写，表明了美好、财富和重要性恰恰在于那些看起来很渺小的事物。克里斯蒂娜·科宁（Christina Koning）认为，欧茨塑造母亲这个人物的唯一缺憾就在于其太过友好的个人品质，这也成为作者在创作时的一个挑战，即有时完美如圣人的人物会不真实。由此可见，学界在肯定该作品的同时，也客观指出了其不足之处。

《黑女孩，白女孩》（*Black Girl/White Girl*，2006）这部小说由于篇幅较短，其研究价值没有得到评论界的足够重视。史密斯·斯塔尔（Smith Starr）认为，这部小说中对人与人之间交流失败后心理阴郁且充满悬疑的描写，让更多的读者能够对社会伦理状况进行深思。丹纳·西曼（Donna Seaman）认为，欧茨擅长将人物个性和社会心理融入小说紧凑的叙事层次，这赤裸裸地暴露了美国人心理上存在的关键悖论。乔伊斯·凯塞尔（Joyce Kessel）认为，欧茨这部小说中充满了重复，并给人一种越了解越迷惑的感觉。总之，对于这部小说的研究出现了伦理研究和修辞研究等欧茨研究的新视角。

《掘墓人的女儿》（*The Gravedigger's Daughter*，2007）因其展现的成长主题和犹太主题而备受关注。嘉莉·陶希（Carrie Tuhy）认为，这部小说和《泥女人》都塑造了坚强的女性形象，再现了欧茨的成长背景。乔舒亚·科恩（Cohen Joshua）认为，欧茨的这部小说再现了她早期作品中有关虐待、反犹太主义、功能失调的家庭生活和女性独立的主题，反映了美国战后的社会状况。维克·鲍顿（Vick Boughton）认为，欧茨的人物描写形象生动并且具有多面性，小说出人意料的结尾令人感动且充满了希望。总体来说，有关这部小说的研究主要围绕女性主义和反犹太主义等主题展开。

《我的妹妹，我的爱》（*My Sister, My Love*，2008）这部小说是评论界关注的焦点。斯瑞伍帕·查特基（Srirupa Chatterjee）认为，欧茨在这部小说中呈现了有关女性被商业化控制的事实，揭露了美国光鲜商业背后的恐怖真相，也揭示了小说如何挑战迫使女性屈从于"不真实美丽标准"的消费主义神话。珍妮特·米利金安（Janet Melikian）认为，这部小说采用第一人称叙事，对此，读者需注意作者精心编织的谎言与阴谋之网。此外，叙述者使用的脚注既显示了青少年的内心迷茫，又显示了其中所隐含的富有价值的洞见。因而，这部小说并不是一本快速读物，其中蕴含了对社会和人类追求的深刻反思。乔舒亚·科恩（Joshua Cohen）认为，欧茨在这部小说中创造了一种既哀怨又幽默，但是也不乏同情的叙事声音，从而产生了戏剧性和引人入胜的效果。可以说，对这部小说的研究突破了以往研究的模式，将焦点转向副文本和叙事视角等。

《泥女人》（Mudwoman，2012）发表的时间较晚，因而对其的研究也相较少。帕特里夏·麦克奎尔（Patricia McGuire）认为，欧茨这部小说以学院为背景，讲述了一个儿童被虐待并留下可怕心理创伤的故事。哈根·W. M.（Hagen W. M.）认为，小说将郊区农民、小镇中产阶级和知识分子这三个社会阶层联系起来，反映了人与世界、他人和自身的冲突。丹纳·西曼（Danna Seaman）认为，欧茨准确而生动地再现了人们对过去的依恋、对地点的难以忘怀，以及从内外困境中复原的韧性。由此可见，对这部小说的研究突破了小说的表层意义，尝试发掘其深层内涵。

虽然近年来评论界开始关注欧茨新世纪创作的作品，但是现有研究只是针对其单部或者几部作品进行分析，尚未对其新世纪以来的作品进行阶段性梳理与整体观照，缺乏对欧茨新世纪作品的创作特征的发掘与探讨。

其次，采用新理论、新方法对欧茨的作品进行深入的解读。新世纪欧茨研究在方法论上呈现出明显的跨学科转向。最突出的是，女性主义研究试图结合各种跨学科方法，以此来解读欧茨小说中女性主义的丰富内涵。尽管如此，新世纪以来对于欧茨的研究仍然围绕其女性主义主题，或者心理描写和暴力主题等展开，无法突破。事实上，欧茨一直在小说创作中尝试各种不同的写作手法和叙事主题。随着新世纪的叙事伦理转向，其已经将叙事伦理作为一种主题性的内容写进小说，但这一重要的创作转向很少被评论家发掘。目前对欧茨进行伦理研究的文章屈指可数，其中，斯瑞伍帕·查特基（Srirupa Chtterjee）的《〈掘墓人的女儿〉与玛莎·努斯鲍姆的发展伦理》（"Joyce Carol Oates's *The Gravedigger's Daughter* and Martha Nussbaum's Development Ethics"，2009）是唯一具有明确伦理视角的研究。

查特基认为，小说中所展现的美国移民生存状况与发展学家玛莎·努斯鲍姆理论中能力缺失的状况相同，这是对欧茨过于夸张和商业化处理暴力与贫穷这一观点的驳斥，并且印证了欧茨对美国穷人和暴力社会强有力的书写绝不是一种夸张或者发泄的构想。而其他研究，如帕米拉·斯迈利（Pamela Smiley）的《乱伦，罗马天主教和乔伊斯·卡罗尔·欧茨》（"Incest, Roman Catholicism, and Joyce Carol Oates"）和安东尼·兹阿斯（Anthony Zias）的《未知欲望的重复：分析欧茨小说〈早晨的儿子〉中的创伤主题》（"The Repetition of Unrecognized Desire: An Analysis of the Traumtized Subject in Joyce Carol Oates's *Son of the Morning*"），虽然文章标题并未直接使用"伦理"一词，但间接地涉及了伦理相关的内容。

　　最后，有关欧茨其人其作的综述性著作不断增加，如李·米拉佐（Lee Milazzo）的《乔伊斯·卡罗尔·欧茨谈话录》（*Conversations with Joyce Carol Oates*, 1989）、格雷格·约翰逊（Greg Johnson）的《乔伊斯·卡罗尔·欧茨：1970—2006 年访谈录》（*Joyce Carol Oates: Coversations*, 1970—2006, 2006）和《欧茨日记（1973—1982）》（*The Journal of Joyce Carol Oates*, 1973—1982, 2007）。除了对欧茨本人的综合性研究，也有对其作品的概括性分析，如加文·克罗根-布鲁克林（Gavin Cologne-Brookes）的《冷眼看美国：论欧茨的小说》（*Dark Eyes on America: The Novels of Joyce Carol Oates*, 2005）和莫妮卡·罗布（Monica Loeb）的《文学的婚姻》（*Literary Marriages*, 2001）。由此可见，对于欧茨其人其作的综述成为这一时期欧茨评论的一个重要发展趋势，但是大多数研究仍然着眼于其新世纪之前的作品，对其新世纪之后的作品很少提及，而将新世纪之后的作品进行阶段性总结的评论更是少之又少。

　　过去 40 年，国外欧茨研究逐步从宏观概览走向细致和深入。随着欧茨的创作进入了新世纪，虽然出现了对其新世纪作品进行研究的文章和专著，但是还没有对其新世纪作品进行总结、概括与分析的研究，即缺乏对欧茨新世纪创作的阶段性特征的研究。研究者对其作品的研究方法不断更新：一方面，传统的女性主义和心理分析等方法与其他方法进行大胆的结合；另一方面，新的研究视角也为欧茨研究提供了新的可能，但是仍然存在研究模式固化的问题。

国内欧茨研究始于20世纪80年代，1980年《乔伊斯·卡罗尔·欧茨的崛起》一文开启了国内欧茨研究的历程，但在这之后近20年时间内有关欧茨的研究寥寥无几。直到2001年之后，大量有关欧茨的评论文章开始出现。国内学者大多采用女性主义视角对欧茨作品进行分析。除此之外的其他视角主要有以下几个方面：伦理分析、艺术观、创作观、意象分析、空间分析、叙事分析等。但这些研究存在一些大同小异的重复性内容。其中从伦理视角进行的研究主要包括生态伦理、女性主义伦理观、伦理身份、文学伦理学、伦理主题研究等，如李莉的《友谊、爱情和自我三部曲——乔伊斯·卡罗尔·欧茨的学院小说〈我带你去那儿〉的伦理思想》、金铭的《〈妈妈走了〉中的女性主义关怀伦理实践——欧茨对女性主义发展方向的思考》、高颖娜的《敬畏自然、敬畏生命——欧茨小说〈大瀑布〉的生态伦理解读》及朱莉的《囚徒、玩偶、自我——评〈掘墓人的女儿〉中的伦理身份的演变》等。虽然目前从伦理视角进行欧茨研究的文章有十几篇，但是相较于国内欧茨研究的总量来说，所占比重相对不足。与此同时，所用方法多局限于生态伦理和伦理主题相关的研究，研究对象也多以欧茨的单部作品为主，对于欧茨的总体伦理观仍未涉及。因此，对于欧茨阶段性伦理特征的研究仍然是国内欧茨研究有待发掘的重要领域。

国内有关欧茨作品研究的博士论文主要有以下几篇：王弋璇的《暴力与冲突——乔伊斯·卡罗尔·欧茨小说中的空间性》、胡小冬的《从暴力到宽容：欧茨的超越观》、单雪梅的《从乔伊斯·卡洛尔·欧茨的小说看其女性主义意识的演进》、刘玉红的《论乔伊斯·卡罗尔·欧茨的哥特现实主义小说》、王晓丹的《乔伊斯·卡罗尔·欧茨近期小说中的身份建构》、王静的《乔伊斯·卡罗尔·欧茨的悲剧小说研究》等。其中从伦理角度对欧茨作品进行研究的博士论文包括杨建玫的《超越人类中心主义的樊篱——欧茨小说中的生态伦理思想研究》和许晶的《对他者之爱——乔伊斯·卡罗尔·欧茨小说中暴力背后的伦理关怀》。前者从生态伦理的角度出发，研究了欧茨生态伦理思想的内容、发展阶段和所反映的现实主义特征，这是对欧茨生态伦理研究的一次全面总结。后者从欧茨的艺术伦理观出发，试图发现其暴力描写背后所隐藏的对他者之爱的伦理关怀。虽然许晶的研究将暴力分析与伦理主题分析相结合，但她的视角仍然与国内目前其他欧茨伦理研究基本相似，没有对欧茨伦理研究提出突破性的观点。因此，目前国内有关欧茨研究的博士论文，其主题仍是国内学者普遍关注的女性、暴力和心理等话题，虽然结合了空间、生态等新理论，但是仍未突破国内欧茨研究的已有领域。随着国内伦理学和小说语境研究的发展，最近几年的欧茨研究开始关注伦理问题和人物的身份问题，但是这些伦理研究仍未对欧茨创作的阶段性特征进行深入挖掘。总之，国内有关欧茨研究的博士论文与其他的期刊研究情况基本一致，难以突破固化的研究模式。

综上所述，国内外欧茨研究成果虽数量多，但相较欧茨每年发表一部新小说的速度来说，对其作品的研究力度仍需加大。国外欧茨研究历时较长，主要从 20 世纪 70 年代开始，成果分布的时间也较为均匀。而国内欧茨研究主要从新世纪才开始，随着大量欧茨作品被译成中文，国内学者开始关注欧茨。总体来看，对欧茨作品的研究主要从女性主义、暴力主题、哥特小说和心理分析等方面展开，研究的对象也多为其早期作品或获奖的作品。鉴于国内外欧茨研究的现状，本研究以欧茨 2001—2012 年发表的 9 部小说为研究对象，试图发现其新世纪小说创作的总体概况和阶段性特征。研究方法上，本研究与以往对其作品进行叙事分析不同，将叙事作为小说的主题进行分析，而非聚焦小说的写作技巧。即使在叙事研究领域，叙事也一直被作为一种研究方法来看待，极少被当成一种叙事内容来研究。实际上，伴随着现代社会的叙事转向，叙事已经融入了生活的方方面面。也就是说，在这样一个泛叙事的时代，叙事的无处不在正逐步反映在社会生活中。而欧茨作为一位善于观察社会现实的作家，敏锐地观察到了这一现象并将其写入她的作品当中。然而，评论界对这一现象却一直长期忽视。因此，本研究不仅尝试发现欧茨将叙事作为解决人物伦理困境的重要方法，而且尝试发掘欧茨如何处理人物叙事与伦理主题的互指关系的方法。

事实上，一直以来欧茨对于叙事功能的探究都怀有高度的热情，欧茨这样一位外表看起来有些许柔弱的女作家，却拥有让人无法想象的极强的社会责任感。她试图通过她的作品为社会的进步与发展，特别是现代人的心理困境、伦理困境和生存困境寻求可能的解决方法。她从不满足于作品的审美意味或者艺术成就，而是要将作品的社会功能提升到与作品的审美意蕴相同的高度。换言之，欧茨对于作家社会责任感的思考伴随着她创作生涯的始终。她在早期创作中通过展现社会底层人民的疾苦生活来表达对社会现实的控诉与不满，并将暴力作为人物解决困境的方式。尽管欧茨并不推崇和赞赏这种方式，但她认为这是底层人民的一种无奈之举，除了暴力反抗之外，他们无从选择。也就是说，与其说欧茨在展现暴力，不如说她在展现一种更大的现实悲剧，以及作家自身对于社会现实的深度思考。后来，欧茨的创作进入心理现实主义时期，她开始从人物的内部发掘解决现实生存困境的办法，也就是通过人物内心的挣扎与困惑来展现社会现实的残酷与无情。

进入新世纪，虽然已过花甲之年，但是欧茨对于文学社会功能的思考不但没有任何减缓，反而愈加向着具体的实践领域进军。也就是说，欧茨不再满足于展现那些现实困境，或者从内心来思考这些困境，而是要提出更进一步的解决方法。这就是在她新世纪的作品中逐步展现，并且发展出的一种具有明确叙事框架和共同伦理目标的叙事伦理方法。从某种程度上说，这是欧茨创作观成熟的表现。从人类困境的展示，到方法的探索，再到方法的获得，欧茨完成了她创作历程的一个完美发展轨迹，为她的作家生涯画上了浓墨重彩的一笔。从文学的社会功能或者作家的社会责任意识的角度来说，欧茨已经走出了展现社会现实的自然主义阶段和展示内心冲突的心理现实主义阶段，走向了方式方法的探究层次。诚然，现代人所处的社会文化语境，需要一种可以得以解释和解脱的方法来协助他们走出那些无处不在而又如影随形的各种困境，从而获得生命的意义与存在的价值。因此，正是顺应着社会潮流，欧茨在她的作品中展现出了解决现代人伦理困境的叙事方法。

此外，欧茨对于匠人精神的追求，也是她对叙事意义进行思考的又一重要表现。欧茨认为作家应该如同匠人一样，对作品进行精雕细琢。尽管评论界有人称欧茨写得过多过快，但是她 2013 年出版的小说《诅咒》是她在 1983 年获得灵感、1984 年结束初稿的创作。这期间她经历了反复的思考与重写。事实上，不止这部小说，她的其他小说也是经过反复的斟酌和改写才付梓出版。欧茨曾向她的学生提到过，现在面世的小说只是她创作成果的一半而已。因此，欧茨的勤奋与执着是对文学匠人精神的最好诠释。正如她曾表示，作家就如同帮助士卒过河的桥，让士卒过去才是作家存在的使命（菲利普斯，124）。欧茨将作家自比工具，可见其对于叙事功能追求的执着与坚定。

从某种意义上说，欧茨如此多产的目的是建构一个她自己的叙事意义世界。正如她多次声称的那样，要像巴尔扎克一样将整个世界都放在她的书中。这是目前少有作家能做到的创举，但是欧茨并不满足于此，她有着更高的追求，即对解决现实困境方法的探索。可以说，欧茨多样的主题以及丰富的创作方式都是她为解决人类生存困境探索叙事方法的重要实践，这种雄心是其他作家难以企及的。然而，欧茨也因此备受争议，但是不得不说，欧茨离她宏大构想的完成已经越来越近。

总之，欧茨的小说是一种叙事功能的现代寓言书写。欧茨曾在访谈中表明她在小说《金发女郎》中通过虚构玛丽莲·梦露的故事，来创造一个现代寓言，正如小说题目中暗示的那样，这可能是所有金发女郎的故事，而不具体指某个人。欧茨的小说无论是改编作品还是创作新作品都展现了对现代人困境的某种影射。换言之，欧茨力图将所有人类的困境都反映在她的作品中，并从中理出可能的解决之道，这是她现代寓言的真正意指。正如欧茨一直梦想要创作像《尤利西斯》一样融"自然主义"与"象征主义"于一体的作品一样，她想以现代寓言的方式，将现实与超现实进行充分的联结，从而让作品的叙事与读者的现实生活通过寓意建立起一种功能性的联系。因此，欧茨曾总结其作品的社会功用，认为即使作家不在世了，但是他们的作品中所蕴藏的能量仍能得到无限的释放，而这个能量就是对生活意义的不断发现。

## 一、后经典叙事学与叙事伦理研究现状

叙事学研究从经典走向后经典后，更加注重叙事语境和不同学科的交叉结合。社会叙事学作为后经典叙事的一个重要分支，是一种综合了多门学科的跨学科研究。它在经典叙事学形式研究的基础上，结合语篇分析、语用学和社会语言学等研究，将故事置于语言、认知和语境因素当中进行功能分析。

戴卫·赫尔曼（David Herman）可以说是叙事跨学科研究的倡导者、实践者和集大成者，也是文学"社会叙事学"研究方法的提出者。他指出叙事学发生了重要的功能转向，也就是从对文本和形式的强调转为对文本和功能的强调（赫尔曼 8）。换言之，叙事的功能分析成为包含文本内部与外部、结构分析与语境分析的综合形式。因此，赫尔曼在《社会叙事学：分析自然语言叙事的新方法》一文中指出，社会叙事学主要研究讲故事的行为如何在特定语境里发挥话语策略功能，叙事的社会交际功能成为社会叙事学研究的理论基础。

从根本上说，赫尔曼认为社会叙事学的出现顺应了叙事学的研究应走出文学的限制、走向社会文化生活的必然趋势，即叙事学的研究正走入我们日常生活的方方面面，包括我们每天习以为常的谈话当中。在社会叙事学研究中，故事的研究应在叙事的交际语境中进行，而不应通过预测或者想象来推断，也就说是，交际语境中的叙事研究可能会发现新的叙事属性（赫尔曼 149）。社会叙事学研究就是把叙事过程本身所产生的交流功能作为研究对象，而不是对传统意义上的叙事结果进行分析，这就从研究对象上转变了研究的根本属性。因此，社会叙事学在叙事交流模式或者叙事功能方面的研究，为后经典叙事学其他分支的研究奠定了重要的理论基础。

事实上，在后经典叙事研究之前，20世纪七八十年代的历史学研究就发生了叙事的功能转向。海登·怀特（Hayden White）在《元史学》

(*Metahistory*，1973)一书中就开始用叙事方法来重新审视历史的真实性问题。此后，海登·怀特进一步提出了"历史叙事=文学叙事=虚构叙事"的等式，这表明历史与文学叙事一样都是虚构叙事，都是为了某种目的而实施的叙事活动，反之亦然。这种发现很快影响到其他的社会领域，如法律和医学领域都开始用叙事来解释和解决具体的实践问题(越毅衡 323)。可以说，这些历史学和社会领域的叙事功能研究为后经典叙事学的叙事功能研究奠定了实践基础。

在后经典叙事的众多分支当中，女性主义叙事学对于叙事生产功能的强调与社会叙事学的功能研究具有一致性。女性主义叙事学与以往的女性主义批评不同，强调的是叙事行为本身所带有的性别特征或者产生的有关性别的叙事交流。例如，罗宾·沃霍尔在《歉疚的追求：女性主义叙事学对文化研究的贡献》一文中，将焦点从作者、人物以及叙述者的性别转移到故事如何对读者的性别结构产生影响。事实上，沃霍尔的研究既不是评价文本，也不是阐释文本，而是提出了一种关于文本如何通过形式再度生产性别的理论(沃霍尔 245)。因而可以认为，沃霍尔的研究模式就是对叙事施为功能的强调，叙事不再只是作为一种分析工具，而是成为一种再度生产的工具，它可以再度生产文本之外的性别和文化身份等。因此，女性主义叙事学研究实际上是叙事功能研究的重要形式之一。

后经典叙事学的另一个重要分支——修辞叙事学对于叙事行为本身目的性的研究为叙事功能研究提供了理论依据。詹姆斯·费伦在《作为修辞的叙事》一文中并不把故事看作一种文本，而是看作一种行动，并强调了叙事产生的目的性，也就是叙事的施为功能 (Phelan, "Narrative as Rhetoric" 8)。正如费伦所说："……叙事是弱者最好的武器和最好的防护手段。" (Phelan, "Narrative as Rhetoric" 13) 事实上，不只是弱者需要叙事，叙事同样也是强者最好的权力工具：当叙事与权力联系在一起时，会产生更为强大的力量和影响。例如，费伦在研究中发现，小说中人物所讲的故事不仅能够改变我们的观念和情感，而且能够形塑我们的道德观(Phelan, "Narrative as Rhetoric" 14)。可以说，费伦的修辞交流研究让我们反思叙事作为一种行为的功能，即其为伦理关系的建立提供依据。尽管如此，费伦的修辞叙事研究主要关注作者与读者的交流互动，强调读者接受的历史文化语境、读者的伦理价值观和意识形态取向等语境性因素，这与叙事伦理对文本内部社会语境中叙事功能的强调有所不同。

与修辞叙事学认为叙事具有功能相似，认知叙事学认为叙事是一种"认知工具"（cognitive instrument）。换言之，故事作为一种有力的思维工具，在很多语境下可以用来组织和解决问题。尽管如此，认知叙事学研究主要局限于主体的内部语境性研究，与叙事伦理的社会功能性研究有所区别。

综上所述，后经典叙事学研究几乎都包含了对叙事功能的研究。从某种程度上说，后经典叙事学就是对叙事功能的各种可能性的发现，只是切入的角度不同而已。其中费伦的修辞叙事正朝着修辞伦理的方向发展，这表明伦理功能的研究将成为后经典叙事学研究未来发展的一个重要方向。

在后经典叙事学强调叙事功能研究的同时，叙事伦理研究也逐步成为一门显学。西方叙事伦理研究最早由韦恩·布思提出，他在《小说修辞学》（*The Rhetoric of Fiction*，1961）的最后一章"非个人化叙述的道德问题"中就提到了叙事学与伦理学批评相结合的必然趋势，接着在《我们结交的伙伴：小说的伦理学》（*The Company We Keep*：*An Ethics of Fiction*，1988）中进一步指出叙事伦理问题是叙事研究的重要组成部分。与此同时，哲学家玛莎·诺斯鲍姆（Martha Nussbaum）在《爱的知识》（*Love's Knowledge*：*Essys on Philosophy and Literture*，1990）中强调了虚构叙事对于伦理研究所具有的独特意义，这是对布思研究的一种哲学回应。实际上，早在20世纪60年代，文学理论家弗兰克·克默德（Frank Kermode）在《结尾的意义：虚构理论研究》（*The Sense of an Ending*：*Studies in the Theory of Fiction*，1968）中就已经指出了虚构叙事制造伦理意义的各种可能，只是他的研究中未出现伦理与叙事的字样，因而被众多叙事伦理研究所忽视。对于叙事伦理研究最具有推动作用的是《叙事伦理》（*Narrative Ethics*，1997）一书的出版。该书作者是叙事学家亚当·纽顿（Adam Newton）。他在书中对叙事伦理理论进行了全面的梳理。从某种程度上说，纽顿将叙事伦理研究从小说的外部转到了小说的内部，开拓了伦理批评的形式分析领域，从而为后来詹姆斯·费伦等人的叙事伦理分析奠定了理论基础。

与纽顿叙事伦理的形式研究思路正好相反，国内从事哲学研究的刘小枫在《沉重的肉身——现代性伦理的叙事纬语》(1999)中将研究的重点放在了伦理上，而不是形式上。刘小枫通过个体叙事伦理研究强调了叙事的道德实践力量，"自由的叙事伦理学更激发个人的伦理感觉，它讲的都是绝然个人的生命故事，……一个人经历过这种语言事件以后，伦理感觉就会完全不同了"(刘小枫 9)。换言之，刘小枫强调了个体叙事作为伦理困境的解决方法所具有的伦理改变力。继刘小枫研究之后，国内出现了大量的相关研究，包括张文红的专著《伦理叙事与叙事伦理：90 年代小说的文本实践》(2006)、谢有顺的博士论文《中国小说叙事伦理的现代转向》(2010)、伍茂国的专著《从叙事走向伦理——叙事伦理理论与实践》(2013)，以及曲春景、耿占春合著的《叙事与价值》(2005)和聂珍钊、邹建军主编的《文学伦理学：文学研究方法新探讨》(2006)等。这些研究共同构成了国内叙事伦理研究的理论体系。

叙事伦理从某种意义上说是叙事学与伦理学的交叉研究，但这种交叉不同于以往叙事中伦理主题的研究，而是强调叙事行为本身的伦理维度，包括产生叙事的伦理目的、叙事的伦理结果，以及叙事建构过程中的伦理效果，特别是叙事自身的建构意义或者叙事对于事件或者内容的重组所产生的伦理意义。在文学中，叙事伦理研究是将人物的叙事行为本身作为研究对象，并将其置于文本世界的语境中发现其伦理维度。也就是说，叙事伦理的研究将人物的叙事行为与伦理功能的各种研究相结合，从而发现人物叙事行为本身的伦理维度。换言之，叙事在叙事伦理的研究中已经超出了叙事内容的限制，指向了叙述者本身。正如罗兰·巴特所说，叙事如同可以交换的商品，既可以进行身体的交换，也可以进行意义的交换。值得注意的是，叙事兼生产和产品、商品和交易、风险和风险的承担者于一身(巴特 124)。由此，巴特强调了叙事对于生产者的本质功能，即叙事者在生产叙事的过程中，同样生产着自身的叙事意义。尽管如此，目前国外这方面的研究主要是在叙事理论框架下进行的文本内部分析，虽然随着后经典叙事学的到来，加入了历史文化等语境性分析，但仍然无法摆脱叙事形式的束缚。而国内学者的叙事伦理研究则主要从外部的伦理语境出发，过于强调伦理，而忽视叙事内容。总体来说，国内外学者虽然研究的视角不同，强调的内容不同，但是他们都发现了叙事与伦理之间不可分割的联结关系。因此，国内外叙事伦理研究殊途同归，叙事伦理研究具有广阔的前景。

综上所述，后经典叙事研究发生的叙事伦理转向表明了叙事所具有的本体性和基础性特征。正如费伦所说："对故事讲述本身及其本质与力量的研究是目前叙事研究的重要内容。"（Phelan，"Narratives in Contest" 166）与此同时，里蒙-凯南也认为："叙事的概念受到了社会学研究中建构主义理论的影响，叙事成为一种感知、组织和建构意义的认知方式。"（Rimmon-Kenan 151）。换言之，里蒙-凯南进一步印证了叙事作为一种社会功能或者阐释方式的本质属性，这也就表明了叙事与伦理产生普遍联系的解释学基础。从某种程度上说，法国哲学家保罗·利科的叙事伦理思想弥合了目前国内外叙事伦理研究中分别强调叙事和伦理的鸿沟。

二、保罗·利科的叙事伦理研究与欧茨新世纪小说的叙事伦理研究

保罗·利科的哲学思想被视为欧洲哲学和美国分析哲学的桥梁："现代哲学两个大趋势在保罗·利科的著作中相遇并且合并成了具有原创性的综合体系：行动哲学和语言哲学。"（Kemp 32）特别是利科"在伦理方面独特而有力的观点"（Wall，Schweiker，and Hall 1），使其成为现代哲学体系中一位重要的思想家。从某种程度上说，"利科的批评阐释伦理学对伦理生活进行了界定，也就是以实践为导向，在传统和群体中形成，并对多元性和他者性做出回应，最终建立在人类阐释、对话和想象等作为伦理中介的人类能力基础之上"（Wall，Schweiker and Hall 3）。可以认为，利科的伦理

哲学是一种对话或者综合性哲学。利科伦理学对叙事与伦理的对话性的强调开创了当代伦理学的新领域。与此同时，"……利科最主要的成就在于展示了道德生活……它的任务就是解释自我。他坚持认为如果这样的自我不存在，或者如果他不与群体和传统的主张相联系，那么道德生活也就不会相互地和创造性地产生作用"（Wall 61）。利科创造性地建立了伦理、叙事与主体自我之间的叙事伦理关系，这构成了他所有哲学思想的内在结构。对于利科在叙事伦理方面的重要成就，约翰·威尔认为："……的确存在这样一个体系，它为我们呈现了一个超越目前善恶观的独特见解、重新思考伦理的自我观，以及更好地把握伦理生活普遍存在的对话性和创造性维度"（同上）。利科通过叙事的方法对人类存在的意义的追寻，使其伦理学具有了超越一般伦理判断的本质属性。然而，不得不说，虽然利科的伦理思想比起其解释学和叙事学思想显得没有那么完整而系统，但他的伦理思想隐藏于他所有的思想背后，甚至是他所有思想的本质体现。因此，叙事伦理思想构成了利科哲学思想的基础。

利科伦理思想的出发点在于对作为"开放作品"的人类行为的界定。换言之，人类行为如同一部叙事文本，是一部需要从多重角度进行理解、重构和阐发的具有开放意义的叙事作品，"是一种'悬置'起来的意义"（利科，*Time and Narrative* 171）。换言之，正是由于人类行为"'打开了'一个新的指称，并从其中接受了新的相关性，所以人类行为同样也等待着确定意义的新解释。以此方式，一切有意义的事件及行为，通过当前的实践而向这种实践解释开放。人类行为也向任何一个可阅读的人开放"（利科，*Time and Narrative* 171）。由此，利科指出了人类行为与叙事文本在解释向度上的本质相似性，那么行为的意义也就成了和读者进行对话的基础，而这个读者可能是其他人，也可能就是行为者自己。如果这个读者是行为者自己，那么他在自身行为意义的创造、评价和再创造之间就建立了一个伦理循环。因此，"当我们面对'文本的世界'，当我们把自己置于存在的可能性中，置于生活和存在的方式之中的时候，一个既定的叙事就呈现出来"（范胡泽 22）。这也就指明了人类行为意义的可能来源方式，通过叙事的解释、建构和阐发，不仅能够赋予人类行为以一定的价值，而且能够为行为的主体指明存在的意义。因此，作为叙事文本的人类行为成为利科叙事伦理理论假设的基础。

利科认为我们需要通过叙事来认识和理解自身。一方面，"我们不能直接'看见'我们自己；相反，我们可以通过解释我们的所作所为来'读懂'自己"（范胡泽 73）。这正是叙事的解释属性与主体理解需要之间关系的根本体现：我们的个人身份与叙事能力密切相关，"叙事身份与个人身份相一致"（Ricoeur, *Capabilities and Rights* 19）。另一方面，"个人的身份在本质上是叙事性的，这种特征是与生俱来的，要理解我们是谁，就要能够跟随我们的故事"（范胡泽 130）。人类自身的故事本质也决定了其与叙事建构之间的内在联系。与此同时，利科进一步指出："正如文本解释的逻辑所提示的那样，存在着属于人类行为的意义的具体多义性。人类行为也是一个可以建构的有限性领域。"（利科, *Time and Narrative* 176）也就是说，人类行为或者人类自身的意义不是单一的层面，而是与叙事文本一样，具有多重的、开放的意义空间，读者或者行为者自身可以对其进行多样的阐释，甚至可以根据阐释者的需要对其进行一定的建构，从而得到不同的阐释结果，即利科所说的叙事身份。

由此，利科也就指明了人类意义的叙事来源，这正如历史与小说的虚构一样，虽然为我们展现的是虚构的模仿世界，但却能引领我们走向行为的真实世界的核心（利科, *Time and Narrative* 259）。虚构叙事制造意义的根本机制：我们通过虚构发现那些被隐藏和遮蔽的现实可能，从而为现实的生活提供可能的解释和方向。更为重要的是，不同虚构叙事对应着不同的现实意义。自我的叙事建构不仅能让主体更好地理解自我，而且也能为主体提供人生意义的多种可能性，并揭示现实生活中那些需要通过叙事重组才能发现的事物本质。换言之，"历史提醒我们什么是可能的，虚构提醒我们什么将是可能的"（范胡泽 116）。因此，自我叙事的重要价值一方面来自对于过去之全新发现，另一方面来自对未来可能性的期许与设想。

因而，利科将叙事意义最后归结为主体存在的各种可能性，这种可能性不仅包括个体自我的可能性，还包括为集体、为社会和为历史提供的可能性。通过这些可能性，我们才明白自身的身份、价值和责任，那么叙事过程也就成为主体意义的生产过程，"不论在隐喻还是在叙事中，都有意义的生产，这是创造性想象的工作。叙事创造意义和秩序，而在叙事之前，只有无序和混沌"（范胡泽 113）。这种意义生产的本质就在于通过叙事想象为我们的行为、生活和生命赋予了伦理的意义，而这是在我们叙事之前无法发现的东西。可以说，叙事的伦理作用在于从无意义中创造意义，这是一种存在的超越。

　　具体而言，叙事的意义建构主要依赖于行动主体来实现的原因在于："必须有一个能够进行伦理反思的主体。……以及……伦理责任主体……"（Hall, *The Poetic Imperative* 22）换言之，主体的能动性是实现叙事与伦理联系的最根本因素。可以说，利科所有主体思想研究对"作为他者的自身"思想的总结性阐发，是在修正笛卡尔的主观哲学和列维纳斯等外在他者哲学的基础上，试图提出主体在与他者的伦理关系中的能动作用这一观点，即"利科的观点是坚持建立一种既能反应自我自身的存在地位，又能表现自我在需要和欲望的驱使下自由行动的学说"（Hall, *The Poetic Imperative* 21）。然而，利科在给予自我以能动地位的同时，也指出他者是自我达到超越的动力和界限。利科认为列维纳斯所描绘的从自我到他人的运动中存在一种断裂，这也正是利科在研究中试图弥补的缺失之处。利科认为对于他者的呈现，自我需要能动地作出回应，才能让他者为自我所认识和接受，以及实现对自我的认知（Ricoeur, *Oneself* 192）。因此，自我与他者之间是一个从自我到他者的运动和从他者向自我的运动的循环整体。也就是说，自我和他者是一个相互交织、相互实现的伦理统一体。

　　利科进一步提出了自我接待能力中叙事的重要性。自我的意义既不在自我的外部世界，也不可能直接存在于意识中，只能由我们自身的解释活动来把握，也就是通过叙事来辨识出自我与他者或者世界的关系，换言之，叙事就是自我与他者或者世界的中介，以及主体获得存在意义和伦理价值的重要方式和方法。叙事能力在主体身份认同中发挥的重要作用在于其能逻辑有序地进行定义、归纳和总结。从某种程度上说，自我是一种被解释的存在，通过叙事从存在的语境中获得解释和取得意义。换言之，由于外在世界的复杂性和象征性，这种叙事的揭示性建构就成了自身意义追寻的重要途径。实际上，利科早在其著作《时间与叙事》第三卷中就提到了叙事身份这个词，并且在后面的著作《作为他者的自身》中对其进行大量的论述，从三个方面提出了叙事对于人类生活的重要性："（1）作为基本的时间身份，特别是提供关于每个人的连续生命故事，由此，他/她能够将自身作为一个个体和人来理解。（2）作为一个人的基本伦理身份，通过提供生活的叙事模板来表达对善的生活的向往、远离邪恶和创造幸福的想法。（3）作为社会身份，通过提供与普通社会生活和法律一直处于紧张状态的乌托邦意识形态"（Kemp 33）。利科认为主体需要通过叙事来实现自我的、伦理的和社会的身份认同与价值超越。

利科进一步用迂回反思的阐释学方法重新定义了自我叙事与伦理之间的关系。利科认为，对于自我的解释活动中必然存在各种冲突，而这些冲突从本质上来说是一种生产性的冲突。换言之，伦理意义或者自身意义的获得取决于叙事的澄清，原因在于"为了理解和引导花费时间的生活，我们必须讲一个同样花费时间的行动故事。因此，讲故事难道不是想象好生活的最好方式吗？因而，我认为叙事性是伦理的必要条件"（Kemp 40）。也就是说，只有通过叙事的中介和迂回，才能把各种相互冲突的解释或者叙事统一起来。例如，叙事通过伦理目标的设定来实现自我的同一性。由于自我同一性包含自身性和相同性两个方面的内在矛盾，需要在一个统一的伦理目标的召唤下，通过叙事目标的同一性建构来实现自我的同一性，也就是说，"居于两者之间的叙述同一性；……通过把真正的人生目标叙事化，叙事就给予了性格受欢迎或者被人尊敬的人物各种可以识别的特征"（Ricoeur, *Oneself* 124）。由此，叙事同一性通过让主体在叙事中找到新的生活方向、伦理意义和存在价值，从而实现自我同一性。总之，叙事为伦理开创了一个充分展示自身的领域（Ricoeur, *Oneself* 170），这正是叙事与伦理之间最根本的关系模式。

　　叙事综合下的生活伦理目标是主体深层伦理意义的来源。利科认为叙事伦理的实现在于主体通过叙事赋予生活一种主观的统一意义（Ricoeur, *Oneself* 163），即主体生活被叙事重新组织起来，统一在一个有意义的生活目标之下，这就产生了"生活叙事统一体"的概念。换言之，通过叙事的重组来实现主体的各种生活目的，例如减少忧虑、获得价值、提供交流的途径。也就是说，叙事生活统一体最终可以实现主体在伦理上的发现和转变，即对生活意义的叙事建构。具体而言，在伦理目标的指引下，主体可以尝试各种叙事虚构的可能。因此，生活伦理目标是主体通过叙事的方式把自我纳入社会生活当中的根本动力，也就是说，"伦理目的意味着在制度中与他人一起将'善的生活'作为行动的目标"（Ricoeur, *Oneself* 172）。既然一切伦理的目的都源于对"善的生活"的追求，那么"善的生活"就成为所有主体行动的终极目的。换言之，"善不包含在任何特别的事物中。善就是所有事物所缺乏的"（Ricoeur, *Oneself* 172）。由此说来，一切普遍的有意义的生活都可以是"善的生活"，而不一定是那些特殊的丰功伟绩。可以说，叙事不只是对主体生活的描述，而更多的是对其的评价和判断。根据叙事统一体的概念，即"叙事是对应用于行为的评估与对于人自身的评价之间进行的连接"（Ricoeur, *Oneself* 178），可以得出，能够评价自身、认为自己是善的，是主体伦理的重要表现。利科根据生活的目标与每天的生活选择建构了身份的动力解释系统："如果伦理主体被认为是一种叙事概念，这也就承认了'行为文本'的复杂性。那么在欲望、动机、坚持、行动、失败和忍耐之中便形成了生活的叙事统一体（Ricoeur, *Action* 178）"。因此，自我作为叙事的文本，其生活目标也是其叙事伦理的体现。换言之，叙事统一性不只是对于善的生活描述，能够做出善的判断也是其重要的界定标准之一。

　　总之，利科的整个叙事伦理研究形成了一种具有生成能力的体系。事实上，利科所说的伦理行为主要包括"一种对话行为，或者两个人之间，或者是一个群体与个人之间，或者是根据柏拉图的心灵观念，作为一种自我内部的交流"（Ricoeur, "Ethics and Human Capability" 286）。其中，自我内部的伦理交流主要是指自我身份认同的叙事建构，而自我与他人之间的伦理交流就涉及友爱的问题。友爱就是一种相互关系，互惠性属于它的基本定义。这种互惠性不仅体现了友爱的叙事本质，而且诠释了自我与他者之间的伦理维度。友爱的这种相互性与正义的平等接近，但是"友爱与正义不同，从某种程度上说，后者占据着整个政权，前者只是人际之间的关系。这就是为什么正义包括了无数的公民，而友爱只能包含很少数量的伙伴"（Ricoeur, *Oneself* 184）。利科从友爱的研究进一步扩展到正义的研究，表明其伦理的范围逐步扩展为人类共同的伦理目标。利科对伦理生活目标的界定，从自爱到友爱，再到正义，逐步扩大其范围，而对伦理生活目标的实现，则是以自身理解为前提，并进一步转化为伦理的交流，最后归为社会实践。人类对于至善永无止境的重新叙事与理解，表明这是一股推动人类文明不断向前进步的伦理力量。

对于主体意义的叙事建构，美国著名作家乔伊斯·卡罗尔·欧茨与利科的观点具有相似性。她在小说中展现了人物通过自我叙事、他者叙事和社会叙事追寻身份认同、伦理价值和存在超越的伦理目标的叙事过程。也就是说，欧茨小说中的人物通过叙事的中介作用，从内在和外在世界的解释中获得自我的伦理意义和价值。这是一个主观能动的双重过程，包括了主体对于外界世界的叙事加工过程和自身伦理意义的获得过程。首先，人物的自我叙事对于人物自我身份的构建具有重要的伦理意义，不仅表现为叙事的建构性和施为性与自我身份建构的密切关系，而且体现在叙事的同一性与自我的同一性相一致上。其次，人物的他者叙事是主体间伦理传递与交流的重要途径。最后，社会文化叙事与个体叙事的辩证关系体现了个人通过叙事的方式实现社会正义与平等的可能。

叙事无处不在，这不仅是人文学科研究的发展趋势，而且也成为与社会生活息息相关的重要内容。叙事不再只是文学创作与研究的方法论，而是具有一定施为功能的行动力量，以及一种有关自我认同、人际伦理交流和社会生存的行为方式。叙事正走出单纯的文学技巧与研究理论的束缚，成为一种具有一定伦理功能的话语方式。欧茨作为一名现实主义作家，能够"准确记录时代变化，并表现出对生活的洞见"（王守仁 126），这让她不断积极地发现人类困境的根源所在，并试图提出可能的解决办法。泛叙事的时代潮流，使欧茨发现叙事不仅能够使人物拥有无限的内部能量，而且能够爆发出巨大的伦理影响力。因而，叙事作为一种思维方式、交流途径和存在方式，为人类生存发挥了伦理的功能。正如亚里士多德认为悲剧的目标不是对人的再现，而是一种行动一样。欧茨对于这些人物的叙事伦理描写，是对叙事与伦理之间关系的深入思考。

欧茨小说以大量心理描写和对现实问题的深入探讨著称。事实上，欧茨笔下的小说人物心理与现实之间的关系经历了从早期的消极接受到盲目的暴力反抗，最后到达能动的自我叙事这样一个过程。也就是说，欧茨最终将叙事作为联结人物心理与现实的有效方式。这种对于解决方法的探究，可以说是综合传统心理现实主义、意识流、现代主义和后现代主义等叙事流派的叙事尝试。从某种程度上说，欧茨对于各种理论的接纳、各种题材的尝试和各种主题的书写，表明她不排斥任何一种可以反映人性特点和社会现实问题的方式、理论或者视角。这并不说明她是一个折中主义者，与利科一样，正是由于她对一切的尊重和继承，她才能够将一切融合并发现其中的真正联系，从而开拓创新以及呈现真理。欧茨在一次采访中表明，她的作品在两种现实之间摇摆，而其他作家要么注重现实主义作品，要么进行后现代的超现实主义创作，只有她通过人物叙事的方式将二者紧密地结合，开创了她独特的叙事伦理写作。

综上所述，本研究结合了哲学、伦理学和叙事学的相关理论，以欧茨新世纪小说的人物叙事为主体，试图更好地理解欧茨小说的深刻内涵和创作机制。首先，本研究将哲学家利科的叙事伦理哲学与欧茨小说的叙事伦理研究相结合，试图发现欧茨小说人物描写的基本叙事框架和共同的伦理目标，并进一步总结出欧茨小说创作与叙事伦理主题之间的有机联系。欧茨在毕生的创作中都在不断探索解决人类困境的方法，她在后期的创作中结合当代人文科学领域的叙事转向，将叙事方法作为人物心理困境的解决方法，从而形成实现人物自我身份建构、伦理交流和社会生存的独特叙事伦理方法。其次，本研究试图揭开欧茨小说创作的神秘面纱。欧茨在继承和发展文学传统的同时，通过人物自身的叙事构建了一个个相互联系的叙事世界，将人物的内部世界与外部世界巧妙地联结在一起，模糊了现实与超现实的界限，通过人物叙事来折射外部的历史文化语境，将宏大叙事转变为个体书写，从心理描写转为叙事建构，又从叙事建构引申出伦理价值，从而形成了小说错综复杂的叙事伦理结构。与此同时，本研究结合叙事学的研究，特别是后经典叙事学的研究，从叙事的施为功能、修辞功能和意义生产功能方面入手，试图发现欧茨小说人物叙事所具有的伦理意义。最后，本研究选取欧茨 2001—2012 年的 9 部小说作为主要研究对象。这一时期是欧茨创作的成熟期，小说中的人物描写具有一定的叙事伦理特点，小说人物不再是那些被动消极的受害者形象，而是通过能动的叙事行为获得伦理意义与价值的生活叙事者。欧茨新世纪小说这一独特的创作特征正是本书人物叙事伦理研究的出发点。

从研究方法来看，首先，本研究采用文本细读的方法，结合欧茨新世纪发表的 9 本小说，试图发现欧茨小说人物叙事伦理的深层意义。通过梳理其中的叙事伦理，发现叙事在人物自我、他人和文化之间的中介作用。其次，本研究从自我、他人和社会文化三个层面来考察人物叙事行为的伦理意义，逐渐拓展叙事在身份认同、伦理交流及社会生存中所发挥的作用。最后，本研究将自我哲学与叙事的伦理功能研究相结合，从自我困境出发，经由叙事的中介作用，达到自我意义的获得。本研究基本遵循了叙事伦理功能发挥作用的研究模式，也就是从不平衡到平衡的叙事体系，这一方面与欧茨小说中人物叙事伦理的转变过程相同，另一方面，也与叙事伦理功能发挥作用的过程相一致。

从研究结构来看，本研究基于伦理视角，从人物自我叙事的身份认同出发，研究人物他者叙事的伦理交流功能，最后回到社会叙事的传承与超越，在层层递进的论述框架中详尽地分析了叙事、自我、他人和社会之间的关系，阐释了欧茨小说多样的叙事伦理再现方法。本研究对于欧茨小说的选取和划分一方面基于分析层次的需要，另一方面基于欧茨小说中叙事伦理主题的类别。虽然每一部小说并不一定只反映一种叙事主题，但是为了方便分析，本研究以小说人物的主要叙事伦理类型为分析对象。

从研究意义来看，本研究主要有以下几方面的贡献：第一，本书运用利科的叙事伦理思想对欧茨小说人物的叙事伦理进行研究，对于目前欧茨研究来说具有一定的创新性。第二，叙事在文学领域一直作为一种文学写作技巧和方法被讨论，很少有研究将其作为一种行为功能进行研究。随着后经典叙事学的发展，叙事学与其他学科的结合，特别是社会学研究的引入，叙事作为一种行为的功能性研究为文学研究提供了新的视角。因此，本研究具有一定的前沿性。第三，本研究以利科的叙事伦理思想作为理论基础，在思考伦理意义时引入了叙事的概念，并在二者之间建立了多种实现路径。第四，本研究将欧茨小说研究同叙事学、哲学、伦理学、社会学和文化领域的相关研究相结合，将其统一在叙事这一个大框架下，为欧茨小说研究提供了新的可能。第五，本研究以欧茨新世纪以来出版的 9 部小说作为研究对象，对近年来作品进行系统梳理，为国内相关研究提供了助力。

具体而言，本书从欧茨新世纪小说人物的叙事伦理出发，认为小说人物通过自我叙事、他者叙事与社会叙事来实现身份认同、伦理交流和社会存在，从而发现人物通过叙事实现伦理意义的获得，也就是叙事作为一种行为方式、交流途径和力量源泉，能够解答自我的内在身份困境问题，书写自我与他者之间的伦理关系，实现正义与公平。叙事不仅指代一种分析理论和话语方式，而且指代一种伦理性的和功能性的施事行为。欧茨小说人物的叙事伦理建构弥合了人物自我内在意识与外在现实之间的矛盾冲突，体现了人物心理的建构性和能动性等叙事性特征。叙事的伦理功能也揭开了欧茨小说创作的神秘面纱：一方面，欧茨将叙事作为解决人物心理与现实困境的伦理方法；另一方面，欧茨将叙事伦理作为小说人物描写的创新写法。因此，在自我叙事中，可以得到未说出之事和未发现的自我；在他者叙事中，可以发现自我的伦理维度；而在自我的社会叙事中，可以获得主体生存的可能。

　　总之，叙事伦理研究为欧茨小说人物叙事的研究开辟了多种路径，既展现了小说人物叙事在自我、他者与社会层面上的不同叙事建构过程，又表现了人物叙事构建在自我身份认同、他者伦理交流和社会生存中所发挥的伦理功能。叙事伦理研究进一步揭示了欧茨小说创作的内在机制，在展示欧茨通过人物叙事构建的一个个具有意义生产功能的伦理世界的同时，还发掘了欧茨解决现代人伦理困境的叙事方法，体现了欧茨通过人物叙事方式表达她对于人类生存、人性本质以及人类追寻伦理意义的严肃思考，让我们看到了欧茨作为小说家的精湛技艺与独具匠心。总之，本研究通过对欧茨新世纪小说进行叙事伦理研究，深入探讨和阐释了欧茨对于现代人如何通过叙事方法生产伦理意义的文学书写。

# 第一章　人物的自我叙事与身份认同

人类对于自我的探索由来已久，其中法国哲学家保罗·利科对自我的研究表明了自我既不是笛卡尔式的主观自为性，也不是尼采、德里达、列维纳斯等人所说的客观外在性，而是主体将自我、他人和世界通过叙事的方式能动地反映在自我意识中的建构过程。也就是说，自我的身份认同是自我叙事的建构重组结果。

自我身份是一种叙事构建。也就是说，叙事是身份建构的重要方式和方法，不仅伴随着整个生命进程，而且是自我身份认同连贯而统一的保障。其中，自我叙事作为主体叙事的重要组成部分，是主体身份建构的主要来源。自我叙事建立的前提在于"自我所具有的内部对话能力，让我们因而能生活在自我内部的生活中，或者说自我的内部空间中，这个空间不仅是由自我内部的对话、陈述和故事构成，这个空间的自我还能够与自我和他人（要么是记忆中的或者想象的）进行对话。总之，这是一个由不同种类的故事构成的空间"（Isaacs 136）。换言之，自我叙事不只是一个单一的层面，而是由多种故事组成的统一空间。因此，在自我叙事的过程中，我们在不断建构和重建一个自我或者在不同文化情境中的多个自我（蔡敏玲215）。

具体而言，自我叙事首先面临的是自我概念的记忆叙事，记忆自身的叙事性为自我概念的确立增长了变动的谱系：一方面，自我概念来自记忆叙事的建构；另一方面，自我概念又形塑记忆叙事的内容，从某种程度上说，记忆叙事，特别是创伤记忆的叙事重组，为自我概念的生成提供了可能的确证，而明确的自我概念又会成为自我身份认同的内部基础。此外，自我叙事具有多元的叙事来源。自我叙事不仅包含意愿叙事的内容，还包括非意愿的内容，二者共同构成了自我叙事的基本内容。也就是说，自我身份的建构来自主体能动与叙事语境的交叉互动。不同的叙述语境会产生不同的叙事要求，而主体能动的重要作用在于创立一种自主的信念，能让自己在与世界的联系中找到自我定位。从某种意义上说，主体对不同叙事可能的尝试是对自我叙事的主体性和叙事行为本身的重视和强调。也就是说，自我叙事的不同可能代表着主体身份的各种可能性，而这些可能性则展现了自我叙事与身份认同之间的叙事伦理关系。与此同时，自我叙事还需要处理主体自我的相同性与自身性之间的间隔。自我的内部并不是一个单一的层面，而是由多个方面相互交织的统一体，包括记忆、意志、愿望、情感等自身性内容，以及历史、文化、规范和伦理等相同性内容。利科指出，叙事同一性使自我同一性中的内在矛盾和冲突得到了完美的解决（Ricoeur, *Oneself* 114），即叙事同一性的实现与自我同一性伦理目标的达成具有一致性。

欧茨在她的小说中不仅展现了自我叙事对于人物身份认同的伦理作用，而且指出了自我叙事行为或者过程本身就是人物身份认同的来源。在这里，叙事不只是欧茨小说叙事的方法，而且是其小说叙事的内容。她从人物的自我叙事出发，试图发现人物的自我叙事对于人物形成明确的自我概念、能动的自我意识和自我同一性所具有的伦理功能。本章通过对欧茨的三部小说《我的妹妹，我的爱》《我带你去那儿》《泥女人》中人物自我叙事与身份认同关系进行分析，发现欧茨巧妙地将叙事建构与重组作为人物解决内部伦理困境、身份迷茫和认同危机的伦理途径，这是欧茨"作为伦理的叙事"思想的有力表达。也就是说，欧茨在她的小说中通过人物的自我叙事来实现自我身份认同的伦理目标。正如欧茨在一次采访中提到她让作品中人物的内心都拥有一个伦理的自我，这也是她希望读者能够从她小说中发现的最大伦理意义（Pavao 65）。

## 第一节 记忆叙事与自我概念的叙事建构：
## 《我的妹妹，我的爱》中人物自我的确定性

人类对于自我认知的首要前提是有一个连续而稳定的自我概念，而记忆作为自我概念的重要来源，其自身的建构性为自我概念的生成增加了叙事的维度，特别是创伤记忆的叙事重构直接影响到自我概念的重新确立与构成。

以色列思想家阿维夏伊·玛格利特（Avishai Margalit）在著作《记忆的伦理》（*The Ethics of Memory*，2002）中指出，记忆伦理要解决的问题是"记忆的忠诚到底意味着什么"（Margalit 10-11），即记忆的目的不是记忆内容的准确再现，而是实现记忆行为的伦理功能。从某种程度上说，我们无论是记忆叙事还是遗忘，都是为了某个伦理信念。换言之，记忆叙事是为了达到某个伦理目的，或者为了某种伦理目标而进行。

与直白的说教相比，小说在展现记忆叙事与自我概念之间的伦理关系上具有独特之处。欧茨作为一位心理现实主义大师，她敏锐地观察到了记忆叙事与自我概念之间的伦理关系，并借用一个令人痛心的真实案件作为背景将其展现出来。在 2008 年的小说《我的妹妹，我的爱》中，全篇围绕叙述者斯盖勒的记忆叙事展开，斯盖勒是一次震惊全国的凶杀案的幸存者，十年后对滑冰冠军妹妹被害的前后经历进行回忆，一方面，试图从中发现破案的线索，另一方面，表达了对妹妹的怀念，以及对自我迷失身份的追寻。在看似凌乱而错综复杂的记忆碎片中，读者可以发现他通过记忆叙事的重构来努力寻求自我概念的坚定与执着。

### 一、叙事的记忆与记忆的叙事

荷兰作家塞斯·诺特博姆（Cees Nooteboom）①认为记忆如狗一样不听

---

① 塞斯·诺特博姆（1933—），荷兰作家，作品有《绕道去圣地亚哥》《万灵节》等。

使唤( Nooteboom 1 )。也就是说，我们想把握看似简单的记忆并非易事，记忆并不是一个可以信手拈来的实在，它是一个既亲近又缥缈的心灵彼在。拉康也提醒我们"记忆永远是有限的"( Lacan 40 )。事实上，记忆不是简单地过去事实与经验的累积，它有着自己的建构特性，记忆特有的片断性和模糊性往往成为我们建构自我叙事的障碍，使人既无法在内容上找到相应的事实，也无法在方法上将记忆与真实进行区分。从某种程度上说，这恰恰为文学家发挥想象力提供了空间，他们抓住了记忆的这种独特的叙事性，将其与人物的自我身份认同相联系，从而迸发出无限的绚烂火花。欧茨也是其中发现记忆与叙事之间奥秘的探索者之一，她在小说《我的妹妹，我的爱》中通过人物斯盖勒的记忆来探索一个有关自我身份的叙事过程。

欧茨一直以来都对记忆的建构性十分着迷，她在多部小说中反映了记忆对自我身份的影响。例如，在《泥女人》中，女主人公有关童年时隐时现的记忆，开启了她对自我身份的探求之路。与此同时，也正是对过去记忆的深入挖掘，让她发现了生活意义的真正所在。从某种程度上说，欧茨对于记忆的深入思考源自她对自身童年记忆的独特领悟。纽约北部郊区的家乡生活，以及父母和祖父母们艰辛的生活成为欧茨记忆中无法抹去的记忆背景。在她的整个创作生涯中，欧茨都将自己的成功与迷茫置于这个记忆的画板中寻找答案和方向。由此可见，欧茨对记忆的建构性具有深刻的洞察。

在小说《我的妹妹，我的爱》中，欧茨从受害小女孩的哥哥斯盖勒的视角来回忆整个案件发生前后对全家、特别是对叙述者斯盖勒自我身份认同所带来的影响。然而欧茨并不是通过一个全知的叙述者视角来描述受害者及其家人受到案件影响的心理和生活状况，而是通过一个精神疾病患者的回忆视角来展开全文的叙述。也就是说，叙述者斯盖勒对于妹妹被害当天反复但每次版本不同的回忆，让他的整个叙事建立在一种飘忽不定的真实性之上。更为巧妙的是，欧茨设置了一个双重叙事的线索来消解正文中叙述的真实性，即欧茨通过脚注副文本来展示故事的另外一个平行视角——一个在清醒状态下对于自身回忆进行补充和评判的叙述者。换言之，记忆的模糊性以及他自身精神状况的限制，让他的回忆充满了不确定与混乱，但是这些在小说的脚注中得到了一定的解释。也就是说，记忆在叙述者的双重声音中进行，一方面是当年的斯盖勒，或者说是记忆混乱的斯盖勒，而另一方面是阐释这一切的成年或者精神状态良好的斯盖勒。这让读者充分感受到了欧茨在小说中彰显的并不是回忆内容，而是回忆本身所反映的伦理状况。

那么从叙事者斯盖勒记忆模糊性的形成上来看，他本身的年龄让他无法对当时的事件和情形进行准确的记忆。这与我们每个人的记忆发展轨迹相同，我们很难回忆起童年早期的事件，但对于离我们较近的事实能准确地记忆。事实上，我们只能记住其中的大概事实，而要想理清其中的来龙去脉以及前因后果，就需要借助我们的记忆叙事。欧茨在小说中充分展现了童年记忆的不确定性。例如，欧茨十分强调时间因素或者年龄因素，将其作为建立整个记忆叙事的前提基础。"九年十个月五天"这一时间反复出现（Oates, *My Sister, My Love* 3）。这一方面指明了事件发生的时间是在叙述者只有十岁的时候；另一方面指出了记忆与当前时间的间隔，差不多十年的时间足够让记忆发生各种变异和扭曲。我们的记忆决定了我们对当前事实的认识和把握。记忆实际上是一个叙事加工的过程，并不是对事实本质的再现，即记忆的形成过程解构了记忆的真实性（Loftus and Ketcham 8）。从斯盖勒的叙述中可以发现，在妹妹出生之前，妈妈也曾经将所有注意力都放在他的身上，希望他能成为令妈妈骄傲的花样滑冰选手，而天生愚钝的斯盖勒让妈妈非常失望。更为糟糕的是，妹妹却拥有惊人的滑冰天赋，这让妈妈更加忽视斯盖勒，甚至开始有意地污蔑他，"愚蠢的婴儿脸！斯盖勒对妈妈在保姆面前侮辱自己的事实感到震惊"（Oates, *My Sister, My Love* 100）。妈妈会经常指责斯盖勒做了一些不应该做的表情。事实上，斯盖勒并没有这样做，但是妈妈长期的指责让他开始相信自己的脸就是那么狰狞与扭曲，而他不敢加以辩驳，直至对自我的一切都不敢确信。这最终成为他不确定记忆的构成基础。

记忆与叙事并非相互排斥，而是相互实现的关系。一方面，对于儿童来说，对事物的认知只是观察到的表象，他们只能记忆这些外在的表象，并以此来对事实进行推断。小说中，叙述者小男孩斯盖勒由于年龄所限无法进行准确的记忆，也就无法确定是否真正看到了杀害妹妹的凶手。另一方面，儿童脆弱的记忆也最容易受到外界其他因素的影响。叙述者斯盖勒作为一起谋杀案的可能见证人，由于自身记忆的模糊性，外界的叙事不断地形塑他的记忆叙事，这也就增加了他记忆中种种不确定的因素。正如高木光太郎所说，主体对于过去的记忆总是与他人的记忆相混杂（高木光太郎 5），斯盖勒的记忆受大人们的记忆影响而不断改变。母亲作为当时的在场者，最具这样的权威来构建一个准确的事实，而父亲作为家中的另一位权威，对母亲记忆的信任，也让斯盖勒放弃了对自己记忆的确信，甚至伴随着周围人的猜疑，他也开始怀疑自己是否就是杀手。总之，由于记忆主体自身的限制和外部权威的重塑，小说中斯盖勒陷入无法自拔的迷茫境地，他无法确定自己的记忆，也就无法确定自己所负的责任，最终这些模糊的记忆导致了他不确定的自我叙事的生成。因此，欧茨将人物的记忆与叙事紧密地交织在一起，充分展现了二者之间复杂的构成关系。

欧茨在开篇就申明了这是一个有关回忆的故事。正在接受精神治疗的斯盖勒受到了神父的指引：通过对妹妹的故事的讲述来找到自我是谁的答案。当神父看到痛苦不堪的斯盖勒，建议道："你必须放下你心中的负担，孩子。你必须讲出你的故事。……那个你失去妹妹的故事。用你活着的声音，孩子。我们今天就开始"（Oates, *My Sister, My Love* 27）。尽管斯盖勒拒绝了这个建议，但在小说的脚注中，他却十分认同这个想法："作为一个过着业余生活的业余作者，我希望这个回忆录能包括更多有价值的转折点。正如我希望这个回忆录能包括更多戏剧化的个人转变，但是在一个自白的回忆录里你必须处理你已经拥有的内容。"（Oates, *My Sister, My Love* 28）斯盖勒表明了他讲述这个故事的真正意图，希望能从故事的讲述中找到自我的身份认同。这也是他在小说开始时用"我是谁，以及为什么我是我"作为章节标题的原因。换言之，身份认同问题是斯盖勒在这个故事的追忆过程中需要解决的首要问题。

驱使斯盖勒进行回忆的另外一个原因在于，他想要通过一个内部视角来展示这个未解之谜的可能答案。也就是说，斯盖勒不仅要在回忆中发现真正的杀手，还要为自己洗脱罪恶的愧疚感。于是，每当斯盖勒回忆起妹妹被害当晚的情形时，作者总是重复道：

斯盖勒不去帮助，因为斯盖勒睡在他自己房间的床上，睡得如此之深，你会认为这个九岁的孩子可能被妈妈下了药，因为他受到惊吓的妈妈几小时后仍无法叫醒他，而现在已经九年十个月二十天过去了，这个受到诅咒的孩子还没有彻底醒过来。（Oates, *My Sister, My Love* 14）

这也是斯盖勒记忆混乱的可能原因之一，但同时也反映了斯盖勒试图通过这个记忆来开脱罪责的愿望。换言之，斯盖勒在回忆开始时就已经带有强烈的目的性。这是欧茨对于记忆本质属性的一种展示。回忆的目的性往往决定了回忆的内容，记忆的意义不是产生于过去，而是产生于现在（Schacher 6）。德里达的主要概念"延异"表明了记忆具有延后性，即经验与回忆之间具有时间差（米切尔 93），这也使通过叙事弥合二者之间的鸿沟成为可能。

记忆在本质上是建构的，而不是描述的，因而各种记忆叙事的区别在于其多重的目的："由于真正生活的特殊性，我们需要虚构的帮助来重新组织我们的生活，弄清事实，甚至一些从虚构和历史中借用过来的人物被认为是可以被假设和修改的"（Ricoeur, *Oneself* 162）。可以说，记忆叙事的建构性正是来源于生活的真实，生活本身就是模糊的，我们不可能掌握所有的真相，那么记忆叙事正是对不确定生活的真实反应。这部 2008 年发表的小说，虽然不能称作欧茨最好的作品，但却是欧茨根据真实事件进行成功改编的代表作。小说中的故事与真实事件不同，作者在小说中对叙事、记忆和自我概念之间的伦理关系进行了深层思考，而这是无法通过真实事件来实现的。

## 二、记忆叙事与自我概念的生成

欧茨在《我的妹妹,我的爱》这部小说的题目中用了两个"我的"(my),表明这个故事是从"我"的角度来陈述的。也就是说,这个故事的最终目的是归属于"我",而不是"妹妹",也不是"爱",当然"妹妹"和"爱"是斯盖勒回忆的主要内容,但是最终的叙事目的还要回到拥有这一切的"我"这里。斯盖勒在开篇很明确表达了这个意图,用"我是谁,以及为什么我是我"作为章节标题,提出了这个贯穿全文的主旨。尽管如此,欧茨没有直接将斯盖勒的个人身份认同作为小说的主要内容,相反,却通过他的回忆来展示他的妹妹和家人的故事,而作为这个故事的参与者"我",被放在一个边缘的位置上。因此,这部小说初读起来似乎是有关妹妹的故事,就连小说的封面也以一个漂亮女孩的画面来突显这个主题,这给大多数读者造成了误导,有些学者甚至感到迷惑。例如,评论文章《乔伊斯·卡罗尔·欧茨小说〈我的妹妹,我的爱〉中美丽神话的暴行》("Tyranny of the Beauty Myth in Joyce Carol Oates's *My Sister*, *My Love*")就是对这个意象的误读。事实上,欧茨在小说标题中使用两个"My",意在表明这部小说是关于斯盖勒自我身份认同的发现过程,而这个发现则是通过他的记忆叙事来实现的。

欧茨小说中记忆叙事与自我概念的关系并不是传统意义上的正向证明,而是通过否定叙事来证明我"所不是",从而得出我"所是"的迂回过程。斯盖勒在回忆开始之前,意味深长地说道:"美国人对于'如何是'的知识很热衷,而我能提供的却是亲身体验到的'如何不是'的事实。"(Oates, *My Sister*, *My Love* 10)也就是说,虽然斯盖勒试图通过记忆叙事来建构自我身份,但他在回忆中所呈现的不是他想要成为的样子,而是他不想要成为、在过去却不得不成为的那个人。可以看出,欧茨将这一意图用斯盖勒不确定的记忆叙事与脚注进行展现的原因就在于,这是一个需要读者通过反复阅读以及反思才能发现的过程。欧茨通过人物自我否定的方式来展现自我认同的手法,是她对于记忆叙事以及人物自我概念建立过程本身的一种伦理思考。

　　从某种程度上说，这似乎比朱利安·巴恩斯的记忆叙事与自我意义的发现过程更胜一筹。巴恩斯在他的小说《结尾的意义》中只是通过人物对记忆叙事性的发现来反映记忆与人生意义之间的微妙关系，而欧茨却将这一重要关系隐藏在一个不确定的记忆叙事当中，通过消解自我记忆的确定性以及记忆内容本身，来否定那个回忆中的"我"，也就是当初那个拥有不确定记忆的"我"。正如斯盖勒所说："什么样的背景更适合让斯盖勒·兰姆派克从历史中抹除他自己，如同十年前他的妹妹布利斯被抹除一样？"（Oates, *My Sister*, *My Love* 12）这表现了他进行记忆叙事的目的，即让那个斯盖勒与妹妹一同被抹去，这样才能开始全新自我概念的建构。欧茨对于记忆叙事与自我概念之间对应关系的把握，正是她能够进行这一精巧设置的根本原因，这也是巴恩斯所不能达到的高度。

　　记忆为自我概念的形成提供可依赖的基础。记忆叙事是指记忆主体通过叙事将分散的记忆片段建立起逻辑联系，并建构成可供展现的故事过程。与此同时，记忆叙事的过程也是对自我概念进行理解和阐释的过程。也就是说，记忆叙事是将记忆的叙事建构与自我发现进行统一，从而让我们能够确立自我概念，以及获得自我的确定感和方向感的过程。换言之，"人们通过作为中介的故事建构自我的概念，这印证了'身份概念从属于叙事'的论断"（Hyden 52）。小说中的人物斯盖勒之所以努力地回忆过去发生的事件的每一个细节，正在于他试图从过去的记忆中发现自我概念迷失的原因，以及想要重新获得自身的存在感和自我感。欧茨在这部小说中充分展现了记忆叙事对自我概念确立的重要作用，但对于斯盖勒这样一个曾经迷失的青少年来说，对过去记忆内容的否定叙事也就意味着拥有全新的自我概念。

　　欧茨充分展示了记忆叙事与自我概念在时间中相遇的过程。自我概念首先是一个时间概念，它的形成是一个时间过程，它被记录在记忆中，并不断被记忆叙事修改，直到形成一个稳定的叙事结构，从而可以让个体借此实现自我的身份认同。换言之，记忆对于自我的意义在于让我们从过去的叙事中发现自我概念的来源和意义。小说中的叙述者斯盖勒回忆的是十年前发生的事情,这十年的时间让他的记忆叙事发生了各种扭曲,其也经历了艰难的自我找寻过程。虽然这对于他来说并不是美好而甜蜜的记忆,但帮助他确定了现在的自我身份。诚然,记忆里总是包含着我们想要的答案,尽管那不一定是事实,但重要的是它带给我们的是自我确定感(Loftus and Ketcham 285)。换言之,虽然我们知道记忆总是与虚构密切相联,但是与记忆接触能够帮助我们理解自我的意义。这正是斯盖勒通过记忆建构来确定自我概念的原因所在。

叙述者斯盖勒独特的记忆叙事源于他自我概念的模糊性。斯盖勒在回忆开始时,其自我概念是完全透明的:"难道当那些陌生人绕过斯盖勒向妹妹布利斯微笑时他不嫉妒吗?就像他的身体是透明的一样,除了心以外什么都没有,也就是说,好像他根本就不存在。"( Oates, *My Sister*, *My Love* 187)对于陌生人来说他是透明的,甚至他的妈妈也经常忘记了他的存在。有时"他的声音常会使她从沉思中惊醒过来"(Oates, *My Sister*, *My Love* 187)。因此,"斯盖勒总是观察镜中的自己,有时一天十几遍,甚至二十几遍。他想看看自己是否真的在做出一些他绝望的妈妈所说的该死的痛苦表情。对于斯盖勒来说他没有做。他真的没有"( Oates, *My Sister*, *My Love* 179)。正是斯盖勒模糊的自我概念决定了他记忆叙事的不确定性。反过来,也正是其不确定的记忆导致了他自我概念的迷失。因此,斯盖勒十年后试图通过记忆叙事来寻找自我迷失的根源,从而为自己确立一个全新的自我概念。事实上,"我们的身份认同是一个'叙事结构',不是因为它本身是一种叙事,而是从某种意义上说,由于它是历史的一部分,所以只有通过叙事才能更好地展示它"(Roberts 175-176)。记忆叙事的建构为我们提供了关于自我概念的一种主观凝聚感,一种确定而踏实的存在感。普鲁斯特在他的小说中通过大量的记忆描述创造了一个全新的自我。在这个过程中,普鲁斯特并不真正关注记忆叙事的内容是否准确或者合理,而是更在意回忆过程本身带给他的自我觉知。与之相似,欧茨在文中强调的是斯盖勒记忆叙事本身带给他的自我意义的发现。也就是说,斯盖勒记忆叙事的过程反映出他建构自我概念的努力——他试图为那些无法确认的记忆片段增加可能的细节，以此来建构一个相对完整而合理的事实真相，从而为内心找到一个可以安顿的栖身之所。因而，欧茨人物的记忆叙事具有赋予人物主体自我存在感的叙事能力。从某种意义上说，记忆叙事就像一面镜子，里面既有自我，也有现实。回忆能够通过重构现实来帮助我们理解自我。换言之，没有了记忆叙事，也就失去了我之所以是我的依据。

## 三、创伤记忆与记忆伦理

利科在他的《记忆、历史、遗忘》中指出了记忆活动的责任层面："首先……记忆的责任在于通过记忆给予他人而不是自己以正义。其次……记忆的责任并不局限于过去事件在物质、宗教或其他方面的踪迹，而是保持一种尊敬他人的责任感……最后，在那些我欠债的人中，伦理优先性属于那些受害者。"（Hall, *The Poetic Imperative* 89）可见，记忆活动具有强烈的伦理维度，但是利科在这里强调了记忆是指向他人和社会的伦理，而不是指向自身的伦理。实际上，记忆伦理同样包含在自我的叙事中，特别是自我的创伤记忆中。

对于创伤记忆的主体来说，通过记忆叙事来制造一种真实，一种让伦理得以建立在其上的虚构的真实（king 64）。从某种程度上说，创伤记忆的选择性建构是对主体自我的一种保护性反映，即通过创伤记忆的重新编排，不仅可以起到一种缓解创伤的作用，而且还具有创造一个全新自我的可能。因此，对于创伤记忆的主体来说，回忆的内容并不重要，重要的是回忆的目的。一次又一次地揭开创伤记忆主体的伤疤，并不是试图让他经受更加残酷的折磨，而是让他发现塑造一个全新自我的可能。欧茨在小说《我的妹妹，我的爱》中对于记忆叙事与自我概念之间的伦理关系进行了深入而生动的探索，特别是创伤记忆的叙事建构过程，可以说是欧茨进行的一次全新尝试。

欧茨在小说中强调的是记忆和想象共同构成了自我叙事的伦理意义。对于创伤记忆来说，一些引起创伤的事件会被遮蔽或夸大，以此来达到修复受伤的心灵或者加以忘却的目的。然而，小说中的主人公斯盖勒自从妹妹被害后，多次受到家人和媒体的询问，但是他不确定曾经发生过什么，一切都是模糊的。当斯盖勒被要求对一个不确定或者虚假的事件进行多次回忆后，他确信这个事件一定存在，而且按照他们问起的那样发生了，最终导致负罪感的产生和记忆错乱的发生。尽管媒体过度夸张的报道是为了迎合那些具有偷窥欲望的读者的需求，但这对当事人或家庭所造成的伤害是难以估量的。因此，想象是记忆叙事建构的重要组成，但必须充分把握其中的伦理界限。对于自我的创伤记忆来说，外界对事实的歪曲会对主体记忆叙事的建构产生消极的伦理影响，那么对其识别将会对自我概念的叙事建构产生重要的伦理价值。

　　成长并不是抹除创伤记忆，而是重构那些创伤记忆，即通过记忆叙事的组织与编排，重新找到生活的价值，以及生活的动力和方向。那么重要的是从创伤记忆重构中发现一个全新的自我，"通过记忆的工作，责任向过去敞开着。我对于过去的负债不在于我实施的行动，而在于我拥有行动的能力，即有能力从行动中区分我自己"（Hall, *The Poetic Imperative* 89）。从某种意义上说，创伤记忆与创伤主体之间的紧密联系体现在其内在的重复性上。重复是创伤记忆最主要的特性，它通过与主体情感的紧密联系，构成了创伤记忆无处不在的"宏大叙事"。小说中斯盖勒提到了自己的强迫症，"你会同情我无法控制的重述、回顾和修改我那些令人作呕的过去或我妹妹过去的特定事件"（Oates, *My Sister, My Love* 6）。他用这样反复的方式来表达自己饱受创伤记忆的折磨，同时也表达了对其进行叙事重构的重要原因（Loftus and Ketcham 285）。提姆欧·布莱恩在其战争小说《他们所携带的东西》中提到了两种事实：故事性事实和陈述性事实。陈述性事实指的是描述精准的事实，而故事性事实则是指经过润色的事实（Loftus and Ketcham 48）。对于创伤记忆的不确定性来说，故事性重构是其得到叙事建构的有效方法，"内在的自我努力从创伤的环境中寻找和保持意义。我们的生活或许会被颠覆，我们努力从发生在我们身上的事中发现意义。我们尽量以一种让荒谬被承认的方式，或者让脆弱的生活统一在一起的方式重述我们的生活"(Isaacs 137)。可以说斯盖勒的回忆在某种程度上就是对过去事实的一次故事性重构，由于他回忆的时间已经是案件发生的十年后，他的记忆随着时间的流逝发生了遗忘和扭曲，故事性重构为斯盖勒创伤记忆的叙事重建找到了自我身份迷失的原因。更为重要的是，让他获得了挑战过去的自我的信心和勇气，从而为全新自我身份的建立创造了可能。

欧茨在小说中强调记忆的同时，也强调了遗忘的重要作用。记忆叙事是为了寻找我们此刻想要的答案，遗忘是为了我们更轻松地出发。记忆与遗忘同样重要，但是长久以来对于记忆的重视，让人忽视了遗忘对于自我认同具有更加本质的伦理功能。事实上，记忆叙事与其说是为了让我们记住我们想要的事实，不如说是为了让我们忘却我们不想记住的事实。那么，遗忘对于自我概念的形成具有更加实际的意义。特别是对于那些难以抹除的创伤记忆来说，遗忘能够让自我摆脱那些痛苦回忆的烦扰，从而以全新的自我重新出发。遗忘叙事是记忆建构自我身份认同的真正开始。斯盖勒多年以后在母亲的葬礼上遇到父亲，"当他开口叫儿子时，斯盖勒那个冰封的结疤的心开始融化了"( Oates, *My Sister*, *My Love* 514)。他不但开始同情父亲，甚至也开始原谅母亲。也就是从那时起，他试图忘记过去所有的创伤，迈向追寻自我认同的全新旅程。换言之，"记忆不只面向过去，而且朝向充满意义的和创造性的未来"(Duffy 54)，因此与其说我们记忆是怕忘记，不如说有时记忆也是为了忘记。

主体通过叙事来获取身份认同，"如果我们把生活看成是一个叙事过程，那么我们通过重叙来理解生活"(Simms 102)，即"通过讲述生活的故事来回答'谁'的问题。……那么这个'谁'的身份认同就是叙事身份"(Ricoeur, *Time and Narrative* 246)。换言之，叙事成为自我身份认同实现的重要方式，特别是创伤记忆叙事的建构对于主体身份认同具有重要意义。欧茨通过这部小说表达了无论记忆是具有真实性还是建构性，更重要的是通过记忆叙事，我们能找到归属、意义以及痊愈的方法。正如高木光太郎所说，我们的记忆只关注对于我们有意义的事情，以及事情可能带来的意义，或者发现意义的视角(高木光太郎 15)。记忆叙事的最终目的是获得自我的身份认同、别样的存在和爱的能力。

## 第二节　意志叙事与自我叙事过程本身：
## 《我带你去那儿》中人物身份的可能性

德国作家和文艺理论家戈特霍尔德·埃夫莱姆·莱辛指出，人生的意义不在于获得真理，而是不断地去追求真理的行动和过程(转引自托多罗夫 扉页)，那么对于自我身份认同的追寻来说，行动或者过程本身比身份认同的获得更有意义。与此同时，身份叙事也不是指一次叙事，而是一个叙事的过程，是反复多次叙事的结果(Schick 19)。正如西格慕德·弗洛伊德(Sigmund Freud)指出，我们自身就如同一部文学作品中一个完整的演员角色表。在我们的自我内部不只有一个自我，它们相互争执，但努力达成妥协。虽然我们总是寻求一个宏大叙事，以将所有的不同自我都包含在内，但这并非易事。人每一个阶段会有不同的社会境遇，对应着不同的个人与社会的关系，那么也会产生不同的自我叙事。这些叙事有的是出于我们的意愿，有的并非出于我们的意愿。非意愿的叙事是指那些主体不得不屈从文化、阶级和社会的语境，却不考虑自我意愿的叙事；而意愿叙事则是出于主体的意愿主动进行，却不考虑行动对象和叙事语境的叙事。实际上，自我的意愿叙事与非意愿叙事是一个辩证统一体："意愿只有通过动机、喜好以及机构和物理条件的限制和包涵才能存在。同样，非意愿与那些选择、动机和由于客观因素作出调整的意愿相联系才能被理解。"(Hall, *The Poetic Imperative* 23)"行为的意愿结构只有从他们与非意愿的关系中才能被理解"(同上)。从某种意义上说，自我叙事是一个自我发现的过程，每一个人的人生都充满了各种叙事，每一个叙事都是对不同叙事可能的尝试，这些尝试共同组成了人生这一鸿篇巨制的自我故事。因而，自我认同不是一个直线的叙事过程，其充满了各种可能性，但重要的是从各种可能性中找到前进的方向。人生是一个不断构建自我叙事的过程，我们在每一阶段都会收获不同的成长故事，这些故事告诉我们自我叙事不是非意愿的叙事，也不是意愿的叙事，而是一个具体而能动、由各种叙事组成的统一叙事过程。欧茨小说《我带你去那儿》中讲述了一个女孩如何在这个世界上找到自己的位置，最终成长为一个女人的感人故事。主人公始终没有一个明确的名字，这预示了她的自我叙事是一个永远进行的过程。小说中，她向我们讲述了她的三种叙事尝试：第一个是她被迫加入卡帕姐妹联谊会的屈辱经历；第二个是她主动追求已婚黑人的受伤情感故事；第三个则是她经历了两次失败的尝试后，明确了自我叙事的内容和方式，开始真正掌控自己的叙事。欧茨明确地将小说分为三个部分，让我们看到了女主人公进行三段自我叙事的伦理意义，也就是叙述者通过不同自我叙事的尝试来找寻自我的定位。无论成功与否，这些自我叙事行为本身就具有伦理价值。因此，无论是意愿叙事还是非意愿叙事，只要它们统一在寻找自我身份的伦理目标之下，都可以被认为是追寻自我意义的叙事行为。

## 一、自我的非意愿叙事

欧茨在她的早期小说《他们》中就开始关注自我认同与外界语境之间的相互关系，即她在早期的作品中将注意力放在那些受到环境影响的人物境况上，并在随后的创作中关注外界语境对人物内心世界的改变，特别是那些由受伤的扭曲心理转变而成的暴力。当欧茨的创作进入成熟期之后，她对外界语境的思考更加具有能动的意味，也就是说，主体面对外界环境的残酷不再是被动的受害者，而是拥有了顽强抗争的信心和勇气。虽然他们并不一定有信心能克服外界的种种压力，但是他们能够积极而坚定地从这些非意愿的因素中构建自我的身份认同，这是欧茨小说创作的一个重要转变。事实上，欧茨的这部半自传体小说《我带你去那儿》同样反映了其人物创作的发展过程，即从非意愿叙事到意愿叙事，最后再到能动地结合语境的自我发现过程。

欧茨在小说的扉页引用了维特根斯坦的话："一幅画将我们迷住了。我们无法从中逃脱，因为它植根于我们的语言当中，而语言又无情地向我们重复它。"（转引自 Oates, *I'll Take You There* Paratext）欧茨想要表达的是，我们被那些已深深植入到我们语言当中的非意愿因素所主导，无法逃脱。正如利科所指出的，"我们只是自我故事中的人物和叙述者，而不是我们生活的作者"（Ricoeur, *Oneself* 32），因为我们生活中有太多我们无法控制的外界因素来影响我们的自我叙事。根据亚里士多德的定义，非自愿就是指在没有施动者与受动者任何主动参与的情况下，而被迫做出的行为（转引自 Ricoeur, *Oneself* 90）。尽管如此，非意愿具有促进和影响意愿的作用，因为意向"缺少系统的制约，缺少主体可以依照的责任特征，以及缺少承诺的公共性——也就是将承诺转化成特别的言语行为的特征"（Ricoeur, *Oneself* 81），也就是缺少非意愿的约束与限定，主体的意愿也毫无意义。反过来，意愿通过自身的选择来决定，通过努力来推动，通过同意来接受非意愿的影响。由此看来，理解一个人，首先是理解他的意愿，而非意愿则作为意愿的动机、能力、基础，甚至界限来形塑意愿。换言之，非意愿并不是处于自我叙事的反面，而是作为自我叙事的外在推动力、目标、出发点和基础。因此，非意愿是自我叙事的外部界限，不能将其从自我叙事中分割出去。

自我叙事总是处于文化模式的大语境当中。文化模式是自我叙事的背景性知识，它并不决定自我叙事的全部内容，但是它会影响自我叙事的伦理及其他意识形态内容（布鲁纳 53）。社会生活需要建构各种各样的叙事来满足我们的需要和欲望。因而，自我叙事必须遵循公共叙事的规范，正是这些规范让我们找到自我的身份认同（布鲁纳 54）。也正是叙事的这些公共法则让自我叙事具有了社会属性，并让叙事主体在叙事过程中获得了认同感和存在感。欧茨小说中的女孩"我"的叙事总是由其他人来主宰。"我"之所以对归属感有如此强烈的渴望，是因为"我"一直以来被认为是一个没有妈妈的另类。"我"的哥哥们比我大得多，他们对我毫无兴趣，有时还会嘲弄和取笑"我"，就像大狗逗弄小狗一样，有时无意间伤害了它，他们却没有注意到。这就是"我"成长的环境，一个"我"无法改变的事实。正如利科认为的那样，我们的生活叙事总是与其他人一同构成（Ricoeur, *Oneself*

160），无法分离。小说中除了那些不喜欢我的哥哥们，"我"的父亲还有祖父母对于"我"的关心不足，"我的德裔祖父母很老，总是用一种同情且责难的眼光看着我。很明显他们不喜欢我的母亲，更不喜欢我，因为我杀死了她并让他们唯一的儿子过得不快乐"（Oates, *I'll Take You There* 10）。"我"时时处处能够感觉到别人对于"我"的判断，并将其转化成了对自我的判断，即"我"的自我叙事完全取决于能否得到他人的喜爱和接纳。因为自我的故事总与他人的故事相互交织（Ricoeur, *Oneself* 27）。正是这些非意愿因素的存在，让自我叙事具有了某种不确定的可能性，也就是一种开放式的叙事结构。

"我"试图从一切事物的叙事中获取自我认同。正如"我"认为的那样："我们试图从每一样关于我们的事物中得到肯定，关心我们认为能影响我们或者给我们带来快乐的物品。反之，我们努力否定那些会影响我们或者给我们带来伤感的事物"（Oates, *I'll Take You There* 56），这样所有的事物都可能成为获得自我认同的叙事对象。正如利科所言，既然自我叙事的开始与结束都无法被自我掌控，那么我们唯一能做的就是通过叙事的形式将生活统一在一个有意义的目标之下（Ricoeur, *Oneself* 160），这也是"我"一直以来遵循的自我叙事准则。由于父亲总是不在家，并且他更喜爱哥哥们，为了得到父亲的关注，"我为父亲准备了很多惊喜。在学校里全 A 的成绩，学校展示板上我名字后面闪闪的红星，甚至我的照片会不时地在奇克托瓦加的周报上发表。他会禁不住惊奇并为他的女儿骄傲，不是吗?"（Oates, *I'll Take You There* 23）。"我"所做的这一切，无非是想得到别人的肯定，特别是我最在乎的人——父亲的肯定，从而获得自我存在的意义。例如，当"我"以优异的成绩从高中毕业，并成为唯一一个纽约州大学奖学金获得者后，父亲不仅来参加"我"的毕业典礼，而且上来拥抱了"我"，并说道："你的演讲太精彩了，我就知道你拥有这样的才能，和她一样足够聪明。但是你要用好它，不要让外面的人看扁你了。"（Oates, *I'll Take You There* 25）这是父亲能给女儿唯一的叮咛，同样也成为"我"自此以后进行自我叙事的伦理准则。

　　事实上，"我"加入姐妹联谊会的根本原因也是想要改变自我的认同感，从而让自我有一个全新的叙事可能。通常情况下，对于缺乏自信的主体来说，加入某个权威团体能够带来相应的归属感和认同感（阿普里尔·奥康奈尔、文森特·奥康奈尔、孔茨 65）。当"我"通过自身的努力考上大学后，有机会加入富家女才能加入的卡帕姐妹联谊会时，"我"不惜一切代价选择加入其中，试图以此来获得自我的身份认同，以一种全新的叙事角度来书写自我的故事。特别是当"我"发现所有住女生宿舍的二年级学生都加入了各种各样的联谊会，而没有被邀请加入的就会成为"掉队者、失败者。生活盛宴的丢弃物……我的自尊会受到伤害。我明白我会被排除在多彩的世界之外，虽然那个世界我并不感兴趣；但那样的排除对我来说可能是一种激励"（ Oates, *I'll Take You There* 40）。与此同时，"我"也发现了这种被孤立的深层社会意义："……因为被清除就注定无价值。这是无法忍受的，这不是美国的风格……每一年在秋节活动之后出现了很多试图自杀的被拒者。……只能从希腊箴言'适者生存'中来理解。"（Oates, *I'll Take You There* 41）事实上，叙事的主体总是受到语境的影响，包括社会意识形态、权力话语的影响，从而使主体的叙事进入自动化模式和一种无法自控的境地，虽然已经发现不适合，但却成为任人摆布的木偶。一方面，这些文化语境成为自我叙事的推动因素；另一方面，也成为叙事的界定因素（布鲁纳 60）。"我"深刻地发觉了在这样一个物竞天择的社会中，那些失败者走出困境的方法就是找到自我归属感。也就是说，"我"需要无条件地接受那些非意愿因素，以此来建构一种适应社会的自我叙事。这样的叙事虽然不是"我"所想要的，但却可能给"我"提供获得身份认同的机会。然而，这样的叙事注定不会改变"我"的处境，反而使"我"更加处于一种低自尊的状态，无法对自我进行认知。

　　因此，在这样一个弱肉强食的大环境下，"我"的自我开始分裂，一个是曾经的那个"我"，一个是卡帕成员"我"，即通过双重自我叙事的构建来维持自我的身份认同："我知道如果他们了解真正的我，他们不会喜欢的。但这正是我所着迷的事情，我让他们相信一个完美或者几乎完美的学业成绩。我越觉得成为一个卡帕成员不值得，我就越想成为一个卡帕成员。"（Oates, *I'll Take You There* 44）因此，在一次卡帕的调查问卷中，我毫不犹豫地撒了谎：

> 我的父亲？——独立承包商。我的人生目标？——为了人类的美好而奋斗。我告诉我自己这不是在说谎。这是我的卡帕自我在说话。我注意到当我和卡帕姐妹说话时，我是如何克服怀疑主义的倾向，而表现的外向、平和、友好、温柔，并带着露出酒窝和清脆声音的女孩般的微笑。我的卡帕自我不思考，也从不伤感。（同上）

"我"用另一个"我"来掩盖那个自卑的"我"，但这并不能真正改变"我"的处境。一方面，当姐妹们问"我"愿不愿意和她们一起去教堂时，"我"感到深深的羞愧，结结巴巴地解释"我"下一次会和她们一起去。另一方面，"我"又"毫不知耻"，从垃圾箱中翻食物来吃，"不为自己感到羞耻吗！为什么呢？很美味"（Oates, *I'll Take You There* 59）。其中的根本原因在于，"我"没有看到理想的"我"与动物的"我"之间有什么冲突，也就是说，"我"总是想用一种理想的叙事来包装那个破败不堪的自我。因此，自我分裂是非意愿叙事的必然结果。

从某种程度上说，叙事者总是隶属于一定的社会阶层和文化语境，这就意味着我们过去的、现在的生活中的各种思想、环境因素都会影响我们故事的构成。因此，我们需要通过编造自我故事来获得新环境中的生存（布鲁纳 53），这就是自我叙事的最大功用和语境限制。"我"在分裂自我的摇摆中，变得更加自卑，甚至开始自责，"更要紧的是，我感到自己有责任变好——或者成为塞尔女士或者姐妹们认为的那样。我太穷太平庸了，根本做不到。我姐妹会中的姐妹们拥有富有的父母和无数的男朋友，他们不必在意是否变好。我不想去想我是多么的孤独，即使在四十个外向的女孩的陪伴下……"（Oates, *I'll Take You There* 30）。事实上，"我"的自我叙事需要改变，不是因为"我"想改变，而是因为"我"被要求改变。当

"我"加入姐妹联谊会，"我"仍然不愿意回到楼上，因为"我"失望地发现"我"现在和在"我"成为"积极"的姐妹会成员以前一样被孤立。(Oates, *I'll Take You There* 9)也就是"我"发现加入这个联谊会对"我"的处境没有任何改善，可能还变得更糟——"荒谬：醒来发现自己在一个都是陌生人的地方，你只是想对他们表达崇拜，而他们却对你完全无动于衷。如此的受伤！心碎！注定一生都会想起那个粗鲁的酒后被拒的伤痛。"(Oates, *I'll Take You There* 16)因此，残酷的现实证明了"我"不切实际的自我叙事努力的失败，但是"我"却从中懂得了未来自我叙事的方向。

欧茨在这部小说中展示了自我的非意愿叙事对于自我身份认同的促进和消解作用，也就是说，尽管自我叙事中存在着众多的非意愿因素，但叙事仍是将这些因素共同组成自我生活意义的重要方法(Ricoeur, *Oneself* 6)。因此，欧茨强调的重点是叙事对于非意愿因素的组织和重新编排，以及由此而生成的对自我身份认同的推动作用。

## 二、自我的意愿叙事

利科认为："正是由于意愿性与其所属的主体之间的密切关系，让意愿更能脱离任何将其与主体进行联动的考量。"(Ricoeur, *Oneself* 68)换言之，当对行动的目标进行追问或者探究的时候，也就摆脱了对行动者的思考和关注。那么对自我叙事来说，当主体对自我叙事的内容进行关注的时候，也就忘记了自我是"谁"的问题。换言之，在自我意愿叙事的过程中，自我也就被取消了，"正是问题'什么'与问题'为什么'之间的相互蕴涵为抹去问题'谁'作出了贡献"(Ricoeur, *Oneself* 68)。主体在叙事或者行动的过程中主要关注行动的意义或者原因时，也就不会关注在此过程中的那个行动的人。因而，自我的意愿叙事实质上与非意愿叙事相同，都是对主体进行否定的叙事形式。

欧茨小说中的"我"自从被卡帕联谊会开除之后，便开始了全新的自我叙事："我不想要她们的同情、怜悯或者关心。他们为我伤心是因为他们从对一个如此贫困、如此落魄的人的伤心中能体会到快乐"(Oates, *I'll*

*Take You There* 108)。因而"我"开始按自己的意愿去生活，抛开那些外界的束缚。利科指出："意向指能将行动与其他所有的事件相分离的……标准。"(Ricoeur, *Oneself* 74-75)换言之，当主体不再关注自身叙事行为之外任何其他附加因素时，也就处于自我的意愿叙事当中了。正如在祖父葬礼上哥哥对"我"说的话："你能做到任何事情。现在这成了一个预言，一个鼓励，而不是一种侮辱。"(Oates, *I'll Take You There* 114)卡帕联谊会的叙事经历让"我"明白了自己无法承担那样的身份叙事，但矫枉过正，走向了另一个极端。任由自我意愿的驱使，"我"开始与一个黑人交往，完全不在乎周围人对"我"的看法。

事实上，"我"对于黑人费纳的爱完全是为了尝试全新的自我认同叙事。因为"我"完全崇拜这个男人，他是一个"我"永远都不会成为、也无法想象的人。"我"想从他那里得到某种互补，一种"我"所缺少的东西。而当"我"决定接近黑人费纳时，他一直在拒绝"我"，但似乎"我"的内心有一个声音在指挥"我"——"他让我觉得快乐。他让我拥有一种存在感"(Oates, *I'll Take You There* 148)。与此同时，费纳也一直在追问"你想从我这里得到什么"，"我"想得到的正是"我"在自己这里找不到的自我。例如，当他们一起进入酒吧，被众人注视时，费纳习惯于被看，或许是被注视，而"我"却感到很不自在。换言之，费纳对于流言蜚语的无视正是"我"所缺少的意志和勇气。当卡帕姐妹称他是"黑鬼"(nigger)时，费纳却说："我就是我，没有人能用语言困住我。"(Oates, *I'll Take You There* 155)这正是意志的力量、意志的胜利。没有人能改变他的自我叙事，他有着自己的坚持。另外一次当几个白人向我们扔啤酒瓶时，"我"还记那时的害怕心情，而费纳不但没有松开"我"的手，反而抓得更紧了，"不要看他们，不要回头，他们根本不存在"(Oates, *I'll Take You There* 174)。后来"我"终于明白为什么费纳是哲学英雄，因为他否认命运的存在，而是想象成为一个纯粹的、超然的智者。从某种意义上说，意愿叙事来自主体对自由的向往、对自我内心表达的诉求，重要的是在这个过程中所体验到的自我本身的意义(布鲁纳82)。换言之，我们通过叙事来建构我们的身份认同。更为重要的是,叙事的主体作为自我叙事的创造者而受到重视。小说中,费纳让"我"明白"我"曾经对于自我评价来源的错误,"你想被一些不了解的人爱,一些没有价值和成就的人、种族主义者和顽固者。告诉我为什么"(Oates, *I'll Take You There* 188)。自此"我"开始领悟到自我的意愿叙事是抵抗外界伤害的最好方式。

但是后来"我"发现"我"从费纳那里得到的并不是爱。他从"我"这里得到的也不过是一个女性的身体,"碰巧他想要阿尼丽亚……"(Oates, *I'll Take You There* 196),而"我"又叫这个名字,但这并不是"我"的名字,是他称呼"我"的名字,"我"只是想成为那个女孩而获得一个全新的自我身份而已。"我"意识到:"我栖居的那个女孩的身体不是阿尼丽亚而是其他人会怎样呢? 他们有什么联系呢? 通过她空洞的眼神看到了什么? 她有未来、希望和其他的可能性吗? 是的,没有。"(Oates, *I'll Take You There* 205)换言之,"我"清楚地知道栖居在别人的叙事里,不可能获得真正的自我认同。因而,"我"没有足够的勇气继续维持这样虚假的自我叙事。当"我"发表了第一篇文章,费纳决定带"我"去城中一个昂贵的餐厅就餐。他们盛装走在街上时,"就像磁石一样吸引了所有人的目光。我想知道费纳是否想为我、为我们声明什么。有时我们手挽手……"(Oates, *I'll Take You There* 218)。整个就餐期间,"我很不自在,我感到其他人在看我们。而当我向四周看时,所有的眼睛又都立即移开了"(Oates, *I'll Take You There* 219),"我"甚至听到我们邻桌的女士在小声说:"你! 你不为自己感到羞耻吗? ……"(同上)外界的评论不断冲击着"我"的自我叙事构成。虽然叙事的主体是自我叙事的创造者,但是格斯多夫发现自我的叙事认同构成总是受到某种破坏性因素的影响(Gusdorf 42)。小说中,费纳和"我"一样具有高度意愿叙事的倾向,他们不愿意承认自己的弱小,不愿意受到世俗的束缚,而是要向人们展现自我的意愿叙事。然而他们不切实际的报复行为,最终只会对自身造成伤害。当"我"发现费纳已经结婚时,费纳很生气地把我"我""像赶一条狗一样"(Oates, *I'll Take You There* 23)赶了出来。自此,"我"结束了这一荒谬叙事,并意识到伤害自己也是痊愈的最好办法。"我"

通过自我的"否定"叙事来发现自我的真正叙事来源，因为"我将永远都不会哭，再也没有人拥有伤害我的力量了"（同上）。

欧茨创造性地在小说中展示了人物自我叙事从非意愿向意愿叙事的转变，以及随后二者结合的叙事模式。因此，可以说，欧茨这部小说的创作影射了文学创作与现实生活之间的密切关联。随着人们由外在被动的非愿意叙事逐步转变为拥有了自主权力的意愿叙事，最后发展为反思二者结合的可能，其中经历的过程，是人类对于自身困境认识的发展再现。

### 三、自我叙事行为本身的叙事伦理

自我叙事行为本身就具有伦理维度。虽然非意愿叙事是主体违背自我意愿前提下的叙事，而意愿叙事是以牺牲个人体面和尊严为代价来换取暂时的狂欢和沉醉，但从伦理意义上来说，这些叙事仍然是主体为了建构自我身份而做出的叙事尝试。与此同时，利科用偏好选择来表达意愿与非意愿选择的伦理维度。偏好选择是："我们会反复考量在我们能力范围内能做的事情。……现在每一个阶层的人都会考量他们能力范围内能做的事情。"（转引自 Ricoeur, *Oneself* 93）换言之，"欲望选择就是我们考量过的我们能力范围内的目标，欲望会故意选择那些在我们能力范围内的事情，因为当我们经过考量之后再决定，我们的欲望也就与我们的意愿相一致了"（Ricoeur, *Oneself* 93）。也就是说，主体根据自身的能力选择叙事对象，才能真正实现自我叙事的需要。因此，无论是意愿叙事还是非意愿叙事，都是主体对自我身份的探究，都是主体通过身份的叙事重构来尝试一种全新的自我认同。每一种不同的叙事尝试，都为自我的身份认同提供了一种可能，或者是一种否定。也就是说，我们对于伦理困境的叙事思考，不只需要一次叙事，而是需要多次叙事（Montelle S3）。而经过这些叙事尝试之后，才明白自我意义的真正来源在于自身的认识以及叙事目标选择之间的细致交织。欧茨在这部小说中通过人物三次不同的叙事过程展开了对叙事行为本身伦理维度的探讨，认为自我叙事行为本身就是一个伦理过程，主体在这个过程中不仅找到自我的身份认同，而且具有了更高的叙事伦理判断能力。也就是说，自我叙事行为的重要性在于不断发现自我身份认同的目标，以及对于伦理目标与自身的恰当认识和评价。换言之，在自我叙事中，主体的呈现使叙事具有能动的属性，而对于叙事行为本身的重视则体现了伦理意味。

经历了两次自我叙事的失败后，在小说的第三部分，"我"的生活归于平静，"我"从前面的痛苦经历中悟出了自我叙事的真正来源：

> 我将会毫不畏惧，或者不再表达出来。即使害怕也不会畏惧。……我将会展示我的内心，就像我展示我的身体；我不会再让自己受伤。我会消除我的负罪感。我会重建一个从失去和悲痛中获得力量的自己，不再是阿尼丽亚。阿尼丽亚之后，我会变成谁，等着瞧吧！在去看望父亲的路上，在去犹他州的路上，一个我不知道的地方，一个年轻的女人焦急地等着我，那是改变的我自己；在犹他州的新月城，我决定成为这个年轻的女人。（Oates, *I'll Take You There* 254）

这表达了"我"对于自我叙事的全新认识：一方面，"我"希望自己能够成为那个照顾父亲的人，尽到一个女儿的责任；另一方面，"我"希望能够不受任何外界的干扰，独立而自由地生活。正如布鲁纳所说："对于不同故事的追求，叙事行为给我们一个拥有不同世界的可能。"（布鲁纳 85）经历两次失败的叙事尝试之后，"我"对于生命的意义和价值有了全新的判断标准，"我"为了这些外在的一切失去了太多，"我"不再因为别人的嫉妒而有负罪感，"我"也不会因为这个人而感到骄傲或者优越，"我"不再根据家人的判断形成"我"的判断，因为他们根本就不懂"我"。"我"决定开始做我自己，尽管父亲的建议"不要让别人看扁你""我"一直在珍藏，但"我"有的时候也会背叛他。"我"将通过自我叙事发现自身的意义和价值，重要的是"我"的发现过程，而不是别人看到的那个"我"。格斯多夫强调叙事过程本身就是自我意义的发现过程，以及使其得到保存的重要方式（Gusdorf 29）。因此，自我意义和价值需要自我叙事的证明，而不可能通过规定的叙事内容来获得，这就是"我"开始自主地决定自我叙事的开始。

　　小说中"我"一直走在探索自我认同的叙事之路上。小说从头至尾都没有明确主人公的名字，似乎每个人都可以给她一个全新的名字，甚至有时连她自己都不清楚自己的名字。这充分表明了自我叙事行为本身就是对现在自我的否定，以及对全新自我的建构。正如朱迪斯·巴特勒指出的，讲述本身就否定了现在的自我，即讲述自己故事的行为就是我们正在寻找一个全新的自我，就已经有一个不同于现在的自我出现了（Butler, *Theories in Subjection* 11）。当教授叫不出她的名字时，"我咬着嘴唇不喊出自己的名字，但是突然我不知道我的名字了"（Oates, *I'll Take You There* 75）。因为，"我们很年轻，被年长者像牛群一样赶着向前，我们中那些脆弱的可能会摔倒并被忘记"（同上）。事实上，在年长者的眼里，这些年轻人就像微不足道的动物一样根本就不会被注意到。而"我"的黑人男朋友费纳叫"我"阿尼丽亚——"一个名字，谜一样的声音从我嘴里说出，就像是费纳·马泰斯为我命名的，而不是我自己"（Oates, *I'll Take You There* 143）。长久以来，"我"的名字如同"我"的身份一样都是被他人所主宰。然而，对于"我"这样一个寻找身份认同的人来说，不同的名字会代表不同的自己，这也是"我"一直为自己更换名字的原因："我自己的名字如此普通，没有新意。当它被大声叫出来时，我开始发现声音中的讽刺。自从儿时起，我就给自己起不同的名字，也就成为不同的人。"（Oates, *I'll Take You There* 144）不同的名字表明了一直以来"我"都在寻找自我认同的叙事过程当中，即"我"试图通过各种不同的方式来发现可能的"我"，因为"我"一直走在自我寻找的路上。欧茨也认为："……《我带你去那儿》中展现了'我'敏感的思想，小说中的小女孩一直处于思考当中，她总是在思考斯宾诺莎、尼采或者柏拉图等。"（Susana 102）从某种程度上说，这部小说具有自传的性质，欧茨通过各种叙事展现了对作家身份的不懈追求。

　　"我"开始明白自我意义的获得需要一种相对漫长的过程，于是"我"选择开车而不是坐飞机去西部，原因在于叙事的过程比结果更加重要。换言之，自我叙事的原因在于自我认同的不确定。反过来，正是自我叙事的不断建构才导致了自我认同的不确定性。事实上，"伦理主体的获得不是一种发现，也不是一种深藏的自我组成，而是对于自我身份的不断重构过程。……我们都是故事的讲述者和聆听者，我们通过接受或拒绝出现在我们生命中故事来维持自我的概念"（Goldstein 233）。这就是人生中自我叙事与自我认同之间的辩证关系。小说中，"18 岁时我离开纽约的家乡，不清楚我是谁，或者我要成为谁；只知道我不是谁，以及不想成为谁；直到那一刻，我明白了所有的一切"（Oates, *I'll Take You There* 128）。"我"的自我叙事与自我认同之间的关系表明："我"可能是任何人，任何人也可能是"我"。正如"我"发现的那样："伤害自己有时是最好的恢复方式。"（Oates, *I'll Take You There* 235）一个更为形象的比喻被用来说明自我身份的认同来自自我叙事的觉醒："如何让一个苍蝇飞出瓶子？打碎那个瓶子。"（Oates, *I'll Take You There* 243）换言之，通过不同的叙事尝试才能发现真正的自我意义。

故事指向"现在"与讲述者对意义的需要有关。正如小说中"我"发现的那样：

> 我们从没看过自己睡觉的样子，我们从没有看到自己在睡梦中像婴儿一样张着嘴。由此说来，我们也从未看到过我们自己，我们从未对自己有过清楚的认识，我们从镜中看到的只是我们想去看到的自己，或者能够承受的自己，或者是抱着惩罚自己的目的看到的自己。我们也不相信其他人看到的我们。因为他们也用他们不完美的眼光看到他们想看的内容。（Oates, *I'll Take You There* 151）

自我的身份从来都未曾是一个确定的答案，我们自己无法得知。由此说来，自我的意义建立在那些自我叙事的建构过程当中，是一个自我不断追寻的过程：

> 叙事编排是面向未来可能性趋势的主要表现。自我叙事不仅回顾

过去的经历将其汇聚成有意义的整体，而且针对未来的目标提出展望。作为第二层级的能力，叙事能够通过各种想象扩展行为实践的领域。叙事能够编排实践来指引个体和社会的生活。同样，叙事通过生活计划的形式来指导未来的奋斗。这些叙事特征在实践的基础上被组织起来，利科称之为"叙事生活统一体"（Hall, *The Poetic Imperative* 23）

叙事行为归根结底是关于生活的故事，关于人对意义的追求。自我叙事为自我的生活提供了某种可以参照的版本和标准，自我可以从中获得对于自我生活状态和生活价值的评判，我们从自我的叙事中理解生存的意义。自我叙事对过去的回顾，以及对将来的展望，都是为了给现在的生活赋予意义。因此，主体的叙事行为赋予生活以伦理意义，即没有自我叙事对自我生活的总结性和连贯书写，很难将之与伦理规定相结合，从而发现其与伦理意义的联系（Ricoeur, *Oneself* 58）。叙事通过将毫无意义的生活串联起来，并赋予其伦理意义，这就是"我"通过自身叙事行为进行的总结与反思。

欧茨通过这部小说强调了自我叙事并不是一种简单的陈述和再现，而是一个自我意义的表达过程。由于自我叙事过程面临着各种不确定因素，"幸福代表着将我们不同的目标汇聚在一个共同的领域。尽管如此，对于幸福作为一个完全肯定的回答让我们意识到幸福从来都不能实现，只能是努力的目标"（Hall, *The Poetic Imperative* 48），我们只能在自我的叙事中组织、诠释和创造有关自我的叙事内容和叙事方式，从而形成独特的自我叙事意义。因此，欧茨将人物的叙事行为与伦理目标的相互关系置于一个持续而漫长的叙事过程当中，从而让人物拥有了获得自我意义的可能性。

## 第三节　女性叙事与自我叙事的同一性：《泥女人》中女性人物的自我同一性

法国哲学家利科对于自我同一性的研究发现，要获得自我同一性，首先要克服的是相同性和自身性之间固有的矛盾(Ricoeur, *Oneself* 138)。大多数人的自我被相同性占领，也就是说，叙事将那些外在的标准合理化，将自我塑造成了公共的自我。事实上，这样的自我定位往往成为自我迷失的一个重要原因。与此同时，自我内心的坚持则以更为隐蔽的方式编织着属于自身的叙事，以抵御对真实自我的抹杀。因而，利科认为只有通过叙事的方法，才能实现自我相同性与自身性的内在统一。

与利科的自我叙事观相似，欧茨通过小说这种更为形象的方式将叙事同一性与自我同一性之间的辩证关系展现给读者。她在小说《泥女人》中描述了作为长青藤大学女校长的主人公 M. R. 的自我同一性矛盾，她被亲生母亲抛弃在河边泥潭中的经历，是她一直以来试图忘却和掩盖的心理伤痛。尽管养父母通过中产阶级的教育与生活让她忘记过去、重新开始，但是强大的工作压力和内心困惑，让她不由自主地走上了对于真实自我的寻求之路。也就是说，她干练独立的公众形象背后是无比细腻柔软的内心。因此，她不得不在自我的相同性与自身性之间挣扎和抗争，最终通过叙事同一性的建构来实现自我的同一性。

## 一、女性自我的相同性叙事

自我的同一性包括自我的相同性和自身性。利科通过对性格和承诺进行分析来阐释相同性和自身性，其中正是性格的稳定性与恒定性成为自我相同性的指代(Ricoeur, *Oneself* 118)。事实上，性格不仅是相同性的体现，而且是主体的生存方式。换言之，性格正是我们生存的世界对我们提出的要求，被我们转化成了自我的表征，这是一种无法抗拒的叙事过程(Ricoeur, *Oneself* 119-120)。由于这是一个需要叙事参与的自我构建过程，所以相同性表现为自我认同在时间上持久的叙事创造，同时这也构成了自我生存的叙事身份。因此，利科用一种近乎悖论的方式表达了相同性对自身性的覆盖："什么"代表自我同一性的相同性方面，而"谁"代表了自我同一性中的自身性方面。正是在性格这个向度上，相同性表现为对自身性的覆盖(Ricoeur, *Oneself* 122)。尽管如此，相同性和自身性并不是毫无交叉，而是具有错综复杂的辩证关系，不能简单地将二者视为自我的两极，而是应该看到其在自我同一性中的重要分工（Ricoeur, *Oneself* 119）。换言之，自我相同性的展现离不开自身性。

欧茨小说《泥女人》中女主人公 M. R. 担任长青藤大学校长一职，该职务让她被自我相同性所束缚。也就是说，她陷入自己是"什么"当中而无法自拔，这类似于为自己戴上了一个人格面具——树立良好的自我形象成为公众自我的基本要求。例如，M. R. 在讲话时总是带有微笑，她时刻提醒自己正在被公众关注，即便她在进行公众演讲时内心充满不安，但她也会将这些隐藏起来，甚至很难在她的朋友们面前表现出脆弱的一面，因为她的朋友们一向把她看成是积极向上、乐观、勇气的代表。当然，M. R. 作为一位众望所归的第一任女校长，她"不能冲动，不能留下过于官方和党派的倾向"（同上），也"不能表现得激进，她要理智、高效和务实"（Oates, *Mudwoman* 25）。她对自己的要求是绝无半点讽刺的严肃。这所有的一切都让她的自我完全被相同性叙事所占据。

身份叙事建构的意义正来自其具有的他性（Schick 21），那么对于职场中的女性生存来说，去除女性特质是女性成为一个成功公众人物的首要条件。M. R. 恪守作为一名女校长所应有的一切特质：

> 当然她是严肃的：一个严肃的女人。第一个大学女校长。女性特质不是问题，一直都不是。在面试中，M. R. 毫不犹豫地解释到，在她的职业生涯中，甚至在她的学生时代，她就决定不要被女性特质所干扰。正如 M. R. 所知，这的确是事实，她不是一个爱发牢骚、经常以鄙视、伤感和责难的语气说话的人。（Oates, *Mudwoman* 19）

在 M. R. 眼里，女性特质绝不可以成为其建立相同性的阻碍。她尽量把自己的女性特质去掉，将自己武装成一个独立坚强的人。正如利科所言，忠诚和忠贞这些他性常常被当作性格构成的基础（Ricoeur, *Oneself* 121）。事实上，对于一些职场女性来说，"我是什么"常常被用来回答"我是谁"的问题,即一些公共的价值观念和评判标准成为相同性得以建立的自我叙事基础。特别是对于承担重要职位的女性来说,责任的重担就成了她们自身叙事身份不可规避的来源,即她们往往被这个职位所承载的一切,如观念、信条和思维所绑定,这就是获得我是"什么"所要背负的责任。因而,M. R. 像男人一样高效坚定地工作的原因在于,她坚信成为一名女校长的责任是"为别人服务,做一些有益的事"(Oates, *Mudwoman* 18)。

相同性不仅来自主体自身的愿望,更是外界对其提出的要求,即身份的建构离不开社会价值和判断等外部因素(Schick 19)。小说中 M. R. 作为第一位长青藤大学的女校长必须要对其他人非常友好,否则就无法胜任这个职务:"在所有的公开场合,所有的公开演讲中,M. R. 都强调大学校长是一个团队的努力——她公开感谢她的团队,感谢每一个人。"(Oates, *Mudwoman* 25)她的目的是拉近与他人的距离,希望和她的同事们成为朋友,而不是将公众的自我变成高不可攀的权力象征。虽然她知道其他人并没有真正想要和她成为朋友,但是她的公众自我却不允许她有任何的回避与迟疑。这是她已经内化的相同性的必然表现,正如利科所指出的那样,相同性并不是一种来自主体内部的偏好,而是外在经过了自身性的转化后形成的性格的一部分。但实际上,这种相同性并不真正属于主体,而是外加于其上的(Ricoeur, *Oneself* 122)。从某种程度上说,女性在职场上,没人在乎她是"谁",重要的是她是"什么",所有的一切都来自她是"什么"。这就是女性职场的生存规则,即自我的相同性被无限地扩大,而自我的自身性完全处于规避的状态。

然而,对于相同性极端的追求必然要付出相应的代价。为了实现更高的梦想,M. R. 开始变成一个工作狂:"众所周知,M. R. 非常聪明——非常努力,理想主义——但是很少有人知道,M. R. 的工作有多么辛苦。"(Oates, *Mudwoman* 27)虽然比起私人生活来说,她更想要那个公众的职位,那个为大家服务的机会——"一个可以引领和掌控光芒的工作。……因为这是泥女人一生中的最高点——被人尊重和爱戴"(Oates, *Mudwoman* 95)。

这种无"我"的追求让她明白作为一个校长与学者的区别："M. R. 的行政工作和她作为一名哲学家、作家的工作完全不同——行政工作是巧妙地组织其他人，它的重心在外部；所有的一切、所有重要的和紧要的事都是外部的。"（Oates, *Mudwoman* 27）换言之，相同性的获得意味着外部对于内部的无限覆盖，尽管相同性是将自我变为社会人的过程，但是相同性也包括了那些"绝对不自愿"的因素。利科也指出，组成自我的同一性中那些自我所不能控制的外界因素可以通过叙事成为自我的一部分（Ricoeur, *Oneself* 119），即性格是自我成为社会人的过程中所获得的根本属性（Ricoeur, *Oneself* 121）。事实上，M. R. 明白成为一位女校长所要承担的责任，即牺牲自身生活而全身心地投入公众生活，这是她获得社会身份认同的唯一方式。她试图通过放弃自我的其他生活，建立所谓的完美叙事世界，并执着地坚信这一原则，直至被其中的矛盾所击垮。

小说结尾处，M. R. 一度被自我的相同性与自身性之间的矛盾所击垮，她不得不回到家中休息一段时间。正是这短暂的脱离，让她意识到要在公众自我与私下自我之间找到一个平衡，这样才能真正实现作为一个社会人所需要的自我同一性。如果自我的认识完全建立在外界的价值判断基础上，那么完全依赖于外界的自我建构会让自我空壳化（Ricoeur, *Oneself* 122）。利科也指出，叙事行为成为自我身份建构的关键在于主体发出的主动意识行为，即一种能够确定自身的明确的话语表达（Ricoeur, *Oneself* 130）。也就是说，自我身份认同叙事的真正实现必须包括相同性和自身性两个方面。心理学家也认为，人类存在着两种建构自我的方式："独立型"自我和"互依型"自我（陈爱华 25）。这两种自我观的矛盾成为一些职业女性无法摆脱的自我认同困境，她们表面上要做独立自主的女强人，而内在又是渴望得到关爱的弱女子。小说中主人公 M. R. 一方面是事业至上的常青藤大学的女校长；另一方面又是希望得到爱情和婚姻幸福的小女人，在她的自我意识中，这两方面不时地发生着冲突与碰撞，M. R. 总是试图弥合这二者的界限，但平衡这两种叙事方式并非易事。一方面，牺牲私下的自我而一味追求公众自我的成功，这样的自我会失去幸福感；另一方面，只注重私下的自我而舍弃公众自我价值的实现，这样的自我会变得渺小而自私(Jen 158)。因而真正的自我统一性应该是二者的兼顾与平衡，如此才有可能获得自我的幸福与价值的实现。也就是说，主体通过叙事的指示才能在相同性中保持其与自身的统一(Ricoeur, *Oneself* 167)。

## 二、女性自我的自身性叙事

利科在相同性的基础上来解释了自身性的内涵，并强调承诺作为自身性的表现形式，是一种对于自我恒定性的坚持(Ricoeur, *Oneself* 123)。从某种意义上说，尽管主体的社会身份来自对相同性的坚持，但是身份认同更多地体现为自身性，而不是相同性，"承诺——似乎构成了一种对时间的挑战，一种对文化的挑战：哪怕是在我的欲望改变时，哪怕是在我改变看法、倾向时，'我将保持不变'"(Ricoeur, *Oneself* 124)。与相同性的持久性和稳定性不同，自身性通过诺言的坚守来达到自身性的坚持，这是对时间和变动的对抗。

正因为性格与承诺之间存在差别空间，所以才需要叙事来弥合，叙事成为性格与承诺两极之间的中间点(Ricoeur, *Oneself* 124)。利科进一步指出，正因为叙事处于性格与承诺的两极中间，叙事既可以表现为相同性对自身性的覆盖，也可以反过来，表现为自身性摆脱相同性、完全地裸露出来(Ricoeur, *Oneself* 124)。尽管如此，自身性不能脱离相同性的约束，这样自身性会失去前进的方向和动力。与此同时，相同性也离不开自身性，否则相同性只会是一个没有内核的空壳。而叙事就是展示自身性与相同性辩证关系的最好方式。在叙事中可以通过对主体身份的重新编排，从而达到身份认同的不同可能。

自我内部的同一性冲突，特别是相同性对于自身性的压制，会让自我处于内在的迷茫状态。"……她太累了。过度操劳、营养不良、贫血症让她彻底垮了。……努力！你必须努力！更加地努力！她已经停止努力。她讨厌那些希望她如此努力的人。"(Oates, *Mudwoman* 331)小说中的女主人公 M. R. 太累了，虽然她一直都非常努力，一直想成为人们眼中羡慕的对象，而不是那个令人同情的泥女孩，但是她的养父母、她所谓的情人等带给她的压力最终将她击垮。尽管现在她要证明长大的她——泥女人不需要人们的同情，然而和泥女孩一样，她的外表也被厚厚的泥巴包裹，只有去掉这层伪装她才能成为自己。M. R. 童年时经历的身份危机和留下的创伤记忆让她不断寻找自我肯定的来源。一直以来，她认为成为优秀的人，成为大家眼中羡慕的对象，就可以弥补她内心的空虚，也就是通过外在的成功来隐藏自身的脆弱。然而，她的成功并没有去除她的困惑，相反，使她愈发陷入对自身性的追问之中。

当自身性受到相同性强烈的压制时，人们便会寻找恰当的时机来展示自身的存在。M. R. 在参加会议的前几个小时突然决定租车去一个陌生的地方走一走。没有任何人知道她要去哪，她要让自己处于一种完全无意识的状态，"就像 M. R. 完全没有想过任何的可能性，就像她大脑的一部分停止了工作一样"（Oates, *Mudwoman* 36）。这可能是这几个月来她的同事第一次在工作时间不知道她去了哪，M. R. "变成透明的了"（Oates, *Mudwoman* 37）。然而就连她的父母在她还是女孩的时候就夸赞她的成熟、她的责任感，但是这时候的她却完全不同，甚至连她自己也认为这"只是一个插曲。这的确有一些不同，没有人会知道"（Oates, *Mudwoman* 37）。因为当她把手机关掉、把电脑忘在酒店时，她感到这是一段令人惬意和自由的私人时光。也就是说，过度的相同性叙事让她终于选择了逃离，她为获得这片刻的自身性而感到狂喜。

当 M. R. 放弃她的相同性叙事，回归到自身性叙事当中，她发现回到家里，她找回了遗失很久的睡眠，"在迦太基的日子里，在桂冠山街 18 号的房子——她过去的房间里，她能够这样睡觉，就好像过去很多年都没睡过一样。她想这或许就是我想要的，而我却不知道它一直在这里等我"（Oates, *Mudwoman* 361）。也就是说，在家里她找到了久违的自我——一个她不曾发现的真实自我。M. R. 甚至惊奇地发现"我现在变得好懒惰啊！我几乎都不认识自己了"（Oates, *Mudwoman* 269），并且感受到了她从没发现过的生活的美好：

　　M. R. 开始进入心灵的又一区域，这里有与以前的生活完全不同的生活，她的心跳可以放慢，可以更加淡定；这里每次可以长时间地注视星空——而不是像她的爱人那样无休止地在宇宙中寻找着什么，M. R. 没有想要的。这里她可以无所事事地坐上几分钟，什么都不用想，除了一些眼前的紧要事：哪一种蔬菜作为今天的晚餐——茄子、西蓝花、西葫芦……(Oates, *Mudwoman* 269)

这样平淡而宁静的生活，与她所向往的成功完全相反，这才是她内心深处最真实的召唤。换言之，虽然 M. R. 自我的自身性叙事被暂时压制，但是它最终会被主体释放。

　　M. R. 开始明白，她曾经的自我并不是她真正想要的，而是被客观给予的他人的愿望。虽然这能让自我快速地获得自我的认同感，但同时也隐藏着重大的危机。M. R. 一直以来被自我的出身之谜所困扰，她不愿承认自己被抛弃的身份，通过压抑这个困惑来为自己塑造一个完美的自我，即通过外在的成功来让自己变得快乐与幸福。但当她面对压力时，自我同一性的矛盾就会突显出来将她击垮。找回最初的自我才能开启全新的自我叙事。于是，M. R. 开始找寻自己的亲生父母，当她从养父那里得知有关亲生母亲的消息时，她马上前往探望，"当然其中有些许的安慰：我只是很多人中的一员而已。她和我，妈妈和女儿。生病的、隔离的妈妈，被收养的和长大的女儿。如果我能来，我会来看她的"(Oates, *Mudwoman* 380)。回到最初的自己，并能积极地面对，这是 M. R. 进行自身性叙事所迈出的重要一步。当 M. R. 想起养母对她说的话："把你带到这个世上的父母是你最大的责任，他们生下你，把你养大，照顾你，时刻关心你。责任，M. R. 本想辩驳，但是她回想了一下自己生命的责任。"(Oates, *Mudwoman* 358) M. R. 开始领悟到养母劝说她上一所家乡的大学，然后在家乡当一名教师的真正意旨。现在她似乎得到了她所梦想的一切，但是她却失去了她最珍贵的亲情。这让她终于明白她现在所缺失的正是对于家人的爱和责任，一个可以让其成为真正自我的自身性。于是，M. R. 开始努力地找回那个遗失的自我，她开始关心她的养父，并和养父一起去当地的老兵疗养中心做义工。自此，M. R. 意识到，只有回到自我的出发点，才能找到自身性的来源，才能更好地处理自身性叙事与相同性叙事之间的分歧，才能进一步获得自我的同一性。

## 三、叙述同一性与自我同一性

利科的叙事伦理思想是用异质综合的叙事方法来调合自我的自身性和相同性之间的冲突，即叙事将伦理内容加入到自我同一性的建构当中，从而通过叙述同一性实现自我的同一性（Ricoeur, *Oneself* 124 165-166）。具体来说，利科通过叙事时间来赋予自我以伦理的意义："时间通过叙事结构的重构能力才能成为人类的时间，也就是经体验的有意义的时间"（Hall, *The Site of Christian Ethics* 41）。小说中 M. R. 试图通过相同性来覆盖自身性的努力最终归于失败，原因在于自身性的时间恒定性成为其无法抹去的内在伤痕，只有真正地面对它，通过叙事的同一性使其与自我的相同性完美融合，才有可能获得自我的同一性。正如利科所言，"叙事身份依赖于相同性与自身性之间的不断对话……正是这种对话最终构成了个体的身份认同……"（Ricoeur, *Capabilities and Rights* 19），而这种对话建立的基础来自叙事建构的时间对抗。

否定叙事在自我同一性中具有更多的人生意义。当自我同一性的两个方面失去平衡时，否定叙事是维持自我同一性平衡的最好方法。事实上，否定叙事在自我身份寻找的过程中起到的叙事作用与叙事中引人入胜的情节一样，这些否定的部分推进故事的进程，同时也使故事成为故事，从而构成自我叙事中的矛盾冲突（Ricoeur, *Oneself* 167）。对于自我的同一性来说，自我叙事中这些否定的内容是推动自我叙事发展的动力之源。具体来说，通过去除相同性的支持来暴露自身性，"……现在所失去的……就是把人物等同于他性格的东西"（Ricoeur, *Oneself* 149），也就是通过突出相同性，来表现叙事同一性的丧失对自我同一性的影响。小说中，M. R. 的自身性叙事的丧失，以及相同性叙事的过度扩张，让她的自我叙事失去平衡。

欧茨在展现人物自我否定叙事的同时，也试图探索实现自我同一性的叙事方法。约翰逊认为:"我们每一个人都有意识或者无意识地积极编织我们的生活故事，试图在我们认为有意义的生活故事中将自己塑造成有意义的人物。"(M. Johnson 31)事实上，梦境是自我叙事同一性的一个重要方面，也是自我同一性的一个重要来源。梦境与童话故事一样是带有某种目的的叙事，而且这种叙事可以被所有人理解与认同，甚至能够从中发现解决自我困境的有效方式(梅 89)。通常梦境除了反映我们的恐惧之外，还为我们展现了解决自我叙事矛盾的方法——展现一些我们未曾意识到的叙事世界。在这部小说中，欧茨让人物在真实与梦幻之间交错穿行，赋予梦境叙事以自我同一性的意义。因此，叙事同一性与梦境叙事并不完全分离，而是相互交织的统一体。

欧茨小说《泥女人》中有三段对梦境的描写，分别代表了她所面临的三个困境。

第一个梦中，她梦到自己在游泳馆被几个年轻人拖到桥下殴打。她毫无反抗能力，甚至都喊不声音来，没有人来帮助她，"她在一片荒野中爬行，她逃到了一个小溪边，陷入泥中。她越挣扎，她的头上、身上和嘴里越都是泥巴。她明白:没有一件在你身上发生的事之前没有在别人身上发生过。你的痛楚只是对你的嘲笑"(Oates, *Mudwoman* 245)。这个梦中的情景与她儿时被亲生母亲抛弃在河边的泥潭里，以及后来在寄养家庭可能受到的性虐待有关。一模一样的情景让 M. R. 意识到，如果她无法从中走出来，那么罪恶的种子只会生根发芽。于是她决定"她不会屈服，不会屈服于任何情景，任何失败的情景，因为她足够强壮和坚定。她是玛丽德丝——她记得自己胜利时的名字，那个强大的受人尊敬的名字——那是她的名字——她将会坚持下去，一如从前，只要她还能做到……"(同上)。这个梦境叙事让她明白必须要坚强地面对过去，而不是一味地逃避，这是她生命叙事中无法抹除的部分。

第二个梦中，她杀死了一个对她的权威和能力进行质疑的校董。这个梦比起前一个梦更加的血腥与黑暗，她不但将其杀害并分尸，而且用车将尸体运走掩埋。梦中的内容真实地反映出她的工作压力已经大到了无法承受的地步，即她的梦正在提醒她：她不能再继续这样生活，她必须停下来。对于自我相同性的过度追逐，导致"她太累了，她不能实现他们的期待。对于她来说，让这么多人失望，真的很羞愧。但是她太累了"（Oates, *Mudwoman* 329）。因此，第二个梦境叙事让她终于明白自己过于被外在的规范所束缚，该是挣脱这一切、去寻找自我的时候了。

第三个梦中，M. R. 做了新娘，新郎是一个战斗英雄，是她和父亲做义工的医院的病人。"最终，泥女人结婚了。等了这么多年！盼了这么多年！现在当一切都晚了，泥女人终于被选中了"（Oates, *Mudwoman* 343）。虽然她一直都否认自己的女性特质，决心像男人一样精明干练；虽然她有一个很少见面的情人，一段注定没有结果的恋情，但是她的内心还是渴望婚姻，渴望得到爱，因为她太孤独了。只有在梦中，她才会展露内心真实的想法。现实中，她故作坚强。在这个梦中，她将自我的相同性与自身性进行了完美的结合，也就是她通过梦境叙事的同一性来表达自我的同一性需求。

梦境是根据现实进行的创造性叙事活动。梦境的内容以现实为基础，换言之，它是整合所有现实内容进行的再创造，虽然有些梦境看起来怪诞离奇，但它们却是一个人真实内心感受的反应。小说中，M. R. 通过这三个梦境对现实困境进行重新编排与组织，让自我的相同性叙事与自身性叙事之间的矛盾得到了完美的解决。从某种程度上说，梦境叙事的同一性为她自我同一性的实现指明了方向。

梦境叙事有时比现实具有更多的真实性和可靠性。社会认知研究发现，除了有意识的社会信息加工，还存在一个内隐的社会信息加工，即内隐社会认知。内隐社会认知是指过去的模糊经验和记忆会对行为者产生一定的作用。① 虽然这些梦境不是在她清醒的状态下作出的真实判断,但是这些梦境却反映了她真实的内心,并最终让她作出了一些正确的决定。因为无意识有时比有意识的认知更加真实(马斯洛 170)。事实上,现实生活给我们太多的压力和无奈,我们不得不有意识地去伪装自己,以至于有时我们忘了真正的自己,只有在无意识的状态下,我们才能找回最初的想法,或者意识到真正的自己。欧茨认为梦境"以一种我们无法完全理解的方式为我们提供价值。甚至不好的梦也同样有意义。总之,梦境是由自己创造的。梦来自睡眠,而睡眠又来自人类的大脑"②。因此,我们同样可以通过梦境叙事来获取自我的意义与价值。

叙事同一性的获得,意味着自我同一性的出现。正如布鲁纳所说:"我们的身份认同主要来自我们自己讲述的故事。这些故事将自我那些碎片式的片断组合成一个统一的故事。"(布鲁纳 100)小说中,M. R. 经过"三个月的休整,找回真正的自己"(Oates, *Mudwoman* 331)。当她重新找回睡眠、过着简单的生活时,她发现自己突然就好起来了。她很开心,因为生活是如此简单——她只需停止思考,生活就从她身边悄悄地溜走,"明早,她的新生活就开始了。她的新生活,那将是对于从前生活的一个转变。从现在起,她就是一个陌生人了。现在她准备好了"(Oates, *Mudwoman* 412)。因此,M. R. 总结道:"你不必知道为什么发生你身上的事会发生,也不必知道你身上到底发生了什么,你只需要活好今后的生活。"(Oates, *Mudwoman* 422)换言之,叙事同一性的获得让她对生活有了全新的领悟。

欧茨将叙事同一性作为人物解决自我身份困境的伦理方法并进行了各种可能的尝试,包括外在的和内在的。梦境作为被其他人忽视的一个自我

① Suls, J. and Wills, T. A. *Social Conparison*: *Comtemporary Theory and Research*. Hillsdale, NJ: Erlbaum, 1991. Smith E. R., Steewart T. L., and Buttram R. T. "Inferring Traits from a Behavior Has Long-term Highly Specific Effects." *Journal of Personality and Social Psychology* Vol. 62, (1992): 753-759. Myers, D. G. *Social Psychology*(3rd ed.). New York: McGraw-Hill, 1990.

② 引自欧茨的访谈录。参见 Oates, Joyce Carol. "The Place to Find Joyce Carol Oates." *The Washington Post*(09/13/2013).

认同的无意识方面，被欧茨用作解决自我同一性矛盾的叙事方法。虽然表面上梦境叙事的说服力不如其他的意识叙事，但是它却是主体真正心声的真实反映。根据利科的研究，自我同一性两个方面的冲突需要叙事同一性来解决，而这种叙事同一性正是来自主体内在的叙事构建。"事实上，叙事不只包含这些变化，而且会产生它们、探究它们"（Ricoeur, *Oneself* 148）。布朗宁也认为叙事是实现主体身份伦理的重要方法，也就是说，叙事不只是对伦理事件本身的再现，而是通过叙事的过程本身，领悟其伦理内涵（Browning 256）。因此，欧茨在这部小说中强调了梦境叙事作为实现自我叙事同一性的可能方法，以及梦境叙事对于获得自我同一性意义的可能性。

# 第二章 人物的他者叙事与伦理交流

有关自我与他者的关系，西方哲学家们进行了广泛而深入的研究，从胡塞尔的交互主体性，到列维纳斯的他者伦理，再到利科"作为他者的自身"理论，研究路径经历了从交互性到外在性、又从外在性到内外结合的叙事伦理关系的转变。在修正和补充胡塞尔和列维纳斯他者哲学的基础上，利科认为对于他者的认识，既不能完全将其归于自我的内部，也不能完全将其看作与自我的分离，自我实际上是"自身与他者的交织"，也就是说，自身是一个包含他者的存在，是一个作为他者的自身。

利科在其著作《作为一个他者的自身》中指出："他者性并不是像我们题目中表明的那样是比较的关系，……而是包含的关系。作为他者的自身表明自身性与他者性的关系如此亲密，以至于无法想象没有对方会是什么样"（Ricoeur, *Oneself* 3）。利科进一步总结出自身解释学的四种质疑方式：谁在说？谁在行动？谁在说自己？谁是归咎的道德主体？这四个方面从语言学、实践、叙事和伦理的维度对利科的自我的他者性概念进行了界定。虽然他是从四个层面对自身的他者性进行论证，但是综合四个方面来看，其实都反映了叙事的问题。叙事使他者在自身中展现，使自身具有伦理的意向。

他者叙事对于叙事者来说，具有转换和联结的伦理功能。由于叙事是人类存在和交流的一种表达方式，那么叙事也就成为自我与他者交流的中介。"每个人从与其他人关系的个人体验中了解邪恶，但是我们如何了解善良呢？我们知道善良是与他人进行友爱的交流"（Kemp 43）。只有通过他者叙事，我们才能真正了解善良的本质。自我通过他者叙事将伦理的规范与要求具体到每一个日常的行动和生活中，让我们能够从生活中去感受伦理的具体表现。此外，自我的他者叙事过程实际上也是一种关系的确立过程，主要涉及伦理关系。因此，自我与他者之间的伦理关系既是叙事建构的前提假设，也是叙事建构的限定理论和建构结果。通过叙事的联结，自我与他者之间形成了延续的、无限的、互动的伦理关系，从而实现自我伦理意义的传递、转变与交流。

欧茨在小说中除了展现人物自我叙事的伦理构成，还展现了人物他者叙事的伦理维度。他者的存在不仅具有一种外在性、多样性和差异性，我们要与其保持一种亲近的距离，维持与他者的平衡关系，而且要通过叙事将他者转化为有关自身的理解和认识。从某种程度上说，他者不只是包含与自我面对面的他人，不在场的他者、他者的精神、他者的痕迹、他者的言语以及他者的物品等都可以成为他者叙事的对象。他者叙事带给自我的不是一种异化的、不可知的、完全陌生的生活方式，而是一种高尚的、美好的、温暖的生活方式，一种重新看待世界、享受生活和善待他人的伦理方法。通过他者叙事能够传递并产生无限的伦理力量。欧茨在她的小说中强调的就是自我与他者之间这种以叙事为中介的交互性和伦理性，即自我如何通过他者叙事的建构与生成来实现自我伦理世界的构建。欧茨在《妈妈走了》《中年》和《纹身女孩》这三部小说中展现了人物通过他者叙事实现其伦理思想的生成、转变和扩展的过程，以此来探讨他者叙事作为一种自我与他人之间伦理交流的有效方式和途径的各种可能。因此，欧茨与卡夫卡一样试图向她的读者呈现一个现代寓言，她的目的不只是那些伦理寓意，还包括那些传递伦理的方式，即如何才能实现人类的伦理交流。正如利科所说，如果不能以叙事的形式来组织生活，我很难想象善的生活是什么样子。他者叙事作为一种伦理组织方式成为自我与他人之间伦理交流的中介。

# 第一节　缺席的他者与生成叙事：
# 《妈妈走了》中传承的他者伦理

叙事作为交换经验的方式，一直都在变换着各种不同的表达形式、叙述主体和交换媒介。其中，他者叙事作为自我认同的一个重要组成部分，具有不可或缺的伦理意义。事实上，"为了获得叙事身份，我不能只期望从自己的记忆和生活故事中获得，因为我无法记得我生命开始的叙事，而我的死亡只能由比我活得更久的人来讲述。因此，同一个个体就有不同的生命故事。每一个叙事都与他人的历史相交织：父母、朋友、同事等"（Kemp 36）。这些他者叙事"帮助我们将我们的生活理解为一个整体，建立真正的开始"（同上）。那么没有他者叙事的帮助，很难想象自我伦理意义的来源。因此，他者叙事最终成为自我伦理生活的承载与起点。

利科指出，他者叙事的伦理既不在主体之外，也不在主体之内，而是由两个过程组成的统一体：一方面，生成他者叙事的过程就是主体对他者进行叙事建构并发现其伦理价值的认识过程；另一方面，主体自身也会产生相应的伦理转变来完成整个他者叙事的伦理过程，原因在于"责任并不只是指为了那些外加于我的行动，还指那些朝向他人的行动，即对于召唤我朝向正义的他人的回应能力。在责任中，我把他人看作我的伦理世界中不可代替的人"（Hall, *The Poetic Imperative* 91），总之，他者叙事包含了生成叙事和伦理转变这两个相互交织的过程。欧茨的小说《妈妈走了》中讲述了自由、独立的尼基从没想过自己为人女儿的这一身份，但是母亲的突然离世，让她从对妈妈的怀念与哀悼中发现了她未曾注意过的母女深情和自身的意义。换言之，女儿对妈妈的他者叙事过程本身具有让女儿尼基转变对母亲的伦理认识，以及开启自身伦理生活的意义和价值。

## 一、自我与他者的分离

欧茨在小说《妈妈走了》中所塑造的母亲形象，参照了她的母亲和祖母

67

这两位对她的人生和创作具有重要影响的人。欧茨在小说中不仅通过女儿尼基的视角来发掘母亲隐藏或者不曾被注意到的伦理品质，而且处处流露出欧茨对母亲的怀念、理解和爱恋之情。这是对逝去母亲最好的怀念方式。然而，小说开始时，对于女儿尼基来说，母亲完全是一个与她生活在不同世界中的他者。诚然，这是所有未成年女儿与母亲之间的关系类型。当然尼基叛逆的个性让她的青春期足足延后了十几年，这也让她们之间形成了自我与他者的疏离关系。尽管如此，利科认为：

> 我们总是明白他者不是与我一样，不是一个被动的思想主体。而是一个主观的思想主体。他也把我当成一个他者，而不是他自己。我们共同组成了一个普遍的自然世界。与此同时，我们也一同建立了能让人以更高人格进行行动的历史语境。那么意义优先于自身性的生成。（Ricoeur, *Oneself* 332）

可见自我与他者是一个相对的概念，共同的伦理目标奠定了自我与他者之间的叙事交流基础，或者相互转化的可能。因此，细读这部小说，除了那些弥漫其间的感情，同时也有促成女儿与母亲之间他者关系由疏离到亲密，最后再到替换的伦理维度。

小说开始时，尼基与母亲之间的他者关系极为疏离。年过三十的尼基对于母亲的了解仅停留在小时候的回忆当中，自她离开家后，她对母亲的生活便一无所知。例如，母亲节的当天，当尼基以新潮的发型出现时，母亲反复地问她到底把头发怎么了，"我毫不在意地说我想我告诉过她了，我把我的头发剪了"（Oates, *Missing Mom* 6）。事实上，多年来她们一直处于这种状态，"我们像这样的对话差不多有三十年了。你以为我们已经习惯这样了，实际上，我们没有"（Oates, *Missing Mom* 7）。由来已久的疏离关系让尼基不得不反思她们之间的母女关系，"有时，我不确信我是否会喜欢某些人。如果我不认识我的妈妈，我会怎样想她呢"（Oates, *Missing Mom* 12）？在尼基的眼里，她们就像生活在两个世界的陌生人。

母亲的他者状态始于父亲的离世。父亲突然离世后，母亲的行为变得非常怪异：她会长时间地洗澡，反复洗手直至皮肤开始破裂，经常刷牙直至出血。她还喜欢把父亲给她的滑石粉掸遍全身，甚至是她的脚底，这令她的女儿们感到十分惊讶与不安。除此之外，妈妈对朋友们过度友好的行为也让女儿尼基十分不解："为什么妈妈要这样做？自从父亲去逝后，当妈妈的好客开始变得疯狂，我总是有逃走的冲动。"（Oates, *Missing Mom* 14）尼基越来越无法理解妈妈"疯狂"的行为举止，她从心底将母亲看作一个完全不可理解的他者。

与尼基婚恋问题上的分歧进一步加深了母女俩的疏离。母亲反复地强调："别的女人的丈夫！你怎么能这样，尼基。他都不尊重你，你怎么会期望他娶你？如果那个男人爱你，他会离婚，再娶你。"（Oates, *Missing Mom* 22）对于尼基与有妇之夫的恋爱关系，母亲一直持反对态度，而尼基则有自己的想法和坚持。为此母女经常会大吵，这让她们之间的关系越来越疏远。虽然尼基心里明白母亲是为了自己的女儿过得更好，也就是"她想让她的尼基能和她的大女儿一样幸福，那就意味着结婚、生子、拥有自己的家人"（Oates, *Missing Mom* 25）。但是这样的好意尼基却无法接受。因为在尼基看来，这是母亲自私的表现，将自己看成是她的所有物，并把自身的叙事理念强加于人。事实上，尼基认为其中的根本原因在于"她不懂我，也不想懂我"（Oates, *Missing Mom* 25）。因此也可以说，尼基是母亲的他者，母亲同样对她一无所知。她们之间的分歧与不解进一步加深了母女之间的他者关系。

母亲的他者身份表现在她自身独特的性格品质上，特别是对一些信念的坚持让她的女儿们无法理解和接受。例如，任何一次家庭聚会，妈妈都会独自完成所有的准备、烹饪和清理工作。尽管妈妈是一个瘦小的女人，但是她强烈反对任何人来帮她，她的理由是："今晚你是我的客人。即使是我的女儿，你们也只需坐着就好。"（Oates, *Missing Mom* 31）妈妈从不允许其他人来帮助她。相反，她却要尽全力地去帮助其他人，包括那些罪犯。如果自我把他者看作自我意义的来源，那么"他者的前提假设在于其在自身领域构成中的间接作用：如果脱离他者的帮助，我便无法集中、强化并持续维系自我身份，这一体验也就无从谈起"（Ricoeur, *Oneself* 332）。也就是说，没有他者的呈现，自我就无法意识到自我意义的真正来源，妈妈就是这样一个时刻把他者的幸福作为自我存在意义来源的人。例如，当女儿发现妈妈在雇佣一个有前科的黑人割草的时候，就去质问妈妈为什么要这样做，妈妈却回答："……一个假释的人如何才能养活自己，如何才能避免去实施更多的犯罪，除非有人提供给他们一个机会……"（Oates, *Missing Mom* 29）这是女儿们无法想象和理解的他者世界。因此，母亲对自我与他者关系的伦理界定，成为与女儿们产生分歧的又一重要原因。

欧茨对于女儿尼基与母亲之间疏离关系的描写，是为了给随后展开女儿他者叙事的生成过程做铺垫，正是这种格格不入的陌生关系，决定了他者叙事生成过程的伦理意义。换言之，他者与自我的分离是自我的他者叙事得以进行和存在的基本前提。此外，母亲"他者"伦理品质的简略再现也为后文他者叙事的伦理维度奠定了叙事基础。

## 二、生成他者叙事

利科指出了自我接待能力中叙事的重要性。他从列维纳斯的他者声音进一步指出，有必要同时听到"我"的回应之声，只有通过自我与他者之间的叙事交流才能完成自我与他者之间的伦理循环过程（Ricoeur, *Oneself* 339）。换言之，他者与自我之间存在着伦理迁移的可能，"'他思考''她思考'就等于'他（她）对自己说：我思考'，这就像一种迁移现象"（Ricoeur, *Oneself* 335），并且从我到他人的迁移又与从他人到"我"的反向过程相互交织（Ricoeur, *Oneself* 333）。叙事承载着自我与他者之间的伦理迁移重任。他者叙事就是一种能逻辑有序地对他者进行定义、归纳和总结的能力，主体通过他者叙事获得自我的意义，这是一种伦理交流。"为了理解他人生活的意义、他们的选择和决定，我们需要一种被称为叙事的能力。叙事能力让我们通过故事感知到他人的世界（Montelle s4）。叙事成为我们理解他人世界的最好方式：我们讲述他者的故事，也是讲述自我的故事。总之，自我叙事与他者叙事是一个相互交织的过程，在这个过程中，伦理维度既是自我叙事与他者叙事的叙事前提，也是二者相互交织的叙事指引与叙事结果。

博耶提出了前叙事的概念，这样的叙事更关注叙事成为完整故事之前的片段和未完成的叙事阶段。叙事学认为"故事即文本"，关注那些固定的故事，而前叙事关注生活经验，能够深入洞察集体故事的讲述过程。前叙事颠覆了叙事的霸权地位，让叙事的声音可以来自更广阔的空间（博耶324）。前叙事的界定对于他者叙事的建构与发现来说，更具有实际的伦理意义。在《妈妈走了》这部小说中，对于妈妈故事的发掘，尼基在依赖于她的自我发现的同时，更依赖于其他人的讲述，一些她不曾注意到的生活细节和没有预料到的人会给她提供故事的片段，这些都成为有价值的叙事来源。从某种程度上说，正是因为这些叙事来源的存在，才表明了母亲伦理生活的意义与价值。换言之，这个前叙事的组建过程对于尼基的伦理改变力甚至超过了直接的他者叙事。尼基的前叙事过程表明：一方面，他者叙事需要来自各个方面的叙事片段、叙事声音和叙事视角来共同完成的伦理过程；另一方面，这些前叙事让他者叙事具有了更多伦理可能性。

小说中，尼基与妈妈之间的关系的最大转折点是妈妈的离世。博耶认为正是这样一个完全陌生与他者缺席的存在，才决定了他者叙事的生成性。而生成故事就是处于幽灵状态的故事①（博耶325），即生成故事正是一种介入未成形的叙事片段与统一的叙事之间的叙事过程，在这个过程中经过追寻、质疑、组合与生成等环节形成一个完整的故事（同上）。因此，他者的外在性直接决定了他者叙事需要经过一系列的生成过程，最终才能形成一个完整的故事，这是他者叙事的固有本质特征。这对于叙事主体来说，意味着叙事状态的彻底改变。正如尼基发现的那样，"你的生活会多快被改变？一天，还是一小时？"（Oates, *Missing Mom* 103）尼基的生活就是

①　德里达所说的"幽灵论"（Hauntoloty）是存在论的双关语，指的是幽灵，它既不是存在，也不是非存在。

在这样的一天或者一小时内被彻底地改变了。与妈妈从生到死的离别发生得太突然，她一时无法接受这样的变化，特别是看到妈妈的尸体，"你从没预料到那样，也从没准备好，你无法逃脱。流血很长时间都不会停止"（Oates, *Missing Mom* 58）。这个血腥的场景是尼基内心受到巨大冲击的重要原因之一，她无法接受这样的事情会发生在她的母亲身上，更让她悲痛是周围人对她的评价，"没人会知道，也没人会想到那个染着紫色头发的骄傲的女人内心会流血"（Oates, *Missing Mom* 58）。虽然尼基对于母亲的离去悲痛不已，但是周围人对她的误解让她更加伤心，她一度被这些打击击垮。然而，正是这样沉痛的悲伤才促使她自我的转变。她试图通过对母亲的叙事建构让自己从悲痛中解脱出来。

母亲的坚强与勇敢是尼基从母亲他者叙事中发现的最重要的内容。母亲在父亲去逝后有一系列的"疯狂"行为和言语。例如，她能够为所有参加父亲葬礼的人提供服务，包括亲自烘烤面包，并说道："你知道的，人们总是要吃饭的"（Oates, *Missing Mom* 87）。这是母亲为女儿们树立的坚强榜样——要从悲痛中勇敢地站起来。因而母亲去逝后，尼基的自我开始慢慢地发生转变，"作为一个延迟青春期的青少年，我急不可待地想要逃走。但是妈妈身上发生过这么多事，而周围的邻居如此友好地支持和真诚地悼念妈妈，我不得不重新考虑一下我以前的这些想法"（Oates, *Missing Mom* 155）。母亲的榜样以及周围人的支持，让尼基从悲痛中走出来，开始寻找母亲拥有如此多的朋友以及被大家喜爱的真正原因，于是她开始了对妈妈的他者叙事建构。

在尼基发掘的所有有关妈妈的叙事中，各个部分看起来像是一个个相互分离的碎片，但这些前叙事具有共同的伦理维度：所有人对妈妈的爱以及妈妈对所有人的爱成为联结其所有叙事片段的重要伦理因素。生成故事不在于叙事的完整性，也不在于前叙事的碎片性，而在于二者的相互交织所达到的伦理目的（博耶 327）。母亲的伦理品质是尼基将自己对母亲的回忆片段和亲戚朋友对母亲的故事讲述相结合并构成有关母亲的生成叙事的内在基础。一般来说，生成故事可以从多个角度来界定、讲述和构建。最重要的是，生成故事是具有一定再生能力的社会化过程（博耶 325-326）。生成故事是由多个作者共同完成的故事，对于他者叙事来说，这些作者共同讲述了一个有关同一个他者的故事，每个人都看到了这个他者的不同侧面，他者的生成故事是一个多元、开放和复杂的结构。尽管如此，母亲对朋友的重视以及乐于助人的高尚品质，让所有人对母亲的伦理评价成为这个生成故事的共同内在线索以及背后的动力。正是由于大家对于母亲的喜爱和怀念才促使他们愿意与女儿尼基一同分享有关母亲的故事，以此来怀念和表达他们的感激之情。对于生成叙事来说，叙述者并不在意叙事是否完整和统一，也不在意叙事是否是间断的、不完备的。重要的是，叙事过程反映了为了让前叙事构成叙事而加入的伦理和情感因素，这些因素虽然不是叙事的主要内容，却是叙事的最终目的。生成故事进一步所要产生的伦理施为力，即所有生成故事最终达到的有关伦理维度的共识，是隐藏在所有前叙事片段背后的叙事目的和动机。欧茨通过母亲的伦理品质对这些生成故事进行串联，从而形成一个共同的伦理结构与主题。

　　生成他者故事的不同作者和多样的视角是促成生成故事发展的内在动力因素。尼基对于母亲故事的发掘是一个发展变化的过程，经历了从最开始的排斥到好奇，再到主动寻找的过程。母亲的生成故事不断增加新材料、新视角和新发现，甚至从前的一些定论也在不断被修改、推翻和补充。正是尼基与母亲之间的他者关系，确定了二者的他异性，也决定了尼基他者叙事的变化过程。换言之，尼基对母亲曾经的认识与新的发现之间的强烈的反差与对比，是其产生强烈叙事愿望的内在动力。从某种程度上说，这些矛盾和冲突正是促使尼基发生伦理转变的叙事前提。正如博耶所认为的，生成故事内部的矛盾与冲突是生成故事形成的内在动力。具体而言，生成叙事的材料之间存在着众多差异，为了解决这些冲突，需要更多的叙事来形成故事的合理性与连贯性，那么这样一个不断循环的过程就构成了生成叙事的动力机制（博耶 327）。换言之，生成故事的过程不是一个固定的、线性的统一过程，而是一个变化的、多样的反复过程。生成故事的过程虽然要经历种种迷惑与不解，甚至遭遇挫败与打击，但是故事生成过程本身所特有的吸引力，会促使主体进入到他者的故事，从而发生自我的伦理转变。尼基对于母亲的他者叙事随着她对母亲的了解而不断深入，她开始逐渐被母亲的伦理品质所吸引，这促使她进一步挖掘更多的叙事内容来完成对母亲的他者叙事的整体构建。

尽管尼基对母亲的他者叙事看起来有些零散，讲述过程中伴有各种迟疑和迂回，但是这样的他者叙事过程却比结果更具有吸引力。尼基住在母亲以前居住过的房子里，开始全面地感受母亲的生活方式、思维方式和叙事方式。他者叙事的过程本身是促使主体产生伦理转变的叙事动力。正如博耶所认为的，不是现实创造了叙事，而是生活故事本身创造了现实。故事内容只是生活的描述，而讲述过程中对主体"心灵和身体的平衡"产生的影响才是真正改变生活的力量（博耶 325）。由此说来，他者叙事的建构过程比他者叙事的内容本身更加重要，自我在构建的过程中体会到的伦理改变才是他者叙事建构的真正目的。我们不需要一个完整的、现成的和线性的故事，那些碎片的、多样的和相互矛盾冲突的叙事才是生成他者叙事的基本构成。小说中尼基把有关母亲的故事碎片构成了一个有关母亲全部伦理生活的他者叙事，这个叙事过程本身不仅体现了尼基对母亲的理解和认识，而且也是让尼基的自我发生了重大伦理转变的叙事力量。

## 三、成为他者

尼基对于母亲的他者叙事的伦理维度并未体现出多大的社会价值与意义。相反，正是家庭和社区这些日常生活才能体现母亲他者叙事的真正意义。生成叙事的领域性正是其伦理维度的重要前提，"叙事能够帮助一个人形成对于善的不同理解。通过叙事和虚构来看待自己或者他人的生活，才能发现改变的影响力以及追逐善的确定性"（博耶 166）。无论哪种叙事都具有一定的范围，因为叙事要有相对的开始和结束，要有参与的人物。这就从某种程度上规定了叙事的范围。生成叙事更是依赖于叙事的领域性这个前提条件，只有在一定领域内发生的叙事，生成叙事才可以从相对可控的视角范围内对其进行叙事组合，而不会无据可依，也不会对其有效性进行大量的考究(博耶 327)。同时，领域性也使生成叙事具有了一定的伦理价值。一些发生在家庭中的故事，对于社会来说并不具有伦理维度，而对其家庭成员来说却具有重要的伦理意义。这就是领域性成为生成叙事伦理前提的原因所在。

　　他者叙事是自我伦理生活的重要叙事来源。利科指出，他者伦理经由叙事的中介才能实现自我的伦理转变(Ricoeur, *Oneself* 161)。换言之，我们的叙事总是与他人的叙事交织在一起。正是因为我们无法改变他人必然会出现在我们的叙事中这一事实，我们才需要正视他者的存在。一方面，他者的出现是对自我的伦理限制；另一方面，他者叙事是自我生活的伦理导向。小说中，尼基通过母亲伦理生活的叙事建构领悟到了他者对于自我生活的根本意义，并开始正视自我生活的价值。母亲去逝之前，尼基一直是一个叛逆的形象，生活在自己的世界里而不顾周围人的眼光，穿着古怪，工作特立独行，而且与有妇之夫谈恋爱，完全不在意自己是否会给家人和朋友带来伤害。然而，母亲的去逝让她无法原谅自己曾经是一个多么让母亲伤心的叛逆女儿。于是，在整理母亲的遗物的过程中，她开始了解母亲走过了怎样的人生轨迹，以及母亲是如何坚强地面对生活中的挫折，并且时时处处把他人的幸福作为自己的责任。利科认为，他者对于自我的意义构成具有根本的影响(Ricoeur, *Oneself* 329)。他者对自我的构成所起的伦理作用远远超过自身的构想。因此，通过对母亲的叙事建构，尼基不仅过着与母亲相同的生活，而且在行动和思想上也继承了母亲的伦理品质。尼基的自我也因此而发生了巨大的伦理转变。那个曾经被尼基视为负担的母亲的伦理生活，现在却为尼基真正地理解、接受和面对，并最终开始实践。

　　尼基所发现的妈妈的伦理生活正是她现在所匮乏的精神需要。她的孤独与失意需要一种伦理目标来给予她生活的方向与目标。她对于母亲伦理生活的发现是她自身伦理生活缺失的表现，同时也是她最终成为和母亲一样的人的内在原因。正如利科所指出的，自我对于他者的叙事建构是自我意识的投射，虽然叙事的内容是他人，但最终的叙事目的和叙事动力完全是自我的表达（Ricoeur, *Oneself* 162）。他者故事中出现的人物、情节和事件，以及最终的结论都是自我需要从中获得的内容，他者叙事最终是自我的叙事。由此说来，尼基对于母亲的故事的追寻以及自身改变的原因，正来自她曾经的迷茫和不羁的生活。因此，她需要找到改变的力量和方向，而母亲的他者叙事正是她人生的转折点。

叙事是传递伦理的最好方式。尼基开始模仿母亲的他者叙事，像母亲一样过着"为他人"的伦理生活。一直以来，母亲总是过着一种"为他人"的生活："格温喜欢繁忙。如此多的活动！教会协会、她的老年人游泳课、艺术小组、医院志愿者，还有一些朋友让她在公共图书馆工作。格温总是乐于助人。当然还有她的手工课、园艺俱乐部，以及和朋友吃午餐，或者看望生病的朋友。格温对她的朋友非常真诚，甚至是那些最可怕的人，没有人能忍受的人也一样。"（Oates, *Missing Mom* 161）母亲能同时进行如此多的活动，帮助如此多的人，原因在于母亲总是能看到每个人的优点，总是相信我们活着就是要帮助那些有需要的人。这也让女儿尼基一方面震惊于母亲拥有如此巨大的伦理力量，另一方面又被其深深地触动，开始将母亲的伦理故事转化为自己的伦理行动。正如利科所说："文学就如同一个巨大的实验室，我们通过作为伦理预演之地的叙事，体验着各种对赞同和责难的评价和判断"（Ricoeur, *Oneself* 115）。事实上，叙事的伦理判断只是其中的一个方面。更为重要的是，叙事模仿生活，生活也模仿叙事，我们的生活本身就是对叙事的模仿和实践。正如阿博特所说"人们一直以来关注叙事对于现实的模仿，却忘了这是一个相互的过程"（阿博特 629）。通过母亲他者叙事的生成，尼基转变了对于周围人的看法，开始像母亲一样，对他人很友好。例如，母亲的朋友到家里来，她能热情地接待他们："我非常真诚。妈妈一定会为我高兴"（Oates, *Missing Mom* 157）。这也宣告着尼基自我伦理转变的开始。

模仿他者的叙事，并不是完全将自我抹除，而是要找到自我叙事与他者叙事之间的平衡。尼基的姐姐克莱尔的痛苦在于她无法从他者叙事中分离出自我叙事。也就是说，当自我完全进入他者叙事中，就会走向另一个极端——无法确定自我叙事。姐姐克莱尔的自我叙事与尼基完全不同，她把他者叙事的内容完全作为自我叙事的参照标准，因而她总是按照他人的想法来规划自己的生活：她为了不让父母担心，嫁给了一个她不爱的男人，放弃她的学业、她的工作。甚至她在婚姻中过得很不快乐，她也要默默忍受。正如尼基发现的那样："我笑着发现，这太荒诞了。那个克莱尔·伊顿曾经可以是任何人，除了她自己。"(Oates, *Missing Mom* 136)

> 嫁给鲍博是一个错误，辞掉工作也是一个错误。我想要回到学校，我想要获得硕士学位，我想在纽约城学习，我想要旅行。妈妈喜欢鲍博，爸爸也是。特别是妈妈担心我是否会安顿下来，是否会过得快乐。我想让妈妈开心。当然！这是一个错误。我不爱他，甚至都不知道他是否爱我。……我们尽量对对方好，而不对对方喊叫和发火，但是我们快不能呼吸了。(Oates, *Missing Mom* 186-187)

尼基的姐姐克莱尔完全放弃了自我叙事而进入了他者叙事，这让她承受了巨大的内心折磨。妈妈的去逝让克莱尔彻底从自己所扮演的叙事角色中清醒过来，她重新找回遗失的自我，开始按照自己的想法来生活，她要做真正的自己。尼基从姐姐克莱尔为他人而活，但自己却没有从中获得快乐和幸福的叙事中明白，完全放弃自我叙事并不一定会给他人带来幸福，只有自己幸福才会让他人快乐，自己的付出才会有价值。因而，要把握自我叙事与他者叙事之间的平衡关系，既不能为了他人而放弃自我叙事，也不能活在自我叙事中而对他人的存在熟视无睹。

自我通过他者叙事领悟到自我意义的来源。正如尼基发现的那样："我曾经认为先辈是一个令人厌倦的责任，但是现在我迫切地希望我能向母亲问更多关于科瓦奇祖父母们的故事，如果有我那样的机会。"(Oates, *Missing Mom* 291)尼基发现母亲的他者叙事具有无限的伦理价值与生命意义，即"叙事在建构善的生活观念过程中发挥着重要作用，因为伦理判断需要叙事的艺术实现其目的"(Kemp 37)。巴赫金也认为，我们总能从他者那里看到我们自己(巴赫金 113)。主体经过他者叙事最终回到作为他者的自身，也就是说，他者叙事最终在自我内部的伦理转变中完成了其全部的伦理过程。自此，尼基开始以母亲的方式生活，成为与母亲一样对"他者"负责的人。"我爱水，因为如果我会游泳，它就会把我浮起来。"(Oates, *Missing Mom* 431)他者是能够让自我成为一个完全不同于自身的伦理存在，自我只有在"为他"的向度上才具有伦理意义。

## 第二节　多面的他者与多元的他者叙事：《中年》中无限的他者伦理

利科认为："他者具有多元性，正如人们常常认为的那样，多义性使他者不能被归属于具有他者性的他人。"(Ricoeur, *Oneself* 317)正是由于他者的这种多义性使得其拒绝任何单一叙事对它的建构，而主体通过对他者的多种叙事还原，也就具有了无限的可能性。

列维纳斯认为，死亡代表了无限的存在(Levinas, *Time and the Other* 73)，那么他者的死亡也就使他者更加具有一种无限的可能性。而利科指出，对于他者的所有诠释、理解和叙事的最终目的是要回到自我本身上来①。这种对于他者叙事中自我还原性的强调，是对列维纳斯的外在性他者哲学的修正。尽管如此，列维纳斯的他者伦理对他者性质的界定仍然具有重要的叙事意义。正是他者自身的多元性产生了多元的他者叙事，从而使其对于自身的叙事构建具有了无限的伦理可能。

欧茨在小说《中年》中刻画了一个与社区其他居民完全不同的名为亚当·伯兰特的人物形象：他一方面热爱艺术和哲学，对于婚姻和爱情有着独到的见解，是所有人可以倾诉衷肠的对象；另一方面，他乐善好施、道

---

① 保罗·利科：《诠释的冲突》，巴黎：瑟伊出版社，1969 年，第 233 页。转引自：夏小燕：《从自己到自己的距离有多远？——试论利科思想中的一个合页：理解自己》，保罗·利科：《从文本到行动》，夏小燕译，上海：华东师范大学出版社，2015 年，第 18 页。

德高尚，为了救人而牺牲了自己的生命。对其他人来说，他是一个神秘的存在，一个多面的他者。社区里的男人尊敬他、爱戴他，女人都渴望得到他的爱，孩子把他看成是唯一可以交流的成年人。然而，他的突然离去，让这个弥漫着低迷气氛的社区里的所有人都失去了生活的动力。于是，他们开始回忆亚当的言谈举止、发现他的生活、追寻他的踪迹，分别从自身的角度构建属于他们自己的亚当叙事。虽然不同的人构建了不同的亚当叙事，但他们都发现了亚当所代表的爱、善、美的伦理维度。更重要的是，他们从亚当那里获得了自我生活的伦理启示，并将这种伦理启示通过叙事形式进行无限的传递。也就是说，叙事的伦理维度不只在于其对我们如何到达这里的梳理，还在于其对我们将如何从这里出发的思考(Montelle S3)。

## 一、多面的他者

他者性不能归结为任何单一的特点，他者拒绝任何既定的描述。欧茨小说《中年》中亚当作为贯穿全文的线索性人物，在开篇就交代了他的死亡，有关他的信息作者并没有进行过多的直接描写，而是通过其他人对亚当的叙事展开。小说中的故事发生在一个小镇上，人口不多，但都是人到中年的富人。这些中年人有着共同的生活状态和精神困境：他们经济富足，儿女要么长大离家，要么住在寄宿学校，因而小镇弥漫了一种空虚、迷茫和孤独的氛围。然而，亚当虽然人到中年，可他却与其他人完全不同。他乐观，热爱雕塑和诗歌，乐于助人并善解人意，是所有人喜欢和爱戴的对象。因此，亚当与众不同的他者性为其多元的他者叙事奠定了基础。

亚当的脸成为其神秘性的具体体现。列维纳斯提出了他人之"脸"的概念："'脸'是无限观念的具体化展现。"(Levinas, *Existence and Existents* 50)亚当带有伤疤和失明的眼睛被认为代表了他神秘的过往经历，这让周围的人对他的身份和经历产生了各种猜测，然而亚当却拒绝承认任何一种对他的脸以及他过去经历的猜测。正如列维纳斯所说："自我与他者之间具有谜一样的关系。"(Levinas, *Time and the Other* 75)亚当对于小镇所有的居民来说就像一个谜，他们爱他，总是看到他、想到他，但却又不了解他。他存在于他们每一个人的生活当中，他的脸总是浮现在他们的记忆中、他们的生活中、他们的梦里，到处都是他的影子。换言之，亚当的脸代表了某种他们所要追求却又无法言明的存在，他的脸甚至成为其超越时间的证明。事实上，盐山的人们似乎全都处在中年，无论年长的还是年轻的，看起来都带着一股中年的气息，也就是带着一种确定性的象征。然而，只有"亚当·伯兰特没有这样的气息。他被认为五十出头，看起来也差不多"（Oates, *Middle Age* 34）。也就是说，亚当的脸作为一个超越了时间的存在，在他的身上无法看到时间的痕迹。对于他来说，一切时间都有可能，因为他本身就代表了一种无限性。

虽然他者拒绝任何限定、任何占有（Levinas, *Totality and Infinity* 142），但是这不能阻止自我对于他者的欲望。亚当作为小镇所有女人爱慕的对象，她们都疯狂地爱着他，都渴望得到他的爱。尽管她们知道他是无法获得的，也知道很多其他的女人同样爱着他，但这仍然不能减少她们对他的爱。原因在于亚当所代表的是一种她们无法获得的对于美好爱情的向往，一种理想，一种无限的可能性。正如列维纳斯认为："脸拒绝拥有，拒绝我的权力。"（Levinas, *Totality and Infinity* 197）亚当的脸抵制任何意义上的占有，包括所看到和体验到的一切，这些都是小区人们无法获得的他者性，因为"你永远都不会真正了解这个男人。但是或许你可以了解自己"（Oates, *Middle Age* 26）。亚当一直隐遁在所有人的关注之外，甚至当亚当帮助别人时，他也不想让别人知道："这里有一个秘密。亚当作为一个兼职教师、不太成功的雕塑家，大部分时间都是失业的状态，怎么会有那么多钱去帮助玛丽娜偿还她的贷款，并且投资她的盐山书店呢？（他投资了很多，这让玛丽娜很吃惊）"（Oates, *Middle Age* 27）亚当神秘的生活、工作和经济来源，都让亚当无法被任何一种描述所限定。同时，亚当也成为一切至上观念的体现者，他热爱哲学，热爱艺术，能够成为其他人困惑时倾诉的对象，并且能帮助他人找到前进的方向。亚当的身上展示了更多的无限可能性，而"我"的世界由此被改变（Levinas, *Ethics and Infinity* 87）。因此，对于盐山的人来说，亚当是他们的英雄和传说，一个可以具有无限可能的他者。

　　然而，他者的离开使他者具有更多的可能性。列维纳斯认为，死亡预示着"绝对他者"的呈现(Levinas, *Totality and Infinity* 203)，亚当的离去，预示着他将成为一个"绝对的他者"存在于他们的世界中。虽然他一直是那个他们的"他者"，可以信赖和喜爱的对象，但不是绝对的他者。然而他的牺牲给他本来就神秘的身份增添了无限和绝对的伦理意味。亚当曾经告诉玛丽娜，"……我们的心灵会永垂不朽，并且在我们出生之前就已经在那了"(Oates, *Middle Age* 40)，并进一步解释道，"死亡进入生活，生活就改变了"(同上)。从某种程度上说，亚当的死亡开启了他的无限性。正如玛丽娜在小说结尾处作出的决定一样，她将会为亚当举办雕刻作品艺术展，会将她的书店永远开下去并拓展店面，让代表亚当的艺术和美不会因为他的离开而消失在他们的生活中，反而会展现出更强的生命力。

## 二、多元的他者叙事

　　不同的人对同一个人的故事讲述不仅会出现不同的版本，而且会产生不同的叙事效果和叙事功能。小镇居民对于同一个亚当却讲述了各个不同的故事，抛开他者的多义性这一原因，更多的源于不同叙述者相异的叙事视角。亚当的突然离开，让那些爱戴他的人经受了前所未有的心理创伤，于是他们通过讲述亚当的故事来展现他们心目中的亚当。视角不同，讲述的目的不同，自然就有了完全不同的亚当叙事。正如凯瑟琳·冈瑟·柯达所认为的，各种版本的斯马达克思故事说明了对于同一个人物的不同版本的讲述，一方面按照讲述者的方式选择需要的线索构建了一个全新的故事；另一方面，每个不同的故事都将这一人物赋予了一个全新的形象(Kudat 486)。这就是叙事讲述的魅力所在，我们不可能也不想在不同的人那里听到同一个故事，因为这些故事经过叙述者的过滤都不再是原来的那个故事了。小说中，亚当的形象在不同的故事中发生着不同的变化，有人讲述了艺术家亚当，有人讲述了慈善家亚当，有人讲述了好朋友亚当，也有人讲述了智者亚当和情人亚当。亚当对于他们来说是一个他们所看到的那个亚当、所需要的那个亚当，以及所讲述的那个亚当。

　　叙事是自我与他者之间相连并获得意义的纽带。这种与故事本身相关的目的，被哲学家们称之为"言外之力"。此外，故事更依赖于语境来发挥其目的性（布鲁纳 19）。换言之，故事的讲述者总是带着某种目的讲述故事。欧茨小说《中年》中亚当的突然离开，让盐山居民们在震惊之余开始通过亚当叙事来表达对他的怀念，以及从中寻找解决自身中年危机的答案。他们所展现的亚当叙事统一在自我与他者的共同目的当中，正如莱昂内尔和卡米尔在亚当葬礼之后所发现的一样，"这是一个时代的结束"（Oates, *Middle Age* 86），而"改变来到了他们所有人的身边，所有中年人和已经沧桑的人"（Oates, *Middle Age* 87）。虽然他们所讲述的亚当叙事都与自身的中年危机有关，但却展现了每个人不同的叙事侧面。换言之，他们有着不同的叙事方式，但却拥有共同的叙事目的。

　　因此，故事的真实性并不重要，重要的是故事讲述的目的，如同牧师们常常通过圣经故事的阐释来传达教诲的深意一样（布鲁纳 18）。如果从实际的意义来考查，我们会发现这些解释都不能使故事具有真实性，重要的是只要我们相信，就可以认为这些故事是真的。小说中的女主人公奥古斯塔在她的婚姻中几乎无法呼吸，特别是当她所爱戴的亚当去逝之后，她决定要追求自己的生活。于是她悄悄地离家出走，留下了到处寻找她的丈夫。她试图找寻亚当的过去，然而她的发现却令她惊奇，过去的亚当并不如他现在所展示的那么完美，他同样拥有不堪的童年：由于亚当的过错，妹妹和母亲死亡。这样的伤痛不仅在亚当的身上留下了无法消除的疤痕，而且也给他的内心留下了无限的悔恨，但这种挥之不去的伤痛却在他的内心中幻化成对他人无限的善。这也就是奥古斯塔找寻到的亚当身上无限的善的根源，不是来自善，而是来自对善的愧疚。奥古斯塔的叙事发现让她明白伦理转变的可能，从某种程度上说，这也表明了她叙事的根本目的是对生活目的和伦理转变可能的追寻。

　　与亚当一样，玛丽娜受到欢迎的根本原因在于，小镇居民从玛丽娜的多面性以及由此而产生的多种叙事中得到自身的需要。因为叙事是一种后现代生活的生存方式，一种理解变化的世界的表达方式，一种建构生活的方法，所以个体通过他人的故事讲述获得一种审视自身的全新视角，或是通过复杂故事的建构从而发现生活的启示（克雷格，休伯 239）。叙事的形式可以让我们从他人的叙事中发现我们想要的那个版本，即使这对于其他人来说不是真实的，但是对于自我来说，这是一个能够满足自我需要的真实，也是自我能够看到和把握的真实。玛丽娜是小镇"浪漫"的代表。"这个未婚的、不婚的、看起来像处女的、极其独立的玛丽娜。一个浪漫的代表，至少对于他人来说，在这个郁郁葱葱的郊区世界里，每一个人都结婚了，或者结过婚"（Oates, *Middle Age* 35）。玛丽娜在这个社区如此受欢迎的原因在于：盐山的人们在玛丽娜这里看到了她们所向往的自己，因而"她们很乐意搅扰她的孤独。她们邀请她去她们数不清的聚会……"（Oates, *Middle Age* 37）。也就是说，盐山的人之所以喜欢玛丽娜、试图建构有关她的叙事，正是出于自身叙事的需要。因此，他者是自我叙事建构的对象，他者的多义性必然带来叙事的困难，但是自我的伦理需要会让我们得到所需要的他者叙事。

对于莱昂内尔和卡米尔这对面临婚姻危机的中年夫妻来说，亚当的突然去世让他们开始重新思考他们的婚姻和爱情。于是他们分别展开了有关亚当的叙事。叙事者的视角不同，就会有不同的叙事，在同一场战斗中的胜利者与失败者却讲述了完全不同的故事（布鲁纳 18）。这也就是叙事的魅力所在：同一个物品、同一个人或者同一件事，叙事者用同一种语言却可以讲述各种不同的故事，而其中的伦理目的也相差甚远。妻子卡米尔试图从亚当这里寻找到失去的爱，因而她的叙事是关于与亚当之间无疾而终的爱情，"我不期待你回报我的感情。我知道这完全是一种冒犯。这让人难堪。我不相信我会在这——像这样，但是请接受我的爱。亚当，可以吗？"（Oates, *Middle Age* 95）亚当反问道："但是你认为你到底爱我什么？在我这里？一个你几乎不了解的男人。"（同上）卡米尔回答："我知道你是什么人。你在这个世界的呈现方式让我感到没那么……糟。"（Oates, *Middle Age* 96）

这就是亚当在卡米尔叙事中的价值，他的存在会让她觉得世界更加美好，一个她所能想象到的最美好的爱情代表。与之相似，丈夫莱昂内尔虽然在当地很受尊敬，但他几乎没有什么真正的朋友，童年的创伤记忆，让他总是独自一人躲在自己的公寓里，不与任何人说话，而亚当是唯一能和他聊天的人。亚当一直鼓励他去做自己想做的事，而不必在意周围人对他的看法。莱昂内尔在梦中，听到他真正的兄弟亚当告诉他："把她带到阳光下，你必须把她带到阳光下。你必须让她获得重生。……没什么羞愧的，不会再有一次了。你生活被毁掉的一半。"（Oates, *Middle Age* 99）这里的"她"是指他的情人，虽然他很爱他的妻子，但是他要做另外一个自己，一个拥有自由的人。然而一直以来他都没有勇气迈出这一步。当亚当离世后，他又想起亚当对他说过的话，这给了他重新开始的勇气和力量："从旧磨坊街逃出来。自由！他自由了。他的心充满了欢乐，像一个气球要爆炸一样。最终，他要加入他生活的另一半。不再掩饰，不再逃避。从某种程度上说，莱昂内尔相信他的朋友亚当·伯兰特给他的建议。"（Oates, *Middle Age* 245）换言之，莱昂内尔在婚姻中太过压抑，而亚当叙事让他获得一种肯定的力量。小说中，夫妻二人在同一个婚姻中不同的感受让他们对亚当产生了不同的叙事，他们都将亚当叙事作为他们摆脱婚姻困境的动力来源。事实上，亚当只是他们表达自己内心想法的一种寄托罢了，他们讲的仍然是关于自己的叙事，只是这个叙事以他者叙事的形式进行呈现。正如盲人摸象的故事一样，每个人都从自己的角度再现了自己所感觉到或者认识到的事物，但这并不一定是事实的真相。然而，我们叙事不一定是为了获取真相，而是通过叙事达到自我叙事的目的。胜利者讲述胜利的故事，是为了获得满足感；失败者讲述失败的故事是为了吸取教训、总结经验。因此，讲述的视角不一样，达到的目的也不同。

伦理判断仍然是叙事中不可或缺的构建要素。利科认为："在小说不真实的世界中，我们对探索评价行动和人物的新方式从没感到厌倦。在想象这个巨大的实验室中我们所进行的思想试验也包含在善恶这个领域当中。价值转换甚至是贬值仍然包含在评价体系当中。伦理判断不可能被真正忽略,而是与虚构想象的各种变化相一致。"(Ricoeur, Oneself 164)一个他者的故事可以被不同人加以记录和评判的根本动力,正在于他者叙事的伦理性所产生的内在共鸣。小说中另外一个人物罗杰由于工作的原因与女儿的距离越来越疏远。他想方设法赢回女儿的爱,可是他总是弄砸他们相聚的时刻,因而他的内心一直在自责自己没有尽到一个做父亲的责任。另外一位盐山居民——同样离婚的阿比盖尔,与她的儿子也无法沟通。为了见到儿子,她甚至买了望远镜,租了车子开始跟踪他。在一次与儿子见面后送他回学校的路上,她由于喝了太多的酒出了车祸,差点丢掉她和儿子的命,这让她和儿子之间的距离变得更远了。这两位居民在与子女的沟通过程中遇到困难,这让他们想到了亚当与孩子们的沟通方式。她们通过对亚当的叙事回忆,发现了解决问题的办法,即对他人表达付出的爱和关心。这就是亚当在不同人的叙事中所产生的伦理共鸣。

亚当所代表的爱情、美、智慧和理想,正是这些盐山居民自身所缺少的或者是他们不曾发现的他性。他们试图从亚当的他者叙事中获得某种解决之道。可以说,亚当与他们生活中所拥有的一切完全不同,他打破了他们的常规,让他们意识到自己存在的其他可能性。换言之,当人们处于困境时,他们依靠他人不是为了获得外在的支持,而是为了自我的认知(Halpern S25)。事实上,他者性在自我构成中具有多种表现的根本原因在于其自身的多样性。换言之,他者与自我一样,由于自身具有的多元结构,使其叙事也具有了多种可能。总之,叙事本身就是对自我或者他者和世界的创造,虽然我们讲述了他者的故事,但是我们却从中看到了自己。

## 三、无限的善

由于我们的生活叙事总是与他人的叙事相互交织,有时达到如此密切的地步,以至于通过他人我们才能更好地理解自己(Simms 107)。与之相似,利科也将伦理界定为:"在公正的社会制度中,与他者一同为了'善的生活'。"(Ricoeur, Oneself 180)利科指出了他者在自我伦理生活中的重要地位。自身不仅指我，还有他者，这里的他者不是对我的一种重复，不是另一个我，而是一种作为他者的自身的伦理存在。罗兰·巴特也认为叙事的"利益"是其生产者(或消费者)的"利益"，其叙事产品的价值在于"形成最崇高的意象：主人公的计划"(巴特187)。也就是说，叙事的最终目的还是要回到生产者自身的伦理意义上，这才是叙事活动的最终价值所在。

欧茨将小说的名字定为《中年》是对伦理无限性的一种隐喻。巴德利和辛格认为，强生产力成年人的生命故事有一条共同的故事线，即"承诺故事"。强生产力成年人是指那些青年人和中年人，这些人是社会的支柱，他们的伦理取位决定了整个社会的伦理高度。这些人的故事总是充满着对他人的帮助和善行(巴德利，辛格147)。中年人故事是一种承上启下的故事，他们肩负着社会的重要责任，也就是说，中年人的故事代表了伦理目标的无限性。欧茨在小说《中年》中将亚当作为当地中年人心中叙事的他者对象的原因就在于，中年的亚当是一种具有多种叙事可能性的他者，一个代表了所有善的他者。亚当的离去让他从具体的他者变成了代表无限的善的他者。亚当所代表的善与他者叙事之间的超越关系是引领盐山居民重新思考生命的意义、积极追寻存在价值的前提。

关于孩子的叙事是无限善的最好叙事方式。小说中，亚当不顾自己的生命安危去挽救一个落水小女孩的生命，让亚当成为无私与高尚的英雄代表。实际上，他一直以隐秘的方式帮助他人，而这一次他付出生命的代价来保护孩子的生命，使其自身成为无限的善的承载者。由此说来，亚当对于孩子生命的重视，让他的伦理叙事具有了无限的意味，这也是亚当的伦理叙事成为其他人行为指引并得到传递的原因所在。例如，当地的一位律师罗杰与女友孕育了一个儿子，这给了他又一次重新做一名好父亲的机会，让他能够弥补在女儿成长过程中没有尽到的责任。于是他给这个孩子起名亚当，一方面是为了纪念他所敬重的亚当，希望这个孩子能像亚当一样善良和乐观，另一方面是因为他与孩子的母亲是在完成亚当未完成的慈善事业时结识的，并孕育了他。起这个名字，一是希望他能将亚当的生命延续下去，二是让周围的人永远记住亚当所致力乃至为之牺牲的慈善事业。与此同时，罗杰也因为儿子的诞生而开始转变他对婚姻、爱情及事业的看法。他曾经是一个唯利是图、圆滑好色之徒，而自从儿子降生以后，他决心要做一个好父亲、好律师，成为一个充满正义感的人，并且要继续亚当未完成的正义事业，为更多的人洗清冤屈。因此，有关孩子的他者叙事从生命的角度延续了他者伦理的无限性。

伦理生活需要他者叙事的推动，这就是英雄叙事的最大功用。列维纳斯认为，"在'无限'留下的'踪迹'中蕴藏着对我的命令"（Levinas, *Otherwise than Being* 228）。踪迹就意味着不在场，然而它的意义就在于无需显现却有所意味。正如亚当所说，除了很久以前的开拓者，盐山是一个没有传说的地方，因此人们迫切需要创造自己的传说。"或许这是事实，美国从二战后，就没有真正的英雄，更没有英雄气概。但是对于英雄——英雄气概——传说的期待却从没有减少。在任何时候，一些人被媒体包装成传奇；而一些人会被他们的社区看成'当地的人物'。"（Oates, *Middle Age* 35）这也是亚当和玛丽娜被当成他者的原因。"把亚当看作一个隐士，例如一个神秘的人，虽然多年来一直都没有表现出来。玛丽娜在亚当去世后却明显地感觉到：玛丽娜·托伊在小范围内也是一个'人物'。"（同上）她和亚当一样都成为他者，这与一个时代、一个民族、一个国家所需要的精神象征，或者对于英雄的崇拜一样。英雄是一个给予每个人生活以无限伦理力量的他者。然而，对于这一伦理目标的追寻，需要在叙事中实现。利科认为，自我目标的实现或者追寻都可以称之为善的生活，因为我们始终以善的生活为导向。也就是说，当我们对生活目标产生疑惑时，伦理目标就会为我们指引方向（Ricoeur, *Oneself* 179）。然而，自我伦理目标的实现需要一种外在的推动力，这个推动力就是他者叙事的生成。在自我叙事与他者叙事的联结中，主体对善的生活有了全新的了解和实践的动力。小说中盐山居民对于亚当伦理精神的追寻以及继承，都需要通过他者叙事的方式来实现，从而达到自我伦理目标。因此，他者叙事是他者伦理实现的根本方式。

利科指出，"伦理生活的意义需要在生活的叙事中发现、传递和完善

（Ricoeur, *Oneself* 288）"。亚当在与盐山居民的交往中，通过言行向他们展示：善的无限性存在于他们的日常生活中，只需用叙事的眼光去发现那些美好的瞬间。卡米尔在她的婚姻中一直过得很累，特别是当她的精神爱人亚当去世之后，"她从没有意识到快乐或者假装快乐有多么累；勇敢、倔强地假装快乐有多么累……"（Oates, *Middle Age* 287）。自此，卡米尔通过亚当的叙事明白了生活本身就具有无限的伦理意义。

后结构主义叙事研究提出，叙事不仅包括叙事本身的表面意义，而且包括更广阔的延伸之义（克兰迪宁、洛希卡 64）。延伸之义就是指叙事的伦理意义。利科指出，"正是在对伦理目标的追寻中，可以发现叙事是其最好的表达方式"（Ricoeur, *Oneself* 288）。也就是说，自我通过他者的叙事建构来实现自身的伦理超越。事实上，我们自身的伦理目标与他者叙事之间构成了一种意义的循环，这就关系到叙事建构对自我意义的生成所起的作用。与罗杰一样，盐山的另一位居民阿比盖尔在离婚后渴望能重新获得儿子的爱，然而因为她的失误，她失去了与儿子缓和矛盾的机会。有一次她在街上看到一个令她颇为怜悯的小女孩，巧合的是，追求她的建筑师正是这个小女孩的养父。于是，她毫不犹豫地答应了他的求婚，决定与他一同抚养这个可怜、内向的小女孩。自此，她找到了作为一个真正的母亲、一个有爱的守护者的存在价值。可以说，当自我的叙事或者目标与他者叙事相接近时，我们就会发现一个全新的自我，一个得到了证实的自我，或者一种受到自我和他人肯定的自我。这也是欧茨试图在这部小说中借助中年危机所影射的叙事伦理问题。

# 第三节　相异的他者与相互的叙事建构：
## 《纹身女孩》中交互的他者伦理

他者"不只是与我共存的个人。与他者面对面的体验，同时也是组成自我意义和体验的来源"（Hall, *The Poetic Imperative* 83）。然而，列维纳斯只是提出了他者与主体之间的外在关系，却没有注意到主体将他者内化的叙事过程和伦理交流过程。事实上,自我与他者的关系,就像施动与受动的双方,而叙事则起到了促使这种相互作用成为可能的推动力或者解释力量。利科不仅指出了自我意识中的他者经验,而且指出了他者意识与自我意识之间的循环关系。也就是说,自我与他者之间的相互关系建立在自我与他者之间的叙事转化上。那么利科对施动和受动进行区分的重要意义在于,不仅让他者叙事进入到主体叙事的构成,而且还指出了主体叙事与他者叙事之间的伦理交流过程。"从本质上说,把他者当作自身来重视等同于把自身当作他者来重视"(Ricoeur, *Oneself* 194)。这充分表明了自我叙事与他者叙事在伦理层面上的交流本质。

欧茨小说《纹身女孩》中的男主人公西格尔是一位犹太作家,他与女助手阿尔玛之间,无论是金钱、地位和知识,还是年龄、爱好和信仰,都没有任何相同点,但西格尔却要选择她作为自己的助手,而不是那些学识丰富的大学生。西格尔这样做的原因就在于,阿尔玛是一个完全不属于他的生活世界里的他者,一个能让他在心理上感到自由的他者,一个完全受动的他者,一个可以随意写入自我叙事世界的他者。阿尔玛满身纹身,无家可归,被人们当成妓女侮辱和殴打,她不得不成为被动的他者叙事对象。然而,阿尔玛并不是像他们所想象的那样毫无反抗能力,她拥有自我的叙事世界,在她的叙事世界里,西格尔才是一个格格不入的他者。她憎恨西格尔的富有和犹太身份,并通过各种方式来报复西格尔对她的侮辱和伤害。事实上,他们都被错误的叙事观念所误导,在他们相互交织的叙事世界里他们逐渐改变着对方的伦理世界:西格尔不再那么自以为是地活在自己的世界里。阿尔玛也不再陷入无端的他者世界而无法自拔。欧茨试图说明自我与他者的叙事关系是相互的、交织的。其中,他者叙事是自我叙事的内容;反过来,自我叙事也是他者叙事的组成部分。利科认为:"……自律看起来完全取决于他律,但是在他者的另外一个意义上,法律面前是自由的他者……尊重面前是情感的他者,邪恶面前就是邪恶的他者。"(Ricoeur, *Oneself* 275)也就是说,你以何种面目示人,也就会收获何种他者。因而,在这个交互的过程中,叙事联结二者,并在共同的伦理目标下改变二者。

## 一、他者的自我叙事

在现实生活的叙事中，叙述者不只是主观的创造者，同时也是客观的被述者，双方的位置随时可以互换。德勒兹在电影叙事中发现了叙事的双重运动：从它的一极走向另一极，也就是说，从客观视角转向主观视角，或者相反(Deleuze 73)。他者叙事也是一种互动的行为，主体既是讲述人，也是受述人。换言之，他者与自我处于一种对等的交流模式中。利科在"作为他者的自身"的观点中实现了将自我的施动性和受动性的内在联结：自我的承认对自我的建构起着基础性作用，是主体的一种施为行动，只有经过主体主动的承认，才能将他者或者更多的外界因素转变为构成自身的组成部分(Ricoeur, *Oneself* 296)。也就是说，自我与他者的关系中重要的是自身的能动性。因而，在自我与他者的关系中，他者并不只是被动的接受者，而是能动的施动者和叙事者。

小说中纹身女孩的被动叙事成为界定其他者身份的标志。可以说，他者的界定与自我的界定一样，必须处于一定的关系网上中才能被界定，即处于一种比较的类比关系中(Ricoeur, *Oneself* 190)。小说中，纹身女孩虽然作为西格尔的助理出现在各种场合，但是她能感到别人对她的厌恶和鄙夷，这让她认为自己是这个世界的他者，是一个多余的人。她唯一能去的地方就是教堂，在这里，她的心灵可以得到片刻的慰藉。"她盛装打扮坐在最后一排，努力集中精神听神父的布道，而不是分心去想天花板会坍塌或者有炸弹会爆炸，而这些富人就会在痛苦和恐惧中尖叫，这是他们应得的……她从来不加入唱诗，她知道她不受欢迎"(Oates, *The Tattooed Girl* 190)。即使在这里，在上帝面前，她依然是一位他者，她只能在心中祈祷这些富人受到惩罚，正如萨特所认为的，"尊重他人的自由是一句空话：即使假定我们能尊重这种自由，我们对'他人'采取的每个态度也都是对于我们打算尊重的那种自由的一次践踏"(萨特 527)。在自我与他者的关系中，不得不接受的他者身份与不敢反抗的他者心理成为他者叙事的主要特征。当西格尔的姐姐吉特疯狂地殴打阿尔玛时，她没有做出任何自我防卫的行为，因为阿尔玛很强壮，如果她反击，她一定能打得过吉特。阿尔玛被动的他者叙事使她产生了畏惧，她不敢反抗所谓的强者，一些外在观念的强者，而不是实际的强者。

阿尔玛被动的他者叙事成为其接受各种伤害的缘由。尽管处于被动的他者身份，但是阿尔玛渴望获得爱。她如此疯狂地爱着那个曾经救助过她的酒保德米特里，而她的爱却无法获得回应。例如，当德米特里殴打她时，她却在想，"不要打我，不要伤害我，请不要把我赶走……"（Oates, *The Tattooed Girl* 57）。阿尔玛总是希望能够改变德米特里的想法，而这是无法实现的幻想，当他再次无理由地殴打她时，"为什么……为什么你打我，亲爱的。我没有做错任何事，不是吗？此刻阿尔玛有种罪恶感，开始自责。……哦，亲爱的！不要，请不要打我，对不起，我为我做过的愚蠢的事感到抱歉，亲爱的不要"（Oates, *The Tattooed Girl* 59）。阿尔玛对爱的渴望让她把自己当作完全依附于他者的"他我"，而不是有独立自尊和人格的"自我"。她从来没有想过反抗，对于他人的暴力，反倒感到自责。由于女性叙事往往来自社会文化的话语建构（Bronfen 181），这让她们更加处于他者叙事的权威之下。阿尔玛的他者思维来源于她的成长背景、阿尔玛的家庭环境和青少年的叛逆经历，以及其他男孩子对她的伤害。这些使她完全形成了一种依附于他人获得认同和安全感的他者叙事思维："男人会被忠诚和奉献感动。一个男人可能会很残暴，但是如果你对他表示信任，他就会变温和。"（Oates, *The Tattooed Girl* 99）这就是阿尔玛被动的他者叙事。她试图用自己的忠诚来换取对方对自己态度的改变。当她发现德米特里对她由殴打转变为辱骂时，"她因此有理由相信还有希望。在德米特里的眼里，在他的盛怒里，他是关心她的，他们之间还有着联系"（Oates, *The Tattooed Girl* 100）。阿尔玛被动的他者叙事让她把施暴者稍微减少的伤害当作是对自己的恩惠，从而对施暴者产生了感激之情。如果她无法走出这个叙事，她就永远都不会看清自身叙事的荒谬性所在。

他人看待纹身女孩的目光也是受动的他者叙事形成的原因之一。事实上，当叙述者意识到别人的目光，其也就失去了自身的特权（托多罗夫196）。小说中，在卡梅尔高地镇没有人知道她的名字，这让纹身女孩感到被遗弃和莫名地颓废：

> 这里没有人会同情她——这是确定无疑的。当她走进商店时，甚至是一些药店，店员用冷漠的眼神看着她，就像看她是不是小偷一样。在香蕉共和国、盖普、塔尔博特她一靠近，就会有人问"小姐，有什么可以帮到您的"？那种语气就像在说"这里不欢迎你"。他们不情愿地让她试衣服，就好像她会损坏或者弄脏任何接触到皮肤的东西。……她愤怒地发抖，想道，那不是我，那是有些人让我变成这样子的。（Oates, *The Tattooed Girl* 191）

也就是说，正是这些排斥的目光让阿尔玛不得不建构受动的他者叙事。她无力反抗，只能成为受害者。

纹身女孩对犹太人的叙事观念源于她的成长经历。在她的家乡，犹太银行家开发矿产后，遗弃煤矿并将其烧掉而产生大量烟尘，但当地政府却不愿采取任何措施将火熄灭，或者资助居民进行搬迁。她认为犹太人破坏了她的家园，同时也造成了当地居民生活的贫困。这种身份和心灵的伤害让她形成了憎恨犹太人的固有叙事观念。因此，对于帮助她、给她工作、提供住所给她的西格尔，阿尔玛却因为他的犹太人身份而憎恨他，并下定决心："我会为此报仇的。我会杀了那个侮辱我的人。"（Oates, *The Tattooed Girl* 202）阿尔玛不止一次和她的情人德米特里提到要杀了西格尔，因为他总是无意中伤害她和侮辱她。比如当她不小心把菜汤洒到他的书上、手稿上和衣服上时，西格尔大喊："该死！该死的笨蛋！你到底在做什么，你个傻子。"（Oates, *The Tattooed Girl* 204）她的心里则想着："你没有权力。你买卖良心。你是反天主教的。我就是你的惩罚。我带给你的是一把剑，而不是和平。"（Oates, *The Tattooed Girl* 205）阿尔玛叙事观念的固化，让她把所有犹太人都看成憎恨的对象。与此同时，作为西格尔或者整个社会的他者,她要发出自己的声音,其中充斥着憎恨和复仇。

然而,他者却以一种更为隐蔽的方式书写着自我的叙事,原因正在于他者的力量比自我更弱(Levinas, *Time and the Other* 80)。正是因为他者比我们的力量更弱,所以他们才会采取隐蔽的方式来反抗,而不是产生正面的冲突。他们会将愤恨隐藏在内心中,却从不表达出来。由此,他者同样具有两面性:一面是弱者,一面是恶魔。小说中,阿尔玛对于犹太人和有钱人固有的叙事观念让她的心中充满了仇恨。于是阿尔玛在暗地里报复西格尔,她不但从西格尔的家里偷各种物品、支票,而且她还将西格尔的手稿拿去毁掉。有时她也会将西格尔的药片弄混。有时当西格尔的朋友来拜访,他们问候她时,好像"他们也是她的雇主,于是她向他们的饮品中吐口水"(Oates, *The Tattooed Girl* 232)。阿尔玛无法忘记周围人对她的侮辱:"她永远不会原谅那个叫布鲁塔尔的女人。在电话里和她说话的傲慢口气……那个语气里总是带着学校老师的命令口吻。这,那,这,那,阿尔玛这,阿尔玛那……而阿尔玛却要叫她布鲁塔尔女士,因为她们之间的不平等。事实上,纹身女孩和他们的任何一个都不平等,她一直都知道这些。"(Oates, *The Tattooed Girl* 228)。特别是在生日宴会上,每个人都那么开心,而纹身女孩却被放到了一个像被踢来踢去的看门狗一样的位置上,于是她采取了更加隐蔽的报复措施:"她蹲下去检查固定在墙上的栏杆,生气地笑着。她使劲地摇动,摇动,摇动,直到栏杆松动。……下一次他们过来时,如果他们倚着栏杆。这是他们应得的。谁让他们拥有的太多。"(Oates, *The Tattooed Girl* 229)憎恨犹太有钱人的叙事理念让阿尔玛无法对西格尔及其朋友建立正确的他者叙事。她将他们的一切都用她固有的叙事理念来解释和构建,甚至是一些毫无恶意的言语和举动,也被她曲解为对她的有意伤害。因而,阿尔玛这样一个一直被认为是受动的他者实际上也具有施动的一面。

纹身女孩唯一的反抗方式是变得邪恶。她在教堂里忏悔,发现"那个蔑视她多年的上帝又开始重新想起她来了。她在那些富人中被残酷地对待。……如果纹身女孩是邪恶的,那么是她的敌人让她变成这样的。因为没有人爱她，也没有人是纹身女孩要爱的"（Oates, *The Tattooed Girl* 230）。从某种程度上说，她的邪恶是被迫的反抗形式，正如西格尔留给她的那本女巫的书中所讲述的那样，成为女巫既是她们的反抗方式，也是她们受到迫害的原因。阿尔玛因此明白了她需要的是改变的力量，"通常她会隐藏她的脸，小声地向上帝和耶稣寻求力量。世界是一个需要力量的地方，除了力量之外什么都不会得到尊重"（Oates, *The Tattooed Girl* 235）。最终她意识到了改变的力量来自她自身的叙事，即自身叙事向他者叙事的转变才是最好的反抗方式。

全新叙事身份的建构是消除他者身份的最好办法。过去，阿尔玛经常受到当地居民的侮辱：

> 当地高中的孩子盯着她，会回过头来看着她经过，咧着嘴，在她身后笑话她。……就像这些孩子发现她不像她的姐妹、母亲以及同学一样，是不属于这里的，他们不需要尊重她。……但是为什么阿尔玛被孤立在白人妇女之外，她不明白。她喜欢受到别人的关注，但不是这样的粗鲁，……（Oates, *The Tattooed Girl* 191）

现在，阿尔玛并不像从前那样会默默接受或者充满自责。相反，她在内心反抗他们："看，我不是一个妓女。知道我是谁吗？我是约和华·西格尔的助理。我在他的房子里有一个房间。"（同上）她在告诉他们，自己和他们一样不仅住在这里，而且拥有一份体面的工作。也就是说，她开始意识到，通过全新叙事身份的建构能够让她摆脱她的他者身份，获得与其他人平等的身份认同。于是她搬到了西格尔提供给她的房间里，开始阅读西格尔特意留给她的那本有关女巫的书。她通过全新的身份叙事来改变自我的他者身份。

## 二、自我的他者叙事

利科认为重视自身与关心他人之间存在着交换，也就是说，把他者当作自身来重视和把自身当作一个他者来重视从根本上说是同等的（Ricoeur, *Oneself* 194）。因此，他者是使自我成为自我的关键性因素。

受动的他者使主体获得了叙事的自由。与阿尔玛相比，西格尔是知识渊博的作家，他拥有金钱、地位、知识以及对于事物独特的感悟力，而这些却是让阿尔玛感到自卑和无力的东西。正如斯皮瓦克认为男性的特权让其成为一切他者的参照标准一样（Spivak 147），阿尔玛已经习惯在权力面前表现出畏惧，"这个年轻的女人，已经习惯从雇主那里得到命令，而不是感到像在家里一样自在"（Oates, *The Tattooed Girl* 88）。她已经习惯于活在别人的叙事里，"在西格尔拥挤的书房里，阿尔玛坐立不安，想要马上开始工作。她是一个与雇主交谈会感到不安的人，只想被告诉该做什么"（Oates, *The Tattooed Girl* 91）。阿尔玛对于权力的畏惧，以及对于自我身份的强烈意识让西格尔感到了自我叙事的"自由"，也就是说，在这种不平等的权力关系中，权力却意味着叙事的自由。

阿尔玛对西格尔而言是一个既看见又看不见的他者，一个在家中的他者。由于他者叙事的伦理始于自我叙事的主动施为性，那么可以认为他者伦理产生有两个必要条件：一个是他者的传唤，一个是施为的自身。只有这两个条件同时满足时，自我和他者才建立在平等基础上。至于他者的地位，或者列维纳斯所说的他者权威，是建立在自我接受和承认的基础之上的叙事结果。如果自我没有主动的施为，就不存在他者权威的优先性（Ricoeur, *Oneself* 193）。施动行为不仅是主体主观赋予的行为意义，而且（施动行为）只有指向他者时才真正具有伦理价值。对于出生于上流社会的西格尔来说，阿尔玛的经历、她的内心、她对于家园和爱情的追寻都是一些未解谜团。她对于男性权力的畏惧更加增加了她作为他者的神秘感。西格尔发现阿尔玛身上有一种天然的特质，或许可以称之为天然的高贵，那就是她好像听不到一些欢乐的事或者不相关的信息，即使是她不理解的或者一些她需要知道的要紧的事，她也只是过一会儿再问一下。这些神秘的特质令西格尔既疑惑又着迷，"出现一个女人除了你能给她的之外，其他的毫无所求，他觉得有一点新奇。长久以来，他已经习惯女人想从他那得到点什么，甚至她们都无法说出想要的是什么。可能是我的一片心，我的灵魂"（Oates, *The Tattooed Girl* 90）。而阿尔玛和她们不一样，"很明显，她没听说过耶和华·西格尔，就像她从没说过维吉尔一样。多么安慰啊！"（同上）。西格尔需要处于一种介于被看到与不被看到之间的状态，这样自己就不会成为他人的他者（Levinas, *Existence and Existents* 95）。这就是西格尔想要的女性他者，不会给他带来压力和束缚感的他者存在。事实上，西格尔一直生活在孤独中，他没有孩子，没有妻子，唯一的姐姐也处于一种疏离的状态。西尔玛太孤单了，他需要一个助手来协助他的工作，同时又不希望对方过多地打扰自己，给自己的内心造成压力。他的姐姐和他的情人都是掌控欲极强的女人，她们会让他产生压迫感。而阿尔玛的社会地位，以及她对于男性他者的畏惧与尊重，正是他所想要的"家庭成员"，一个既近又远的人。尽管西格尔雇佣阿尔玛作为他的私人助理，遭到了所有人的反对和鄙视："西格尔的朋友和亲戚会怎样地不赞同，他雇佣了一个几乎不懂英文、更不懂拉丁文的助理。……在其他人的眼里，这不是西格尔做过的第一件奇怪的事。"（Oates, *The Tattooed Girl* 93）事实上，西格尔常常做出一些与众不同的举动，以此来抵御世界对他的束缚。从这一层面来说，西格尔在帮助阿尔玛的同时也是在帮助自己。

自我从他者的软弱性中得到的是自身叙事的确定性。西格尔生活中的其他女性让他倍感压抑，其中西格尔的红颜知己桑德拉"会在一天中与他电话交谈很多次，要了解他每一个症状的细节，一天中他每一次情绪的变化，他每一晚睡得好还是不好，但是西格尔不是一个和其他人分享这些细节的人，从来都不"（Oates, *The Tattooed Girl* 219）。从某种程度上说，桑德拉让他们之间的距离太近了，这是西格尔无法忍受的亲近。他选择阿尔玛，而不是其他助理的原因也在于此，她的软弱让他感觉到了自身的确定性。她没有受到高等教育，几乎不懂文学，但是"她以温暖和大方作补偿，西格尔可以感觉到"（Oates, *The Tattooed Girl* 94），并且她"不是很聪明，但是很踏实、可靠，对她的雇主很忠诚。她从来都不会挑剔"（Oates, *The Tattooed Girl* 88）。可见，他者总是以这样的弱小形象出现，并赢得自我的同情心,主体开始为了弥补相互之间的鸿沟而努力(Ricoeur, *Oneself* 191)。换言之,主体自我的确定需要这样弱小的他者来完成,这也是西格尔雇佣阿尔玛而不是其他有学识和地位的学生、朋友以及家人作为助手的原因。

对于他者叙事的关心最终会改变自我的叙事。阿尔玛总是逃避着别人的目光,她的羞怯恰恰成为她作为他者的存在方式。当西格尔和她说话时,"她点着头,她仍然没有看他,但她认真地听着。……阿尔玛紧张表情中的一些东西,她颤抖的眼皮和嘴角上的同情,鼓舞着他——她是一个天生的护士。这就是我雇佣她的真正原因"(Oates, *The Tattooed Girl* 90)。阿尔玛的他者身份使她成为赞许和同情的对象。正如他者的软弱成为主体伦理责任的来源(Ricoeur, *Oneself* 192)。西格尔由此产生了强烈的好奇心与怜悯之情,他想要改变和帮助这个可怜的人。换言之,从他者那里感受到的软弱也正是自我的责任感的来源。同时,这也是自我主体性的来源(Ricoeur, *Oneself* 191)。虽然他者常常处于被动的接受位置,但是他者是自我施动的对象。实际上,当自我把他者放在同情的位置上时,自我也发生了变化(Ricoeur, *Oneself* 190)。这就是他者叙事伦理的本质属性。因此,欧茨在小说里通过两个完全不同世界的人相互进行的他者叙事的建构阐释了他者叙事对于自我伦理转变的伦理意义。

## 三、自我与他者的叙事伦理交流

叙事行为是我们自身和外在伦理的双重展示过程。利科将他人看作不同于我,但又与我相似并与我联系的存在,认为与他人的关系可以用友爱来表达,也就是尊重他人,承认他人的存在、自由,以及把他人看作和我一样的平等个体。与此同时,对他人的承认是对自我欲望的限制,以及对自我存在方式的反思和模仿(Barondes 139)。换言之,他者叙事在发现他者伦理维度的同时,还应该寻找他者与自我之间的伦理联系,从而实现自我的伦理生活。从某种程度上说,他者叙事中包含着自我本身的伦理目的。正如泰勒所说,生活的意义来自以善为目的的故事讲述(Taylor 47)。他者叙事的生成和叙事自我的伦理交流有赖于叙事的创造过程,但这个过程并不是凭空想象而来的，而是根据自我的伦理目的以及社会文化伦理规范进行的伦理创造。正如帕斯所说，叙事行为本身就包含了对我们存在意义的呈现①。

　　伦理目标始终伴随着自我与他者的叙事交流过程。西格尔和阿尔玛在相互的叙事交流中开始懂得真正的爱的来源。正如（西格尔的）书名中所暗含的意义："在你创造的世界中，我们看到了事物的影子，而不是真实的事物。我们不得不去想象作家没有揭示的内容。因而在这些影子里，我们成了同盟者。"（Oates, *The Tattooed Girl* 10）西格尔认为自我的意义来自自我创造的其他事物，或者从创造过程本身所获得的成就感或意义感。因此，西格尔相信在他离去后，阿尔玛会成为他的影子，实现他所创造的意义。与此同时，阿尔玛也感觉到：

　　　　西格尔，她的雇主。那个犹太人，对她如此的友善。开始时，他们之间有点不太自在的感觉。阿尔玛立刻接受她要被赶走的事实。但是二天，现在三天已经过去了。西格尔却没有让她离开。……自从她到这个房子里给西格尔工作，阿尔玛相信她说的话不会有任何意义，令她惊奇的是西格尔会和她聊天，她可以看到那种震惊和受伤在他的脸上，难道是她引起的？想要说，我是一个微不足道的人，我什么都不是，想要说把我赶出去吧，这是我应得的。而她的雇主如此的礼貌！这一定不是真的，不是吗？她或许不那么恨他了。（Oates, *The Tattooed Girl* 256）

　　阿尔玛从西格尔那里得到了从未感受过的尊重，这也让她转变了对于西格尔的叙事和自身的叙事，西格尔的他者叙事也就完成了其伦理意义的

---

　　① Paz, Octavio. *The Bow and the Lyre*. New York：Mcgraw Hill, 1973：137. 转引自：弗里曼·马克：《自传性理解和叙事研究》，瑾·克兰迪宁主编，鞠玉翠译，北京：北京师范大学出版社，2012年，第75页。

生成目标。反过来，这种由衷的仁慈的基础在于，接受与责任具有同等的地位，也就是"自我承认让他者以正义名义行动的权威的优先性"（Ricoeur, *Oneself* 190）。如果没有伦理目标的指引，我们对他者只会保留着一种外在的排斥态度，这样便很难实现自我与他者之间的叙事交流。只有当自我以一种伦理的思维思考他者的给予，自我才能负责任地接受。反过来，他者亦然。

　　阿尔玛身上体现的正是西格尔身上所缺乏的对爱的执着，而西格尔能给予阿尔玛的也是她一直渴望得到的爱。利科认为，主体对于爱的需要根本上在于自我的匮乏。他者能够成为自身的一部分，正是由于爱的匮乏。因此我们需要他者，需要爱来实现自我的伦理目标（Ricoeur, *Oneself* 182）。正如西格尔告诉阿尔玛："但是你是你，阿尔玛。你是唯一的。那就是为什么我对你的想法感兴趣。"（Oates, *The Tattooed Girl* 245）西格尔意识到自我的这种缺失需要其他人来弥补，而阿尔玛这个单纯的女孩正是他所需要的叙事对象，因为她能够在他失去一切时还能爱护他、保护他，而不需要任何特别的回报，只是像爱人一样平等地对待他。当西格尔惊喜地发现阿尔玛由被动地疏远他到主动地关心他的健康状况，甚至开始与他争论一些有关犹太人、女巫等话题时，西格尔为阿尔玛正在成为一个独立思考的女性而欣慰。阿尔玛的转变不仅表明了她正在摆脱他者叙事身份而开始建构自身叙事身份，而且也让西格尔体会到自己在这个过程中的新生："我的内心充满了希望，这是我的救赎。"（Oates, *The Tattooed Girl* 276）因此，西格尔从这种相互的爱的关系中得到了他所需要的伦理救赎。

　　阿尔玛是一个一直渴望被爱，但却从未获得过爱的女孩。在西格尔的呵护下，她第一次感受到了自己也有被爱、被接纳的可能。这让她对于生活、对于周围的一切充满了信心。阿尔玛经常会想到"我就是那个他爱的人"（Oates, *The Tattooed Girl* 281）。当得知西格尔需要她，甚至在她死后也一样信任她时，阿尔玛觉得对于她来说这就足够了（Oates, *The Tattooed Girl* 293），因为从来没有人这样需要她，而被别人需要是她重新建构自我叙事的唯一确证。此外，西格尔在遗嘱中留给她居住的房子是她被爱的又一证明，"她的口袋里是西格尔先生房子的钥匙。如果她丢了它，她将会失去一切"（Oates, *The Tattooed Girl* 297）。因为在这个房子里她可以得到安慰和爱的保护，她害怕失去这代表了她之所以为她的证明。换言之，在她看来："她无法承认西格尔的死，这代表了自己生命的结束。"（Oates, *The Tattooed Girl* 303）事实上，阿尔玛明白，除了西格尔外，不会再有人给她以生活的信心和勇气。正如利科所言："每个人都把他人当作他所是的那个人来爱。"（Ricoeur, *Oneself* 183）利科认为不应该带着功利的目的去爱一个人，伦理目标使自我与他人之间的关系真正实现相互性（Ricoeur, *Oneself* 183）。换言之，只有通过无私的爱才能在自我与他者之间建立真正的伦理关系。因此，阿尔玛断定自己的生命与西格尔的生命是紧密相连的。更为重要的是，西格尔给她以生命的价值和意义，她戴上西格尔送给她的项链，感叹道："没有人会送给我这样的礼物。没有人曾经像西格尔一样珍视她。"（Oates, *The Tattooed Girl* 303）纹身女孩从西格尔的他者叙事中感受到了她从未感受过的尊重和爱。

对他人的关心比对他人的义务具有更高的伦理地位。西格尔拯救了阿尔玛，却并没有要求从她那里得到回报。他从他者的叙事建构中得到了自由和精神的慰藉，这是他走出孤独、找到家的感觉和爱的能力的方式。在义务条件下，他者只能处于接受的状态中，而在关心中，自我因同情他者而获得了伦理上的幸福（Ricoeur, *Oneself* 191）。随着阿尔玛自我叙事的转变，西格尔的自我叙事也开始发生了伦理转变，正如他发现的那样："乐观主义者，这是西格尔对自我的新认识。"（Oates, *The Tattooed Girl* 238）西格尔甚至用他"新生的"人生态度向他的朋友们夸赞道："我现在都想不起那些我成年后曾经为之担忧的事情了。多么疯狂啊！"（Oates, *The Tattooed Girl* 239）西格尔的这种转变来自一种发自内心的至上的爱，因为"……爱比正义的要求更高，这意味着在多数情况下，爱要求的是自我牺牲精神，最明显的特征是以放弃严格的互惠形式来表达"（Hall, *The Site of Christian Ethics* 158）。对于他者的爱并不是建立在互惠基础上的平等关系，而是基于一种自我牺牲的精神来实现自我的伦理生活，这是比正义更高的境界。

自我不仅需要从他人的生存意识中获得力量，而且需要他人分享自我的生存意识。这些都需要在共同生活的世界中才能实现，而这个共同世界的联结点在于自我无私的爱，"……从他者到自我的转换建立在体验到失去所爱他者不可挽回的遗憾上，并开始理解我们生活的不可替代性，以及对于他人来说自我是不可替代的。从这个意义上说，关心是对于他人尊重的回应"（Ricoeur, *Oneself* 193）。因此，对彼此的爱是促成人与人之间发生伦理转变的根本原因。

利科用"承认"来表达自我与他人或社会的伦理关系中自我的自反运动。"承认就是在把自重带入关心，并把关心带入正义的运动中的自反结构。承认把二元性和多样性引入了自身的构成。爱中的互助性及正义中成比例的平等性，通过在自身意识中的自反活动，把自重化身为一种承认"（Ricoeur, *Oneself* 296）。换言之，自我叙事与他者叙事之间是一个循环的转变过程。利科在这里强调的是一个双重的过程，也就是来自他者的命令召唤是前提，而自我承认他者权威的优先性则是实现的根本条件。这是一个来自他者，经过自身的意识能动，再转回到他者那里的循环过程。阿尔玛恨西格尔的一个重要原因在于他的犹太身份，她对于犹太叙事的认知是她所有仇恨的来源，而当西格尔告诉她"我不是犹太人"时，她几乎不敢相信，"不是犹太人，可是她恨了他那么久"（Oates, *The Tattooed Girl* 259）。当西格尔去逝后，警探询问她："……是否说过这样的话？计划杀死你的雇主？并且从他那偷东西？或者让他娶你，然后把钱留给你……"（Oates, *The Tattooed Girl* 298）纹身女孩把她的脸藏到了手里，大声笑着喊道："我为什么要那样做！我不会那样做！我……"（同上）她想："我爱他，我会为他去死。即使他是一个犹太人，我也爱。"（同上）她没有说出来，但是这是她内心真实的想法，她已经不在乎西格尔是否是一个犹太人，那并不重要，重要是她爱他，她对于犹太人的所有叙事都被她的爱颠覆。而西格尔在表明他对阿尔玛的感情之后，说道："上次我爬卡梅尔山时，我还是一个无知的人，这一次——我看待事物的方式不一样了。"（Oates, *The Tattooed Girl* 281）自我的他者叙事建构过程转变了自我和他人的伦理世界。

换言之，两个处于完全不同叙事世界的人，经过自我"承认"的叙事交织过程，最终形成超越自身的他者伦理叙事，形成一个完美的伦理循环。

　　叙事的伦理维度在于为行动双方赋予的意义。正如利科所认为的，叙事通过"虚构的表征"和想象等手段，将作为言语行为的叙事与行为的权力结合以促进主体间性（Ricoeur, *Oneself* 176）。小说中，西格尔和阿尔玛最终都开始转变：西格尔开始坦诚地面对一切，他不再胆怯，不再忧虑，开始积极乐观地面对生活，他要勇敢面对过去的一切，无论是家族的、历史的还是个人的一切。阿尔玛也开始获得了她所向往的力量。在面对曾经的情人的勒索时，她进行了强有力的反击，"纹身女孩为她的生活而战"（Oates, *The Tattooed Girl* 277）。纹身女孩不再畏惧强者的威胁，她要成为她自己。欧茨在这部小说里，着重表现了自我叙事与他者叙事之间的伦理交流，"在接受层面上，相互之间的承认才能实现最终的共识。换言之，对于可能真理的承认，以及对于有些陌生的意义假设的承认"（Ricoeur, *Oneself* 289）。这是对伦理生活中伦理共识的强调。西格尔的世界一直充斥着死亡的威胁，这是他所不愿面对的。他害怕恐惧，一直在逃避。阿尔玛的出现让他通过对其的他者伦理叙事找到了爱的能力，变得不再惧怕死亡，不再是一个活在影子里的幸存者，而是像他的先辈一样，勇敢地面对它，开始拥有爱。阿尔玛一直是一个无家可归的可怜人，对爱的执着让她饱受伤害。但是她对犹太人的无端憎恨让她对西格尔的热情帮助总是怀有敌意。最终是西格尔的真诚让她转变了对犹太人的他者叙事，拥有了爱与被爱的能力。因此，在伦理共识的前提下，他者叙事与自身叙事实现了伦理的交流与转变。"行动的伦理客观性与主体主观性之间的关系在于，从客观性出发，经过它们，最后又回到自身的循环关系"（Ricoeur, *Oneself* 293）。可以说，欧茨在她的小说中实现了主体从自我叙事出发，经他者叙事又回到自我叙事的伦理循环。

# 第三章　人物的社会叙事与存在超越

利科提出伦理目标概念的三个构件，即个人的、人际的和社会的三要素之间具有连贯性。也就是说，利科认为善的生活除了自爱和友爱之外，还包含正义的内容。正义伦理的目标是由他者的概念引申出来的。正义伦理的最终目标是每个人都有自己的权利，那么善的生活也就从人际关系延伸到各种制度中（Ricoeur, *Oneself* 194）。利科的伦理研究按照自爱、友爱和正义的顺序逐步发展成包含每一个人在内的普世伦理。然而，利科关注的并不是公正的伦理意义，而是不公正的伦理意义，因为"不公正的意义不仅是比较令人伤心的，而且比正义的意义更能启发人。正义是经常欠缺的事情，而不公正却很猖獗。人们看得比较清楚的是人际关系中的欠缺，而不是井然有序的人际关系"（Ricoeur, *Oneself* 198）。也就是说，与公正相比，不公正具有更多的伦理相关性。

个人的社会伦理意义需要通过叙事才能得到实现。通过叙事的模仿与重新编排，自我找到在社会文化中的存在意义。利科认为个体的叙事能力与个体身份的自我反思相一致。也就是说，通过对自我行动能力的认识，个体进而可以了解自我行动的责任。尽管如此，主体不只为自我的行动负责，还要承担相互之间的责任（Deneulin, Nebel and Sagovsky "Introduction" 8）。换言之，个体通过叙事不仅能真正意识到自我的社会责任，而且能通过行动来承担这个责任。从某种程度上说，个体叙事既可以传承社会叙事，也可以改写社会叙事：

生命叙事能对从过去到未来的存在进行全面的展现。通过对那些发生过的故事的建构重组能够让我拥有自我的同一性。同理，个人叙事能够让我看到更加美好的未来，或者让欲望以对未来可能性的期待形式被叙述。尽管如此，叙事重组的意义在于其间接的方式。由于自我叙事不可能发生在真空中，存在需要与其他人一同在社会的制度中发生。社会存在发生在以叙事为特征的文化语境中。一些历史的、人为的、哲学的和宗教的传统会影响我们的自我理解和自我叙事活动。因此，叙事重组的能力必须从个人的和文化的双重角度来进行。(Hall, *The Poetic Imperative* 40)

个体叙事的意义不仅在于个人的社会认同，更在于对社会正义和公正的追寻。因此，个体叙事对社会叙事中不公正现象的反叛展现为一种对"伦理生活"的追寻。"当一个民族的精神被降格到被认为是导致大量死亡的伦理性时，最后只有少数勇敢和坚定的人的伦理意识成为逃离此罪恶制度的避难所"(Ricoeur, *Oneself* 256)。英雄成为个人叙事与"伦理生活"之间关系破裂的象征，也就是说个人的社会叙事具有改变公共的信念、规范和价值的力量和可能(Ricoeur, *Oneself* 261)。这就是个人叙事反抗不公正社会叙事所具有的重要伦理意义与价值。

欧茨在她的小说中展现了美国的种族主义、民族主义和强权主义利用社会叙事对弱势群体进行的叙事控制和迫害。与此同时，反叛者不得不通过个人叙事的形式来反抗社会叙事的控制。尽管个人叙事在面对强大的社会叙事时，可能会失败或者付出生命的代价，但是这却可能换来社会叙事的反省、承认或者某种程度的改写。正如丹尼尔·戈德斯坦(Danierl M. Goldstein)在对"元叙事伦理"(meta-narrative-ethics)的研究中所发现的那样："在呈现伦理的过程中，我们不仅改变了自己，而且改变了我们所处其中的传统。"(239)这就是欧茨在她的小说中试图表达的个体叙事对于自身以及社会叙事的伦理意义。

# 第一节　个体的反种族主义叙事与种族平等：
# 《黑女孩，白女孩》中个体反种族主义叙事的伦理超越

美国的新种族主义与以往赤裸裸的人身伤害不同，种族主义者通过建构一种貌似合理的种族主义叙事来掩盖他们那些不平等的和不合理的种族主义意图。然而，所有的叙事都不可能是中立的，都会包含或多或少的伦理价值评判，"叙事从来都不会与规范、评判或者惯例和世界观相分离"（Kemp 32）。种族主义者就是借助叙事的假象剥夺了黑人的话语权，让他们既无法辩驳，又无力反抗。他们不但为黑人编造了劣等人种和奴隶本性等扭曲的叙事形象，而且黑人奋起争取到的种族隔离政策也不过只是另一种形式的种族主义叙事。这就决定了种族主义叙事在伦理上的本质缺陷。

黑人个体作为种族主义叙事的受害者，要么接受这样的叙事，做一个安静的受述者，要么建构自我的叙事来反抗这种虚假的叙事。罗兰·巴特认为："叙事的起源是欲望，生产叙事，欲望必须经常交换，必须进入等价物及换喻的系统；或更进一步，为了被生产，叙事必须被交换，必须将其自身纳入某一经济系统"（巴特 123）。也就是说，叙事的生产和交换必须在一定的社会系统或者经济系统内实现，这就决定了个体叙事与社会叙事之间交换与转化的意义关系。那么，对于处于种族主义系统中的个体叙事来说，虽然个体叙事的力量比起种族主义叙事强大的话语权而言极其微弱，但是它却能够引起全社会的伦理反思，从而动摇整个种族主义叙事的根基。可以说，个体叙事的伦理力量在于它能够从内部触动整个种族主义叙事的神经，这比任何强大的法律和制度都更加真实而有力。也就是说，一个反抗者的叙事伦理体现为破坏统治叙事的话语基础，通过解构和重新讲述来得到新的解释和结论。

欧茨在这部《黑女孩，白女孩》中，借助白人女孩尼娜的视角，讲述了同为大学新生的黑人室友米纳特在这样一个号称"民主"的大学里所遭受的

各种种族主义迫害，而作为著名民权运动律师女儿的尼娜认为自己有责任全力保护米纳特，但她的努力并不成功，最终以黑人女孩米纳特的发疯和死亡而告终。因而15年后，尼娜通过重构米纳特的悲剧，反思她自己过去的行为与身份，以及在这样一个道德灰暗的社会中她对于信仰的坚持。小说中，欧茨通过两个大学女生的微观视角展现了整个社会的种族主义叙事矛盾。虽然黑女孩是一个被孤立的种族主义受害者，但是她却以自我独特的叙事方式对整个种族主义叙事发起了挑战。从某种程度上讲，她的个人叙事触动了种族主义叙事的神经，更为重要的是，让整个社会看清了种族主义的本质，从而推动了种族主义叙事的改写。欧茨通过黑女孩的个体叙事证明了叙事既可以是种族主义者的权力工具，同样也可以是弱者最好的反抗方式。

## 一、新种族主义叙事

欧茨在小说中以一个全新的视角展现了隐蔽的种族主义，也就是那些依靠叙事来实施迫害的新型种族主义，体现了她对于种族主义叙事形成机制以及影响机制的深入思考。这种表面上被所有人嗤之以鼻的卑劣行径，实际上却是潜伏于所有人心中的狂妄魔鬼，在一个恰当的时机下，每个人都成为这个叙事的共谋。

以往的种族主义一直被看成是一种集中的、制度化的和无处不在的观念，而新种族主义则被看成是更隐晦的否定表达形式（Rosenblatt 158）。换言之，新种族主义正是通过叙事的形式来间接实施对黑人的迫害。欧茨在小说中描述了校园中种族主义迫害的叙事形式，即对黑人女孩进行各种隐蔽的种族主义歧视或者暗中的破坏行为，通过叙事形式对其内心和意志进行摧毁。具体而言，第一次种族主义事件发生在开学后不久，黑人女孩米纳特的《诺顿美国文学选集》无端被人损坏并被扔到了泥地里，虽然米纳特并不知道具体是什么人干的，但她可以断定："……某人故意把它扔出了窗外。"（Oates, *Black Girl/White Girl* 56）事实上，其中的原因不难理解。米纳特高傲孤僻的性格，让她在天堂屋①和校园的其他地方都成为不受欢迎的人，如果她的书恰好忘在什么地方了，自然也就成为种族主义者想要报复的对象。一般来说，白人群体对黑人进行报复的原因之一是为了排斥这些所谓的异己，从而对其他反抗进行警示(Chirot and McCauley 25)。黑人女孩特立独行的行为以及对其他人的傲慢态度在一定程度上激怒了其他白人学生。于是，他们为了维护他们所谓的正统的种族主义秩序，便进行了必要的清理活动以警告众人。与此同时，美国白人认为黑人群体的存在本身就是对白人理想社会的破坏，那么对其进行报复自然被看成是理所当然的行为(Chirot and McCauley 42-43)。换言之，白人社会用自身的理想叙事来为其种族主义行为进行辩护。这个叙事理由也可能成为对米纳特进行迫害的原因，即其他白人学生认为她的性格和行为方式是对白人叙事中黑人应有的行为规范的一种挑衅，他们决不允许这样的行为存在，这会破坏他们所建构的叙事理想。欧茨在小说中揭露了黑女孩这样一个挑战白人叙事的勇士遭受各种种族主义迫害的叙事原因。

　　欧茨在小说中呈现了个人的种族歧视和偏见依赖种族主义叙事而成为群体暴力事件的过程。小说中，白人女孩尼娜由于父亲的原因，一直抱有强烈的正义感，她决心要站在米纳特的一边支持她和帮助她，但是其他的白人女孩或者某些黑人女孩却试图拉拢她来一起嘲讽米纳特。她发现:"在我的内心有这样一个强大的力量在呼唤我去站在米纳特的对立面。这让你理解私刑暴徒们在此刻感受到的内心呼唤。"(Oates, *Black Girl/White Girl* 69)这让她明白了种族主义是怎样在一个小事情上让人背叛另一个人。这是一股多么可怕的力量，它能从人的内心改变一个人对事物的认知和叙事，有时个人在其中无法抗拒其强大的影响力。欧茨在小说中展示了种族主义叙事形成的内部机制:人们是如何成为种族主义帮凶的叙事原因。事实上，种族主义叙事深层的心理机制，即种族主义根深蒂固的种族观念能够迅速将所有人都变成他们的帮凶(Chirot and McCauley 57)。此外，由于

---

①　欧茨小说《黑女孩，白女孩》中黑女孩所住的学生宿舍名称。

内在的情感和心理因素，很难让人有勇气和信心去反对种族主义，这也是种族主义能够如此肆无忌惮地实施迫害的重要原因（Pack，Tuffin and Lyons，277）。尼娜的父亲曾经提到了白人与黑人之间的关系："我们的种族是奴隶主种族，那些深色皮肤的种族就是被我们奴役的种族。我们会反驳道——'哦！我们是无辜的！我们再也不会做这样的事了！但是我们都是有罪的，我们手上沾满了鲜血，我们是享有优先权的白人种族，这是我们的诅咒。"（Oates，*Black Girl/White Girl* 93）尼娜的父亲作为一名反种族主义的白人，他深刻地意识到了种族主义深层的叙事机制，虽然现在的白人试图撇清与种族主义的关系，但是他们的肤色就代表了他们根深蒂固的种族主义叙事基础。因此，白人的种族主义叙事不可能真正消除，只能是自欺欺人的托词罢了。

欧茨在小说中进一步反映了种族主义叙事是促使种族迫害行为迅速发展的内在动力。这次撕书事件并没有让种族主义者感到满意，因为他们并没有达到改变或者驯化米纳特的目的，于是他们在她房间的门下放了一张非洲女人的裸体照。尽管室友尼娜为了保护米纳特，在她还没有发现的时候将其扔掉，但是这也无法改变米纳特敌人的报复行为正在升级的事实，并且还表明了一个或者更多的种族主义者的存在。这也让尼娜了解到从个人的喜好转变为种族主义的迅速程度和残忍程度，就像"在平等之下，是深层的、恶意的和致命的种族主义仇恨"（Oates，*Black Girl/White Girl* 128）。种族主义是隐藏在平等的虚假叙事之下的罪恶仇恨，一旦开始，就会迅速发展成为一起集体的种族主义事件。事实上，种族主义早已从物质层面的剥削，"发展成为针对个人、集体和他者的认知心理和文化结构"（Judaken 45）。种族主义将叙事作为其对自我和他者进行控制和迫害的全新方式，这种叙事的内在推动力，类似于永远传播的"知识的力量"（Oates，*Black Girl/White Girl* 128），让所有本来平静与友好的人，迅速变为一个暴徒。正如父亲告诉尼娜的那样："种族主义者决不是伪君子。……这与一些自由主义者完全不同"（Oates，*Black Girl/White Girl* 128），从某种程度上说，种族主义者决不会对其他种族的迫害行为只停留在幻想阶段，他们一定会亲身实践,这是其邪恶本质的真实体现。

种族主义叙事的叙事者除了白人之外还包括黑人群体。随着种族主义事件的进一步发展,尼娜发现这些种族主义事件可能是其他黑人女孩所为,并不一定是白人种族主义者。"这简直太可怕了。因为没有人会怀疑一个黑人女孩会用那些肮脏的与性有关的东西去骚扰另外一个黑人女孩"(Oates, *Black Girl/White Girl* 146)。欧茨在这里将话锋一转,直指种族主义叙事的最新可能,即黑人种族内部的种族主义歧视。这从某种意义上也反映了种族主义叙事的巨大改变力量,不仅要归顺所有的黑人观念和行为,而且能够进一步让黑人成为种族主义叙事的推行者。从某种意义上说,"当不公平被制度化,最大的危险在于那些处于这些不公平结构中的个体对于他们错误行为的视而不见。那种个体无法改变这样一个不公平结构的无力感很快就变成漠不关心"(Deneulin, Nebel and Sagovsky "Introduction" 7)。这就是种族主义能够通过叙事来实现对个体意识控制的原因所在,同时也是欧茨在这部小说中对种族主义叙事本质的又一次有力揭发:种族主义叙事正在从黑人内部开始施展其叙事的破坏力量。

种族主义通过叙事的形式使受害者成为"非人类"。他们的人性受到了质疑,他们的权力、他们的物质基础以及他们对于自我身份、精神状况和认知能力的意识都被无情地否定了(Grosfoguel 10)。这样的叙事也让黑人彻底失去了辩驳的能力。随着学校针对米纳特的种族主义迫害开始变得变本加厉,欧茨开始在小说中追问:"同情到底怎么了?在斯凯勒这样一个几乎没有黑人教师,只有极少数黑人学生的学校,米纳特很难生存下去。"(Oates, *Black Girl/White Girl* 177)欧茨强调,这样一个由白人价值观所主导的学校,黑人很难被公平地对待。这也从侧面反应了种族主义叙事形成的叙事原则:谁掌握了大多数的话语权,谁也就拥有了歧视或者排挤其他少数人群的权力。这样说来,种族偏见对于个人的伤害远远超过对于群体的伤害,特别是当一个人独立于其群体的保护,单独受到攻击时,往往没有反抗能力(Gans 271)。在这样的叙事里,她的所有行为都被无限放大,被置于聚光灯下,失去了所有可以赖以躲藏的庇护,甚至她的一切辩解都成为对方的笑料。米纳特收到写有"黑鬼，滚回家去！"的匿名信。这表明她在这里是不受欢迎的另类，他们需要她离开这里，因为"这里有太多的敌人需要惩罚，而你是挑选出的最为容易的"（Oates, *Black Girl/White Girl* 136）。这就是米纳特成为校园里种族主义受害者的重要原因之一。更为深层的原因在于，种族主义叙事体系根深蒂固的影响力构成了种族主义者和受害者之间的共享语境。

为了让米纳特从这里消失，种族主义者们开始更为恶劣的迫害行为：她们在米纳特的淋浴间里放碎玻璃片，并且将米纳特落在浴室的毛巾、香皂、洗发水、牙桶和牙刷弄脏，甚至有一次她的牙刷被拿去刷了马桶，然后又放了回来，难闻的味道让米纳特感到恶心，于是她扔掉牙刷，就再也没有买过其他的。更为可恶的是，当米纳特从图书馆的台阶上下来时，其他人从背后推了她，导致她重重地摔倒，并且扭伤了脚。而其他女孩则假装过来关心她，似乎这与她们完全无关一样。这是一种在种族平等叙事掩护下的新种族主义，它让人无法言明与申辩："甚至那些'爱'你的人也会踢你一脚。"（Oates, *Black Girl/White Girl* 235）校园中的种族主义迫害由最初的隐蔽形式发展成人身伤害等暴力形式。正如利科所言："暴力就是一种意志对另一种意志所施加的'力量'。"（Ricoeur, *Oneself* 220）种族主义者实施的隐形暴力实际上也是一种暴力形式。它产生的危害比真实的暴力更加可怕，因为受害者无法指认施暴人是谁，这让受害者从身体和心灵上受到了双重的折磨。欧茨在此充分展现了种族主义伪善的叙事本质：借助平等友爱的叙事外衣隐藏暴力的本质。

种族主义叙事具有长久的历史文化基础："组成社会制度概念的基本特征在于那些普遍的社会习俗，而不是那些限定的法规。"（Ricoeur, *Oneself* 194）这种共同的习俗也是集体叙事的结果。事实上，"种族隔离政策长期存在的原因在于，它体现了根植于白人头脑中的伦理结构，一种嵌入到社会机构功能中的伦理结构，在这种共享的意识形态中，很少有个体能够克服这种种族主义隔离的意识形态"（Deneulin, Nebel and Sagovsky "Introduction" 5）。例如，20 世纪 20 年代到 50 年代，美国高校里发生了许多这样的种族主义事件，一些白人女孩能够侵扰她们的黑人同学的原因在于她们拥有白人亲属和学校权威的直接支持。最具有讽刺意味的是，在 70 年代这样一个"以自由艺术著称，它的规则建立者们一直打算建成的种族融合典范的学校里，怎么可能也会发生在这里"（Oates, *Black Girl/White Girl* 195）。这在某种程度上反映了新种族主义叙事的隐蔽本质。平等和自由是他们最根本的叙事基础。事实上，社会中的种族主义偏见则更为严重。当尼娜和米纳特去商店挑选圣诞节礼物时，每个店员都对米纳特表现出了严重的种族主义歧视。可见，崇尚自由的校园也只不过是社会意识形态的反映而已，不可能真正成为自由与平等之地，即使尼娜这个怀有强烈种族平等意识的女孩与米纳特在一起时，"一种狂野，一种强烈想要做坏事的愿望占据了我"（Oates, *Black Girl/White Girl* 148）。与之相似，种族主义叙事也具有同样的叙事影响力，能让那些共享相同叙事背景和价值观的人迅速成为种族主义叙事的同谋者。

欧茨的小说表明，现代美国在种族政策上的民主与平等只是表面上的，而种族主义却以更加隐蔽的方式表现出来。换言之，这样的种族主义由于其叙事的本质，具有更多的迷惑性和破坏性（塔吉耶夫 6），其以更加巧妙的叙事方式来掩盖种族主义的本质。小说中，黑女孩所在的大学是由一位反种族主义的商人投资所建，因而具有优良的种族融合历史。可是就在这样一所学校里，同样发生了骇人听闻的种族主义事件，而且这不是多年来的第一起。这种矛盾的存在说明了种族主义叙事的虚伪性。因此，欧茨在这部小说中深刻地揭露了新种族主义的叙事本质，并指出反种族主义必须从种族主义叙事开始，发现其得以存在的叙事根基。

## 二、反种族主义叙事

既然种族主义通过叙事来隐藏真实，那么反种族主义叙事同样既掩盖真相也反映真实。换言之，反种族主义者要充分利用个人叙事的特性来揭露种族主义的罪恶本质，正如"……个体化信息的增加与扩散，比统计的信息更具有说服力"（皮尼格、戴恩斯 26），个人叙事为反种族主义叙事提供了更加真实可信的声音来源。这些来自边缘人的真正呼喊，才能唤起人们的同情与觉醒，从而推动整个社会叙事的改写。

米纳特特立独行的行为方式是她反抗或保护自我的一种叙事方法。在食堂里，虽然来自天堂屋的女孩们总是坐在一起，但是米纳特却从不这样，她总是和大家保持一段距离，甚至也不和任何其他的黑人女孩交朋友。一次一位很受欢迎的女孩试图接近米纳特，表现出和她很熟的样子，但米纳特却冷冷地看着她，因为米纳特"不喜欢所谓的'友好'——'粗鲁'"（Oates, *Black Girl/White Girl* 15）。然而，米纳特这样的叙事行为让她避免在侵扰的同时也成为其他人孤立和反感的对象。尽管如此，米纳特通过这种方式向种族主义者们宣告了建立自我叙事的可能，而不是被所谓的同化叙事所覆灭。正如欧茨强调的那样："米纳特·斯威夫特就像一个谜，一个不以'黑人'方式行动的黑人，一个具有强烈个性、常常被尊敬和欣赏，但是却不被喜爱的女孩。"（Oates, *Black Girl/White Girl* 17）这就是米纳特这个黑人女孩反抗种族主义叙事的方式。她不需要按白人设立好的黑人叙事来行事，她有她自己独特的叙事方式。她要让全世界听到她的声音。正如米纳特对室友尼娜所说："你为什么要告诉他们，让他们感到满意。"（Oates, *Black Girl/White Girl* 17）米纳特表达了她对种族主义进行抵抗的原因：如果所有人都按照种族主义的方式行动，只会让种族主义者感到其叙事的正当性。因此，米纳特宁愿做那个对抗这一切的先行者。尽管反种族主义赖以施展权力的叙事结构在于，通过将个体叙事扭曲、夸大，以实施其对种族叙事的抵制（克里斯特娃 15），但黑女孩却因为孤独的自我反抗不得不生活在矛盾的张力之内。克里斯特娃认为这是反抗者所具有的"特权"（克里斯特娃 15）。米纳特的反种族主义叙事让她饱受周围人的歧视与孤立，而这也是反种族主义叙事伦理价值的表现。总之，欧茨在小说中让米纳特建立独特个体叙事的目的是让其成为这个时代之病的一剂良药："如果社会'病了'，这一定会有一种良方。事实上，只要找到合适的并实施它就可以了。"（Oates, *Black Girl/White Girl* 24）因此，欧茨将个人叙事作为反抗种族主义叙事的良方。从某种程度上说，这个良方的最大用处在于对整个种族主义叙事根基的触动。

最开始,米纳特采用强烈的抵抗方式来建立她的自我叙事。例如,当那些白人女孩大声放音乐让她无法学习时,她会拼命的踩地板来表达她的不满。可是这似乎并不太起作用,于是她用椅子敲地板,用她的桌子撞击地板,还用台灯砸向地板,直到灯泡碎了屋子归于黑暗才停止。这似乎很奏效,很快整个房间就归于平静。这时米纳特会微笑着说:"看到了吧,女孩们。现在那些魔鬼知道我的厉害了。"(Oates, *Black Girl/White Girl* 101)米纳特对于她暂时的胜利非常得意,但这只会让其他女孩越来越疏远她。此外,她过于直白的说话方式和孤僻的行为方式也让天堂屋里的其他女孩很不满。在经历了一系列种族主义事件的报复之后,米纳特强烈的反抗转变为默默地发泄她的不满。她每次上楼的声音都带着某种愤怒,而且她开始发胖,开始脱离人群,逐渐成为:"一个不在意自己黑人身份,也不在意其他人在意的事情的女孩。"(Oates, *Black Girl/White Girl* 92)她将自己的行为方式定义为殉难者,并用犹太人和基督徒的区别来说明:"犹太人不需要说他是一个犹太人,而基督徒却一定会说自己是基督徒。"(Oates, *Black Girl/White Girl* 95)也就是说,在面对生死抉择的时候,有些人会放弃自己的信仰,有些人则会毫不顾忌地继续前行,直至死亡。米纳特认为不需要对自己的黑人身份作出任何妥协,做回自己就是对种族主义的抗议。这就是一个殉难者真正的品质。她愿意默默地走在这条路上,而不必在意那些试图妨碍她的各种质疑。因此,欧茨在这里充分展现了米纳特个人叙事的反种族主义特性。

米纳特的反种族主义叙事的构建不乏一些正面的对抗行为。当米纳特去商店购物时,受到了店员们的冷遇,但是米纳特却毫不在意地大声笑,时而随意拿起商品来看一看,时而把店员们摆好的商品弄乱。当她拿起一件毛衣再放下时,毛衣从桌上滑落到地板上,又被她不小心踢了一脚,这让那个白头发的女店员大声尖叫:"不好意思!对不起,我必须要让你们离开了,我们今天下午要早关门……"(Oates, *Black Girl/White Girl* 152)但是米纳特似乎根本就没有听到,她不但继续用她沉重的步伐到处逛,皱着眉头，嘴里自言自语，就像故意忽视她，甚至当尼娜试图拉她走时，她也使劲地挣开。最后，米纳特不情愿地走到了前门，像一个淘气的小孩一样恨恨地关上了门，让那个门铃叮叮铛铛地响个不停，并且用一种孩子般的讽刺语气说道：“女士，上帝还是会爱你的。”（Oates, *Black Girl/White Girl* 152）这就是米纳特对种族主义行径的反抗。她以独特的叙事方式向所有形式的种族主义提出异议，让他们看到自身叙事的虚伪性与邪恶性。

米纳特的反种族主义叙事逐渐由激烈的反抗转变为消极的抵抗。对于她衣服受到污损一事，她不但不向任何官方申报，而且选择本学期不再去上体育课。对于食堂里的种族主义歧视，她选择在一个单独的饭厅吃饭，因为米纳特明白她在食堂中出现总会引起人们的关注，于是她选择离开，正如她所说，“我为什么要让他们满意，这就是为什么（要这样做）”（Oates, *Black Girl/White Girl* 201），每个种族主义者都清楚自己的行为，但是“他们对你所做的，你不得不忍受，‘我很脆弱，但他很强壮’。如果我向上报告，这就表明了我软弱”（Oates, *Black Girl/White Girl* 235）。这就是米纳特的逻辑，也是她对自身反种族主义叙事方式的反思。她不再以强烈的对抗叙事来实现所谓的报复行为，这实际上并没有取得太多的进展，反而会对她自身造成更大的伤害，因而她决定以消极的方式来抵抗，不让那些种族主义者从她痛苦的挣扎中获得任何快乐。她也意识到对于这种隐蔽的种族主义叙事，暴力反抗不可能真正解决问题，必须以叙事的方式来对其进行抵抗。于是她开始制造种族主义事件来讽刺和控诉那些种族主义者的叙事伎俩。

米纳特将自己的反种族主义叙事看成是对真理和生命意义的证明。小说一开始就交代了米纳特拥有一种超凡脱俗的气质，一种超越或者出离现实的疯狂，她对其他人似乎都漠不关心。对于米纳特来说，只有父亲才是拥有力量和信仰的真正存在（Oates, *Black Girl/White Girl* 31）。父亲对她的影响和鼓励让她坚信自己叙事行为的正义性，正如她在十字架上所写的文字：“我以真理和生命的方式存在。”（Oates, *Black Girl/White Girl* 48）随着时间的推移，她内心的反抗情绪更加强烈。例如，当天堂屋的女孩们在米纳特面前走过时，米纳特的眼神却像没看到她们一样地飘过(Oates, *Black Girl/White Girl* 145)。米纳特越来越坚定自己的叙事方式，她想要以此来推翻一切既成的不公平制度和所有的偏见，她不会去谄媚任何人，也不在乎任何人对她的评价，她要在自我叙事的路上坚定地前行，不想因为任何一次迟疑而停止追寻自身意义的步伐。

黑人的基督信仰是他们进行反种族主义叙事的内在推动力。基督教对于黑人的重要意义在于:一方面，作为他们心灵的避难所，能够帮助他们摆脱内心的折磨;另一方面，为他们的反种族主义斗争提供了强大的精神力量。除此以外，宗教对于平等的信仰也为他们的反种族主义叙事提供了叙事支持。小说中，米纳特相信上帝能够帮助她摆脱这一切的痛苦，上帝能够给她以力量，不管她做什么，上帝都会支持她和爱她。从某种意义上说，宗教信仰为黑人的反种族主义叙事提供了最初的叙事模板，"我们对内心隐秘世界的各种'占有'形式，包括疯狂的、最具悲剧性的占有，难道不一直是我们的避难所、是我们对被称作'虚拟的'的世界所进行的抵抗吗"(克里斯特娃 21)。正如小说中米纳特所说:"他会给你痛苦，给你伤害，给你耻辱，给你悲伤，让你心碎，但是他却不会给你超过你所能承受的量。永远都不会。"(Oates, *Black Girl/White Girl* 236)米纳特一直坚信上帝会来帮助她，即使她开始怀疑父亲的力量，也没有放弃上帝。欧茨想要表明宗教叙事的辩证性伦理意义，宗教信仰从某种程度上说也是一种叙事形式，它对于种族主义与反种族主义具有同等的叙事效用。

欧茨在小说中分析了米纳特在一系列种族主义事件后还继续留下来的原因。"这是一个试验? 因为这是一个考验? 因为她不能放弃，也不能失败? 因为父亲——尊敬的维吉尔·斯威夫特希望她不能失败? 因为上帝从没有停止过爱她，并对她充满了信心?"(Oates, *Black Girl/White Girl* 176)欧茨虽然都以疑问句提出问题，但实际上却表明了米纳特能够在这样一个种族主义叙事中坚持下去的所有原因。她承载了太多的叙事符号，这些符号又与各种力量相互交织，形成一个庞大的叙事之网，让她无法脱离。任何一个个体的叙事，进入种族叙事的话语语境中后，就会成为一个扩展的隐喻，这种隐喻的类比赋予这个事件以不同于真实情况的新意义。由于美国的种族主义一直都被认为与保守主义等同，美国黑人也就被认为是激进的或者极左的自由主义者（Smith 5）。美国黑人一直以来都是通过激进的个人叙事来消解种族主义的宏大叙事。可以认为，米纳特在这样一个白人为主的学校里，本身就是对种族主义的一种挑战，特别是当她遭遇到种族主义事件后，她的任何坚持都将被看成是反种族主义叙事所取得的胜利，这也是小说中黑女孩最喜欢穿具有革命象征性的红色大衣的原因（胡克斯 2）。黑女孩要用一种不同的、全新的叙事样式来代替那些既定的模式。她通过彰显自己的个性来突出自我的叙事地位和权力，从而为其他人提供反种族主义叙事的可能模式和内心力量。欧茨在她新世纪小说中塑造了大量为了理想的社会公平而斗争的年轻人形象，虽然这些年轻人的行为可能受到周围世界的排斥和打击，但是他们为了社会叙事的改写所作出的努力和牺牲需要时间伦理来验证。欧茨认为：“我们感觉他们的天真和理想主义有点被误导了，但这正是未来的预兆。”（Rampell 23）

## 三、反种族主义叙事的伦理意义

个人叙事对于种族主义叙事改写所产生的伦理意义在于它产生了同情与觉醒。欧茨在小说中塑造了黑人女孩这个具有强烈反抗精神的反抗者形象。她特立独行的自我叙事方法一直不被周围人理解，表面看起来她我行我素，时刻与其他人针锋相对，实际上这是她通过自我叙事来反抗种族主义叙事的方式。正如克里斯特娃所说：“与尊严具有相同本质的反抗是我们所有人的使命。”（克里斯特娃 3）个人叙事就是通过那些边缘性的书写来对种族主义叙事的强大话语权进行拆解，通过自我的毁灭来揭露其罪恶的深层本质。小说中黑人女孩身心虽倍受折磨，但是力图用自己的行动来改写种族主义的叙事。

欧茨虽然在这部小说中反映的是美国 20 世纪六七十年代的种族问题，但是却影射了当代美国种族问题的现状。米纳特过于自负的性格，让她总是拒绝任何友好的行为，正如室友尼娜所发现的：“这些白人女孩像我一样，都有点害怕米纳特，她们友好的努力总是遇到米纳特冰冷的回应，有时是礼貌的，有时则不是礼貌的。"（Oates, *Black Girl/White Girl* 16）米纳特的受害者心理，让她过度排斥其他人友好的举动，不论好坏，一同当作针对她的种族主义行动，这对于自身、对于他人都造成了不同程度的伤害。这样的反种族主义叙事并不能真正取得效果，反而会增加种族主义叙事的确定性。

米纳特对于一切的过度叙事解读也是让她自身受到伤害的重要原因之一。例如，小说开始时，她书桌上的玻璃被大风吹掉的树枝砸破了，可是她却认为这是种族主义者针对她的行为，而当她的室友告诉她这个窗子下午很快就会被修好时，她却很激动地说："你这样说有什么用！那样做又有什么好处呢？他们很快就又会把它打碎的。"（Oates, *Black Girl/White Girl* 18）米纳特过度敏感的种族主义神经，让她无法对周围的一切进行正确的叙事认知。种族主义叙事的结果，使黑人看待白人社会、白人的言行以及自我的态度开始扭曲，以一种憎恨、厌恶和躲避的视角看待周围的一切，形成了一种受害者的心理叙事（敏米 48）。小说中黑女孩表现出强烈地受害者叙事模式，她试图反抗对其的一切迫害行为，甚至通过制造种族主义事件来假装成种族主义的受害者，以此来引起同情和关注。然而，这样的反种族主义叙事的结果是，更多的人远离了她。虽然每周她都盛装打扮去教堂做礼拜，可是她却没有走进教堂，而是独自一人坐在河边的长椅上。"我简直不敢相信，我这样一个自以为是的倔强的室友，能够走这么远只是为了坐在河边"（Oates, *Black Girl/White Girl* 117）。黑人女孩的受害者叙事，不但不会动摇种族主义叙事，而且会导致自我的消亡。因此，欧茨在这部小说中对受到种族主义伤害的黑人表示同情的同时，对黑人过度敏感的叙事解读也提出了批判。欧茨指出，并不应对所有的事情都用种族主义叙事来解释，这样做只会伤害自己，而种族主义者却有更多的叙事机会。

为了揭发种族主义的恶行，米纳特充分利用种族主义的叙事本质在自己的门上写了"NIG"三个字母，相信第二天会被其他同学发现，并上报给学校管理部门，将其又算作一次种族主义事件。米纳特却没有想到室友尼

117

娜发现了她的所作所为，虽然尼娜很肯定是米纳特所为，但她表示"我想她是在实施报复行为，她拥有那样的权力，我认为我不会说出去的。我不会"（Oates, *Black Girl/White Girl* 206）。米纳特自身要承受其中的负罪感。当尼娜向大家陈述当晚她的所见所闻时，米纳特盯着尼娜，"她的表情满是恐慌和惊讶。现在，她知道我知道了"（Oates, *Black Girl/White Girl* 209），接着米纳特突然起身离开了房间。第二天米纳特就申请搬出天堂屋，并且留下了尼娜送给她的那个新书包。米纳特自身的反应表明米纳特受到了自身伦理的谴责，虽然她想以这样的方式来报复种族主义者，但是这样的行为更多的是伤害她自己。欧茨在小说中对黑人为了争取平等权力而制造种族主义事件的行为进行了辩证地再现。

与此同时，欧茨也指出，白人也不是一味地仇恨黑人种族，其中也有无奈的因素。尽管有人主动成为反种族主义的同盟者，但是对于大多数人来说，"很难让白人加入一种对于他们身份没有任何肯定的叙事……一些人会提出'反种族主义'事实上是很正面的立场，但是却很难实现"（Jenell and Schoon 286）。白人不愿意加入反种族主义行列的原因在于，在反种族主义叙事中他们无法得到任何肯定自我的身份认同。相反，却要一直进行自我否定，这是一种艰难的选择，因而大多数白人即便不是种族主义者，也不愿意加入到反种族主义的行列，但这也从侧面助长了种族主义的气焰。欧茨在小说中塑造了尼娜和她的父亲这两个反种族主义的白人角色。他们为维护反种族主义立场所经历的种种艰辛，正是欧茨试图阐释的白人反种族主义叙事的伦理困境和伦理意义。尼娜的父亲作为一名有正义感的律师，他不但为那些越战中受伤的士兵进行辩护，而且还为黑人争取平等的权力而斗争。他将白人犯下的种族主义罪行称为耻辱，并声称："他的出生已经为这个国家作出了永久的贡献，他还要为了人类的自由加入到地下游击战争，这样他的余生就将为了救赎而活，不是为了这个羞耻的一生，而是为了白人皮肤里特有的耻辱。"（Oates, *Black Girl/White Girl* 25）父亲指出作为白人要为自己曾经犯下的罪行而赎罪，这充分表达了反种族主义叙事的重任不应该只在黑人肩上，还应该在那些白人那里。

尼娜对于米纳特的维护表明她一直是一个反种族主义者。她想要摆脱白皮肤给她带来的所谓特权，成为米纳特真正的姐妹。研究表明，白人女性通常情况下会被认为具有较强的伦理意识，特别是"过去二十年，西方女性主义实践逐渐与反种族主义思想相结合……白人女性正朝着新理想主义状态的反种族主义发展，他们会进行深度的自我剖析，而不是只是进行一些表面的改变"(Srivastava 31)。女性自身对于平等的敏感让其能够成为种族主义的同盟，因而无论其他女孩怎样诽谤米纳特，尼娜都试图为她辩解，甚至当种族主义事件发生时，尼娜也会尽量减少对米纳特的伤害。例如，在诺顿事件中，尼娜不但主动帮助寻找，而且提出借书给米纳特，找到书后，她将书清理干净才还给米纳特，并且每次在米纳特受到伤害时，尼娜总是第一时间去安慰和帮助她，虽然多次遭到米纳特的拒绝，但是她却坚信她们最终会成为好姐妹。因为尼娜知道自己是米纳特"唯一的朋友！她在斯凯勒学院唯一的朋友"(Oates, *Black Girl/White Girl* 143)。事实上，尼娜想要与米纳特成为朋友的另一个重要的原因在于她们相同的处境：由于尼娜父亲的原因，她成了其他女孩议论的对象，这种作为大家叙事里的角色的体验，让她更能体会到受到歧视和被孤立的痛苦与折磨。因此，尽管周围存在着种族主义者的各种干扰，尼娜坚持与米纳特成为朋友的决心表明了她反种族主义的叙事立场。白人女孩的行为表明不同种族之间的偏见不是不可以消除，重要的是要由自我的内心出发，真诚地将对方看成是与自己相同的、平等的、没有任何差别的人，如此才能真正消除种族主义叙事的内在基础。利科认为在伦理目标层面上，"关心与自尊的相互交换完全是肯定的。这种肯定是自发的，是藏在内心深处的禁忌。它最终被我们用来武装自我，也用来拒绝把愤怒指向他者"(Ricoeur, *Oneself* 221)。如果说种族主义是一种恶，那么善便是对种族主义最好的反抗。当善从个人行动转变为每个人的行动时，也就完成了其深层的叙事思考过程(克里斯特娃 17)。因此，白女孩与黑女孩之间姐妹般的情感，是对善的叙事功能的最好诠释。

欧茨指出，美国的大多数白人认为只要他们不参与种族主义行为，他们就不是种族主义者。但他们常常被认为是种族主义者的原因还在于种族主义叙事的类型化本质:"当白人被当作白人至上主义者的替罪羊时,也只是否认'我们不是那样',却从来没有去思考我们作为白人的真正身份。"(Day xiii)也就是说,人们习惯将叙事中的角色转移到现实生活中来,与此同时,也倾向于把现实生活中的人与故事相联系。种族主义叙事的改写不仅是黑人的权利要求,而且也成为白人群体的一致共识。然而,黑人和白人成为栅栏隔开的"我们"和"他们"。只有去掉这个栅栏,他们才能成为拥有共同身份的"我们"。实际上,平等与伦理问题密切相关,"平等为自我提供的是作为每一个人的他者。这样'每一个人'的特征就从语法层面转移到了伦理层面。因此,正义的意义在于没有从关心中获取任何东西,它从关心出发,并让每个人都成为不可替代的人。正义反过来让关心扩展到全人类平等的领域"(Ricoeur, *Oneself* 202)。白人女孩的"自我救赎之路"表明她对于两个族群之间"他们和我们是一样的"这一本质关系的深刻领悟。在小说结尾她真正成为有个性的、独立的和自由的黑女孩的"姐妹"。她不但开始发胖,而且穿着也开始改变。换言之,她通过自我叙事的改写来实践反种族主义叙事的伦理目标。

关于反种族主义的个人叙事,欧茨这样写道:"一些真理是谎言,一些谎言是真理,因为人类所有的语言都是暂时的和带有目的性的。我们相信的真理不过是那些由我们的种族、阶级和社会特权所决定的政治立场,而打破这种盲目,我们必须清醒地认识到要去除我们那些盲目的肤色意识,有时这样的觉醒必须是暴力的,因为这是唯一可行的方式。"(Oates, *Black Girl/White Girl* 185)因此,对于已经成为大家共识的种族主义叙事,必须有人指出这个虚假叙事的本质。欧茨借尼娜的父亲马克斯之口说出了个人叙事的社会意义:"所有政治行为最根本的伦理组成就是寻找阿基米德原理,即我为之而死的真理"(Oates, *Black Girl/White Girl* 27)。事实是"个体就是最高的真理"。也就是说,只有个体才能成为所有伦理的代表:"英雄的后继者会是什么样?你能分享他们的高度还是因它而变得渺小?你能分享他们的理想主义、他们的勇气、他们的信仰吗?你认为你了解他们吗? 你能对比他们的生活来评价自己的生活吗? 你能因为他们而变成更好的人吗?"(Oates, *Black Girl/White Girl* 54)这些都是欧茨对于反种族主义个人叙事伦理品质的思考。她通过白人女孩后来的个人伦理转变进行回应:"对于尼娜来说,拥有这样一个具有独特个人品质而不是种族主义偏见的朋友是一件好事。"(Oates, *Black Girl/White Girl* 83)欧茨充分肯定了米纳特的反种族主义叙事的伦理高度以及由此产生的伦理意义。

## 第二节　移民的双重叙事与越界生存:
## 《掘墓人的女儿》中犹太移民双重叙事的伦理困境

自欧茨得知自己的犹太身份之后,她在创作中或多或少地涉及了犹太主题,例如《纹身女孩》中的犹太作家西格尔,《表姐妹》中离散的犹太姐妹,对其的有关描述反映了欧茨对于反犹主义、大屠杀和犹太身份的思考。在这部小说《掘墓人的女儿》中,欧茨则聚焦于犹太移民在美国被驱逐与迫害、最后艰难融入美国社会的过程,并深入探讨了犹太移民双重叙事的伦理问题。艾瑞卡·阿普费尔鲍姆认为,社会主流话语正受到来自不同文化之间交流需要的冲击(Apfelbaum 32)。也就是说,文化边界的叙事交流具有更加丰富的意义和内涵。事实上,早在公元 2 世纪,马尔库斯·奥雷利乌斯(Marcus Aurelius)就宣称:"交感想象的形成是成为世界公民的首要要求。"(Nussbaum, *Cultivating Humanity* 85)这种想象类似于我们的叙事适应能力,一种能在双重文化中创造出有利于我们生存的叙事能力。利科也认为,叙事通过重组让我们的存在拥有多种可能性,"在深层意义上说,有意义的存在意味着生活在可能性的模式中"(Hall, *The Poetic Imperative* 53)。换言之,人类的生存意义来自对当前生存的理解与对未来可能的预期之间的对话。这种对话重组了自我理解和有意义的生存之间的关系。那么对于美国犹太移民来说,这种叙事重组对于他们融入美国社会具有重要的叙事意义,即既提供了存在的可能状态又开启了意义的可能模式。

小说《掘墓人的女儿》对两代美国犹太移民的社会叙事代表了不同时期

美国犹太人的生存状况、心理形态以及移民叙事的构建等。第一代美国犹太移民雅各布·施瓦特全家无法融入美国的社会叙事，虽然他们勤奋而努力地工作，却受到了美国当地居民的排斥和伤害，最终以雅各布和妻子的自杀而告终。而他们的女儿瑞贝卡由于轻信了一个杀人犯的殷勤告白，走进了一段不幸的婚姻。由于她的犹太身份，她和她的儿子遭受了非人的虐待，最终她鼓起勇气逃了出来，换了新的名字，以一个真正美国人的身份开始生活，并以积极而乐观的心态面对生活中遇到的一切，这为她赢得了新的爱情和美好的生活。最终，掘墓人的女儿瑞贝卡通过隐藏犹太人身份成功融入了美国的社会叙事。小说的结尾，当儿子长大成为一个钢琴家并开始他自己的感情生活后，瑞贝卡开始反思她以新身份获得幸福，而她以前作为犹太移民掘墓人的女儿却得不到幸福的原因。正如欧茨在前言中所说："在动物界，弱小者很快就被淘汰了。因此你最好藏起你的软弱，瑞贝卡。我们必须要这样。"（Oates, *The Gravedigger's Daughter* 4）欧茨表达了她对于美国犹太移民通过抹除犹太叙事身份融入美国社会的伦理思考：第一代犹太移民的犹太身份使他们的叙事重构无法实现，他们也就无法真正融入美国社会，而第二代移民则通过移除犹太身份被美国社会所接受。难道民族间的融合就意味着原有叙事的彻底妥协吗？难道只有完全接受美国的文化叙事才能开启越界的生存吗？

## 一、反犹太主义叙事

民族文化叙事中所体现的集体无意识成为个体叙事的语境化背景。西方人在民族文化叙事中的习惯与倾向表明，在他们的叙事中他们永远是主角，而其他民族的人都是配角，或者是处于边缘的小人物。欧茨认为："每一个本土美国人都认为自己是优越的，而其他民族的人都是低等的……很少会有人能清醒地认识到'我们与其他人没有任何区别。事实上，我们在很多方面不如其他种族的人。中肯地说，我们只能算中等水平'。"（Rampell 22）欧茨反对任何形式的种族不平等政策，她自从《因为它是苦的，因为它是我的心》开始，就在她的作品中集中反映了种族和民族之间的不平等问题。但是她早期的作品都聚焦于再现问题,并未提出解决之道,欧茨在新世纪之后的作品中,试图对她长期关注的种族和民族问题提出叙事的解决方法。

叙事承载着个体的民族认同。利科认为:"对于传承的语境意义的理解是相互的。传统意味着主体面对可能意义和理解的共享空间。他将传统不仅看作一个生产意义的固定基质,而且看作动态的和发展的结构。"(Hall, *The Poetic Imperative* 50)事实上,叙事以其强大而多样的功能性正成为文化交流的主要表现形式,而反犹主义也正是利用叙事的功能来实施其对犹太移民的迫害和驱逐。小说中,当雅各布全家衣衫褴褛地来到这个国家,当地政府官员给的工作和免费住处让他们非常感激,但是当他们真正开始在这里生活时,却面临着各种各样的骚扰事件,而当地政府只是以小孩子恶作剧的叙事理由来掩盖这些骚扰行为的本质。事实上,这些原本针对所有当地掘墓人的恶作剧,却被用来针对施瓦特全家。换言之,反犹太主义者非常擅长利用叙事来实施他们的迫害行为。

美国人对犹太人总是有意或无意地有着一些刻板印象,那就是他们有罪、不能被同化,还像夏洛克一样贪婪(Dobkowski 364)。这使得美国人不但不能理解犹太移民的语言和经济困境,反而将其作为取笑的对象。例如,当妈妈安娜去当地的商店买东西的时候,由于不会说英语,她每次都带着写好的购物单,可是这却让她成为众人取笑的对象,甚至有的人都不等她转过身或者走远就已经开始用各种奇怪的名字来称呼她。虽然对犹太人的歧视是反犹太义主义最初级的形式,但是这却严重打击了犹太人试图融入这个新叙事的信心。于是妈妈安娜不再试图学习英语,穿着也越来越奇怪,她总是在裙子外面套上一件大儿子的外衣,因为这样人们就看不清楚她了。这个奇怪的举动让墓地的拜访者都笑话她是掘墓人的疯女人,于是她也以周围的人是怎样看待和定义犹太人的方式来定义自己。

事实上,美国国会在战时分为两派,一派同情欧洲的犹太人,让一小部分犹太人移民到了美国,另一派则坚决反对犹太人进入美国,因为大多数美国人都认为,犹太人拥有太多的权力会对美国社会、民主和经济平衡造成破坏（Welch 632）。这反映了美国对于犹太人的复杂叙事：既想同情犹太人，又被关于犹太人的叙事所困扰。事实上，对于当时大部分美国人来说，他们并不了解纳粹对犹太人的残忍屠杀，但是他们却知道太多有关犹太人的负面叙事，对犹太人形成了负面印象。由于犹太叙事的影响，大部分美国人无法形成对犹太人的正确认识，特别是美国国会害怕犹太移民破坏美国秩序，为美国带来恐怖活动（Welch 618）。因此，美国人宣传的自由和民主并未在犹太人身上兑现。他们同样也被欧洲的反犹主义叙事所侵蚀，甚至无情地拒绝犹太人进入自己的国家。安娜妹妹全家所在的移民船被要求返航回德国时，九百个难民就这样被遣返送死，"为什么不是在船上杀了他们，为什么不把船点着？在纽约港，让全世界都看到？'这就是犹太人的命'。这就是这些基督徒的仁慈？伪善的流氓罗斯福他的心在地狱里烂掉了吗？在这里杀掉他们比让他们像畜生一样死掉更好一些"（Oates, *The Gravedigger's Daughter* 107）。即便"民主自由"如美国，也无法改变反犹叙事的强大叙事力。

对犹太人唯利是图的刻板印象使得大多数美国人认为犹太人的到来"……会破坏美国的工作道德，因为他们不会采用正当的手段获取财富。……因而普遍认为，要让他们在地位上做出应有的让步"（Dobkowski 367）。这也是雅各布来到这个国家，尽管他受过高等教育却只能得到掘墓人的工作的原因。当地的农民为了不让他们破坏自己的经济状况，想方设法地压制或者驱逐他们，甚至他们的孩子在学校里同样受到反犹太义主义叙事的威胁。盖斯放学回家时，一群流氓咒骂他的犹太人身份，并且向他扔石子，每个人都在笑话他，就好像他们很憎恨他一样。在课堂上，当瑞贝卡朗读课文时，她读得非常吃力，经常会出现错误，而这时她就成了同学们耻笑的对象。他们向她扔写着"掘墓人！犹太掘墓人"（Oates, *The Gravedigger's Daughter* 131）的纸条。父亲雅各布指出孩子们受到各种歧视的根本原因在于"'犹太人'主要代表了'资产阶级'"（Stoetzler 26）。这是欧洲对于犹太人长久以来唯利是图叙事的延续，而在这个以农民为主的小镇上则具有更多的叙事意义。

万圣节这一天,一切都变得非常疯狂,针对雅各布一家的反犹活动也不例外,房子、大门、院子里到处都是纳粹的万字符。反犹太主义一直与非理性相关,特别是在其最为泛滥的德国。"德国文化中的非理性与反犹太主义之间具有强烈的联系"(Beller 41)。当然一直以来非理性都被反犹太主义作为开脱自身罪责的托辞。雅各布对此非常气愤,他给警察局打电话,同时也给墨尔本镇政府说明了"魔鬼之夜"墓地所遭受的破坏,并坚持让当局派人来调查。可是这些警察来了之后却对此不是很在意的样子,"执勤的人以一种中立的表情听雅各布讲述整个事件。他们很有礼貌,但是明显对于他的抱怨不是很关心。他们例行公事地到处巡查了一下万字符标志,说这只是小孩子在万圣节的行为罢了,与个人恩怨无关"(Oates,*The Gravedigger's Daughter* 137)。警察同样以叙事的方式来掩盖这些反犹太主义的破坏行为,这是他们一直以来的伎俩,因为在美国这样一个宣称民主的国家,人们既信奉反犹太主义,又想要掩盖这些事实。这也就充分证明了反犹太主义绝不是什么非理性的行为,而是非理性掩盖下的理性行为。欧茨在这部小说中强调了美国反犹太主义与非理性原因根本无关。恰恰相反,他们非常善于运用叙事来为他们的破坏行为寻找掩饰的理由,这与欧洲赤裸裸的反犹太主义完全不同,其具有美国自身的叙事特征。

无知是反犹太叙事的首要原因。正如萨特指出的那样,反犹太主义不是犹太人的问题,而是非犹太人的问题(Beller 4)。事实上,反犹太的叙事是一种完全错误与荒谬的叙事。叙事是建立一切现有观念的基础,然而这些无知的美国农民被反犹叙事所迷惑。雅各布称这些人为"乡巴佬",可是这些人每次看到雅各布时,却"因为他身上的味道矜鼻子。看到他没有刮胡子,由于劳作而变成驼背,手里不停地扭转他的帽子。虽然同情他、鄙视他、埋怨他,但还是厚颜无耻地用他们的官腔说道,预算被削减了,或许明年,可能明年我们会再看看,雅各布,非常感谢你的到来,雅各布"(Oates,*The Gravedigger's Daughter* 157)。这些无知的人对雅各布的态度反映了他们无法走出反犹叙事的束缚。"如果反犹太主义的话语深深扎根于西方文明的主流话语中……根据这个逻辑,由于反犹话语的主导地位,犹太人的经验不仅与之相关，而且逐渐受其影响，从而被它所创造"（Beller 4）。因此，生活在反犹语境中的犹太人会内化这些反犹太主义对犹太人的印象，从而成为某种程度上的"自我憎恨的犹太人"（Beller 4）。更为糟糕的是，这又印证了反犹太主义者的叙事理论，从而形成反犹太主义叙事体系的恶性循环。欧茨通过雅各布过去身份与这些农民的身份的强烈对比，凸显了反犹太主义的荒谬本质。雅各布这个曾经受过良好教育的德国市民、名校数学老师和科技出版公司员工，现在却被迫以这种野蛮的方式活着，一个掘墓人，一个他们的他者，一个为敌人们看门的人。即便是雅各布这样一个受过高等教育、曾经拥有体面工作的人，也无法驳斥这些无知反犹太主义者的叙事。小说中父亲雅各布这样分析其中的原因："人类害怕死亡。……所以他们以此为乐。他们把我看作死亡的仆人，而你是这个人的女儿。但是他们不了解我们，瑞贝卡。……把你的软弱藏起来，有一天，我们会让他们偿还的！那些嘲笑我们的敌人。"（Oates, *The Gravedigger's Daughter* 85）换言之，反犹太主义产生的原因在于反犹者因自身的无知与无能而对犹太人产生恐惧。然而，雅各布只能顺从这些无知敌人的叙事以求得生存，甚至开始自我憎恨。

集体叙事的相互影响同样也具有将所有人变成恶魔的潜力。反犹太主义被认为不只是深层的心理问题，还是"西方文明的'集体话语'，甚至是普遍的'现代性'"（Beller 2）。雅各布提到他们以前的苦难："他和他的同族人在欧洲是如何被敌人在战争中杀死，并且要把他们彻底消灭？他们被认为是'有污染的''有毒的'。因此，不只作为政治行动的战争，还有更多的野兽般的无法命名的东西，一种针对整个民族的罪行一旦开始，就无法停止。"（Oates, *The Gravedigger's Daughter* 158）其中根本的原因在于这些信奉"野兽"叙事的人，不会对任何人怀有一丝同情，他们只相信自己的罪恶叙事。虽然他们在德国被打败了，但是"这个国家中仍有很多人信奉他们的信仰，瑞贝卡。很多纳粹就在墨尔本被保护起来了，而且将会被呵护"（Oates, *The Gravedigger's Daughter* 160）。错误的反犹叙事让所有人都成为这种幻觉的受害者，即使在美国这样一个自由的国家，反犹太主义叙事仍然在蔓延。正如雅各布所说："我的妻子、女儿。我们在这里很孤独。治安官不会保护我们。我们在这个国家很孤单。我们是美国公民。"（Oates，*The Gravedigger's Daughter* 164）反犹太主义一旦成为一种集体共识，犹太人在美国就无法逃脱被歧视和被迫害的叙事束缚。

对犹太人的负面刻板印象正成为美国反犹主义蔓延的催化剂（Dobkowski 374）。反犹叙事能够迅速转化成所有人共同的意识形态，从而发展成为一种集体叙事。对于女儿瑞贝卡来说，"吉普赛女孩、犹太女人"的身份是她受到丈夫伤害的最主要原因（Oates，*The Gravedigger's Daughter* 50）。因为她的犹太身份，丈夫泰格纳将对她的伤害看作理所当然的事，泰格纳因此随时可能会打骂她，并将已经怀孕的瑞贝卡抛弃在乡间一个破旧的出租屋内，甚至当瑞贝卡生产时他都没有出现。自此以后，他虽然偶尔会回家，却几乎不会给瑞贝卡和孩子任何生活费。瑞贝卡不得不去当地的工厂里做苦工来维持自己和孩子的生计。即便这样，泰格纳每次回来还要毒打她一顿。当瑞贝卡质问他为什么恨自己，泰格纳回答说："你是犹太人，不是吗？吉普赛犹太人！天啊，我被警告过的。"（Oates，*The Gravedigger's Daughter* 323）当瑞贝卡问他犹太人怎么了，他继续说道："我没说过，是其他人说的。'肮脏的犹太人'——你会一直听到这些话。那意味着，人们都这样说。这都在书里面，在报纸上。"（Oates，*The Gravedigger's Daughter* 325）"犹太人和黑人。黑人是低于猿猴的种类，而犹太人太精明，经常欺骗你——偷你的钱，在背后使坏，控告你！这还有更好的原因，德国人想要除掉你们。而德国又是那么精明的民族。"（Oates，*The Gravedigger's Daughter* 323）这些荒唐的理由竟然就是泰格纳恨犹太人的理由。更为荒谬的是，他是从别人的叙事里听到的。他和其他无知的人一样，从没有自己的判断。这也是欧茨试图通过这部小说想要揭示的，即美国反犹叙事的荒谬之处。美国既没有欧洲长久以来的反犹太宗教传统和文化传统，也没有真正了解过犹太人，却试图嫁接他人的反犹叙事，这难道不是一种无知的表现吗？这难道不是对美国所宣扬的自由平等精神的诋毁吗？

## 二、移民双重叙事的生存困境

移民不得不通过双重叙事来获得在新文化中的越界生存。由于"叙事在重新讲述的过程中，会产生全新的变化"（查尔尼娅维斯卡 139），叙事的这一重要特征，对于移民的双重叙事来说，意味着融合两种文化叙事的全新开始。但是，叙事也存在着僵化现象，这是"由于叙事者对于叙事中固有的规约性和现实进行权衡所产生的问题"（同上）。可见，叙事虽然具有建构性的特征，但是叙事作为一种文化产物，积淀了大量的叙事成规。进一步来说，作为行为的叙事提醒，我们叙事的意义不只来自自我的叙事成规，还来自历史的和文化的成规（Huffer 19）。那么犹太移民既要积极打破自我叙事的约束性成规，又要结合新语境的叙事要求实现双重叙事的建构，而这是一个相当艰难的改写过程。在这部小说中，美国的反犹叙事与雅各布的犹太身份使他无法真正融入美国的社会叙事。

语言既是融入新社会叙事的工具，也可能成为其障碍。雅各布全家的语言障碍成为他们无法融入新文化叙事的原因之一。正如克里斯特娃所认为的："外国人所讲的语言成为他们与这个国家当地人的最根本的区别。"（克里斯特娃 60）也就是说，语言成为一个民族身份最重要的标志。因此，在融入一个新的叙事的过程中，语言就成为最重要的工具。小说开始时，雅各布对这个新世界抱有美好的幻想。由于移民对于新世界的向往是他们来到这个国家的所有动力，于是雅各布决定努力完成当局给予他的工作，取得他们的信任，并把这里当作一个暂时的落脚点。他做好了很快离开这个工作、这个石头棚子的打算，并为自己在美国的生活构建了美好的叙事。然而，雅各布一家的语言让他们成为美国人的他者。因此，雅各布禁止全家人说以前的语言——德语。他试图让全家尽快地融入这个国家的叙事，而母亲由于内心的脆弱，不愿与外界进行联系，她的英语总是带着浓浓的口音，长期的自闭状态使得她几乎无法流利地用英语表达。每当受到伤害时，她总会用一些瑞贝卡听不懂的语言小声嘟囔。对于母亲来说，她不愿意离开原来的国土来到这个陌生的国家，更不愿住在这个破旧的掘墓人的石头房子里。她拒绝说这个国家的语言，拒绝开启任何新的叙事，这是她唯一的反抗形式。语言代表了犹太人对于犹太民族叙事的坚持。但从另一角度来说，正是由于他们无法融入美国的文化叙事，他们只能固守自己的文化叙事。总之，语言成为犹太移民融入美国社会叙事的最大障碍。

犹太移民面临着艰难的双重叙事过程。美国的犹太移民为了生存不得不对美国人卑躬屈膝，以换得那可怜的生存空间。然而，这样的生存状态却加剧了他们内心无法言说的痛楚。雅各布不得不通过抹除自我的一切原有叙事来适应新的文化叙事。然而，对于移民来说，这种嫁接的文化叙事具有双重意味，原文化的叙事如影随形，新文化的叙事格格不入。建立一种融合两者的新叙事何等不易，他不得不在这个痛苦的过程中承受心灵的扭曲和意志的摧残。雅各布的移民生活可以称得上是一种表演①，为了在美国这个"新世界"求得一席生存之地，他不得不戴上面具。在德国，雅各布受过良好的教育，但他明白在那些没有一个受过高中以上教育的当地人面前，他只能隐藏这一切。因为"他明白他的大学学位，像他的智慧一样，会让他在他们的眼中更像一个怪人，并且会让他们更加起疑心"（Oates, *The Gravedigger's Daughter* 77）。雅各布的表演也是他不得已而为之，罗洛·梅也认为，面对伤害时，模仿施暴者是对自己最好的保护方式（梅 223）。然而这样的表演只会使他的内心越来越压抑，直至最终爆发。母亲安娜是唯一一个了解雅各布的人，她明白"他是一个绝望的人，一个懦夫。他已经失去了男子气概。老鼠们吃掉了他的良知。他不得不为了挽救他自己和他的小家庭而战斗"（Oates, *The Gravedigger's Daughter* 86）。因此，欧茨通过雅各布的命运和遭遇，拷问了美国的反犹太主义叙事，以及犹太移民在此过程中所放弃的自身原有叙事的叙事伦理。

---

①　这里的"表演"来自表演理论（Performance Theory），一种女性主义理论。其代表人物巴特勒（Judith Butler）认为，人们的性行为、性倾向、男性气质和女性气质并不是由某种固定的身份决定的，而是"表演"的结果。异性恋统治是生物性别的强迫性表现，一旦有人偏离社会性别规范，就会遭到社会的排斥和惩罚。表演理论把社会性别看作话语的结果，重视话语所产生的作用。

从某种程度上说，异质叙事对于主流文化叙事的背离也是为了找寻自身的归属感，但是这样的叙事往往成为独立于主流叙事的孤立个体，结果是其常常被排除在主流叙事之外。在试图融入美国社会叙事的努力遭到无情的拒绝之后，雅各布开始以一种怪异的方式来表现他的主体性："雅各布不知从什么地方出现了，散发着一种阴郁的光芒。驼着背、跛着脚，穿着工作服，戴着一顶看起来好像是用比布还要坚硬的材料做成的帽子。沿着路走着，毫不在意其他人以好奇而惊讶的目光看着他，并为他让出路来。"（Oates, *The Gravedigger's Daughter* 179）不断的伤害事件让雅各布完全失去了有尊严地生活的信心。他毫不在意异类叙事所引起的关注。事实上，异装被看作建构主体身份的一种方式（胡克斯 217）。因此，雅各布全家看起来有些古怪的全新叙事是他们抵制外界伤害所形成的身份叙事。

由此，雅各布对于这个国家一切美好的叙事转变为对于一切的否定叙事。当瑞贝卡问他的父亲人们为什么要做这样低劣的事情时，雅各布告诉她："因为这就是一个低劣的世界，而我们又生活在其中。"（Oates, *The Gravedigger's Daughter* 134）他们无法逃出这样一个低劣的世界，并且他们的自我叙事正被这个世界的叙事改变。正如雅各布所说，"我们就像从他们的鞋上掉下的泥土一样"（Oates, *The Gravedigger's Daughter* 122），毫无价值。这最终让雅各布的否定叙事转变为暴力叙事，父亲的暴力是一种虚假的权力（pseudopower），或者说是一种获得存在意义的唯一方式。当雅各布把万圣节的破坏上报当局，两个警察来查看时，他们不仅没有要解决问题的意思，反而摆出种种侮辱雅各布的姿态，最终雅各布愤怒地说出："……我是一个美国公民，你们嘲笑我的家人就像动物一样。'生命和生命不平等'——嗯？……"（同上）而暴力的结果就是产生更多的暴力，雅各布的大儿子用暴力来惩罚他们的敌人，他打了几个当地的年轻人，并在其中一个的脸上刻了字，然后从墨尔本消失了，没有人知道他的去处，但是全家似乎为此而感到欣慰，"在那之后的几天，雅各布很明显对于赫歇尔的所为而感到骄傲……"（Oates, *The Gravedigger's Daughter* 146）。对于受到反犹太主义迫害的犹太人来说，任何形式的反抗都是他们自我身份叙事的来源，尽管暴力反抗是非正当的，但却成为他们唯一可以诉诸的方式。正如瑞贝卡所发现的那样，"我们每一个人的内心都有一团不会熄灭的火焰。瑞贝卡!"(同上)。也就是说，暴力叙事成为犹太移民身份叙事的来源。

暴力叙事可以提升他们心理性存在与精神性存在的层次，有助于一种全新的身份叙事的迅速建立。"暴力是受压迫者残留人生的最后一点庇护，是内心隐藏怒火的表现形式，也就心理状态的重构基础"(Butler, "Violence, Nonviolence" 222)。正如雅各布告诉他的儿子："在学校，你被敌人包围着。邪恶粗俗的农民笑话你，并通过你笑话你的家庭、你的母亲! 你不需要忍受，儿子。"(Oates, *The Gravedigger's Daughter* 151)雅各布已经完全改变了他对周围敌人的态度，他一直教育他的孩子们要隐藏弱点，但是现在，他希望他的孩子们能站起来对抗他们的敌人，而不是默默忍受。尽管暴力成为弱者获得重生的唯一途径(梅 172)，然而，他的第二个儿子格斯与大儿子完全不同，"他从来都没有引起麻烦，他从没有伤害过任何人"(Oates, *The Gravedigger's Daughter* 152)，但这也让他的父亲鄙视他的懦弱，于是雅各布毫无缘由地打了他，并将其赶出家门。因为雅各布不想让他的儿子再过像他一样的生活，所以他只能采用暴力的方式让他的儿子成长为一个可以与"敌人"对抗的男子汉，而不是和他一样的懦夫。雅各布的暴力来自他内心无法释放的恨。正如在欧洲发生的大屠杀一样，在美国的"战争不会结束，直到我们所有人都死光"(Oates, *The Gravedigger's Daughter* 160)。雅各布认为这是一场针对犹太人的战争，而暴力是最好的解决办法。

犹太移民艰难地融入美国文化的叙事正说明，美国这个表面上年轻，但是内心却蕴藏着传统观念的国家，对于后来者绝没有想象中那么包容(克里斯特娃 71)。换言之，一个已经建立的叙事体系不允许被随意更改，任何一个细微的改动都会被无情地压制。与此同时，由于自我恒定性拒绝任何可能的改变，叙事重组也存在着叙事主体自身的限制。因此，对于美国犹太移民来说，美国社会的反犹叙事以及自身叙事的限制都成为他们融入美国社会叙事的障碍。欧茨对于美国犹太移民双重叙事艰难建构过程的描写，反映了美国反犹太主义与犹太移民叙事建构之间存在的巨大叙事张力。

### 三、双重叙事的伦理与越界的生存

陌生的叙事是刺激文化发展的重要力量。布鲁纳认为，民族的发展正依赖于不同叙事之间的矛盾对抗（布鲁纳 75）。更为重要的是，"没有多重声音的参与，伦理判断极易陷入个人主义的漩涡"（Wallace 90）。个人的伦理决定必须受到更大的社会文化的监督，否则就会失去自我与世界之间的平衡。从某种意义上说，正是这些异质的叙事才能促进文化的发展，但是这种异质的叙事往往受到主流叙事的排斥。

叙事不仅是一个民族文化的基础，也是个体获得社会身份的本质要求，更是个体获取伦理意义的重要方式。从某种程度上说，"没有我们的传统，我们就不会知道自己是谁，……不仅要把过去作为我们现在和未来的原因，而且要尊重和珍惜它。它的确是一个负担，但它也是我们未来行动不可或缺的资源"（Dauenhauer 242）。叙事理解与自我理解相互交叉，也就是说，个体通过叙事的解释来寻找个体生存的价值所在。在深层次上，"叙事不仅具有表征存在的结构功能，而且能够表达自我对于存在的理解。叙事重组能够反映主体对于自我身份的重组"（Hall, *The Poetic Imperative* 55）。也就是说，叙事能够对于主体身份构建中的多重事件，以及相互冲突或者混乱的事件进行重新组织，形成具有一定逻辑和一定意义的叙事组合，这个过程本身就是意义的来源。那么移民的双重叙事就是将自我的身份叙事与其他的社会叙事联系起来的纽带，通过这种双重叙事，移民能够获得越界生存的可能。由于"自我建构成为一种自反的过程，人们在面对新的社会实践时，会积极地改变他们自身的身份，反过来，在这个过程中，他们也会形塑社会实践"（Wilks 1253）。换言之，对于新的社会环境，个体的自我叙事建构既要适应新的社会语境又会影响社会语境的构成。小说中，瑞贝卡通过完全隐藏她的犹太身份叙事而取得建立美国生活叙事的可能。与此同时，美国的反犹太主义叙事也随着对犹太人认识的深入而逐步被改写。

移民的双重叙事处于普鲁斯特所谓的"中间地带"。事实上，这是一种深层的伦理叙事。正如克里斯特娃所说，越界的身份总是伴随难以消解的焦虑和不安(克里斯特娃 62)。瑞贝卡隐藏她的犹太身份叙事而获得的美国社会叙事成为她内心中无法抹去的伤痕。可以说，这种双重叙事是建立在她过去伤痛记忆上的新生。克里斯特娃称这种活在过去与现在之间备受记忆折磨的人为怪物(克里斯特娃 68)。也就是说，虽然瑞贝卡开始了新的叙事，但是她不得不肩负着双重叙事的重担，即越界的生存不断受到两种叙事的冲击，"你的生活向前，而你的记忆却向后。任何事情都不能再过一次，只有不完整的记忆。而生活却不仅仅像一部电影故事，这里有太多要去记的东西。所有你忘记的都会消失，就像从没发生过一样。你或许不会哭，而是会笑"(Oates, *The Gravedigger's Daughter* 401)。换言之，处在这样一种越界的生存状态中，她在积极融入新的文化叙事的同时，又难以忘却曾经的自己。她的内心经历着双重叙事的考验。一方面，她隐藏的犹太身份让她对未来充满了焦虑；另一方面，她对过去犹太人的经历难以忘却，特别是想起自己和家人所受到的不公对待，她的内心备受煎熬。她开始反思以犹太人身份不能获得现在生活的原因。当她看到她和托格纳曾经住过的酒店，不禁想起："多年前他曾经带她来过这家酒店，那个男人伪装成她的丈夫。她那时是那么的迷茫，相信自己那时是快乐的！她的角色也是伪装的。我只是她的一个妓女。只不过我不知道。"(Oates, *The Gravedigger's Daughter* 356)同样在这家酒店里，现在她却以另外一种伪装叙事来获得自己的身份认同。她仍然迷茫，仍然不知道自己未来的方向。欧茨通过瑞贝卡对于身份的迷茫质疑犹太移民否定犹太身份叙事的伦理性——难道伪装只能是犹太人越界生存的唯一方式？

欧茨并没有在小说中对犹太人以全新叙事来代替原有叙事进行伦理判断，而是对这种生存选择进行伦理反思。根据利科的伦理思想，一切为了美好生活的叙事建构都可以认为是善的。因此，无论是雅各布否定一切的反抗叙事，还是女儿瑞贝卡隐藏身份的全新叙事，都是双重叙事前提下的一种叙事选择，都是对身份认同和越界生存的积极追求。前者的叙事选择在所难免，后者也是无奈之举。欧茨通过两代人的双重叙事选择充分展现了美国犹太移民的叙事焦虑和生存困境，无论哪一种叙事选择都是移民为了生存的伦理选择，同时也都是对于美国反犹太主义的强烈控诉。克里斯特娃把这种异域的生存伦理比喻成为了甜蜜生活而不断追求之理想（克里斯特娃 70），充分肯定了这种为更高的生活理想而远离出发点的行为。正如瑞贝卡相信她的家人一定会为她现在的生活而骄傲：

> 她的两个哥哥都爱她。他们希望她过得好——不是吗？赫歇尔会摇着他的头不敢相信。但是她知道他会为黑滋尔·琼斯（瑞贝卡）而高兴。……雅各布·施瓦特会为齐默尔曼商店的褐色砂石所震惊。……尽管雅各布·施瓦特鄙视德国，正如他鄙视那些富人。雅各布·施瓦特永远都不会鄙视和轻视他的女儿取得的成就。……安娜·施瓦特也会为她骄傲！在一个商店里卖钢琴！（Oates, *The Gravedigger's Daughter* 420）

这是她的父母曾经渴望但却无法实现的生活叙事。不管怎样，她相信她的叙事选择一定会得到父母的赞同，这就是她对于自我全新身份叙事伦理的肯定。正如她对儿子说："新的生活，扎克。我们开始了我们的新生活。"（同上）虽然以隐藏的叙事身份才能真正获得在这个国家生存的权力颇具讽刺意味，但这也是当前伦理状况下的最好选择。

欧茨在小说中反映了移民双重叙事的一种平衡状态，正如胡克斯所认为的，没有什么比在两种状态之间保持平衡更难以获得安全感了（胡克斯 218）。对于移民来说，既要融入新的文化叙事，又要与之保持一定的距离，过去身份叙事就处于这样一种既忘却又存在的状态之中。正如欧茨在小说中所表述的那样："人类语言的诸般方式粗俗而笨拙。它们本指向同一件事，但因语言差异而彼此混淆。例如上帝在宗教里面就像太阳一样，你不能直视，不然你会变瞎，但假如没有太阳，你就真的瞎了，因为你什么都看不到。"(Oates, *The Gravedigger's Daughter* 524)也就是说, 双重叙事不是要忘记过去或者反对现在, 而是应该依照它去接受一切新的可能。因此, 移民的越界生存需要找到一种居于中间的生存状态, 需要明白双重叙事的伦理价值来自这种微妙的平衡。事实上, "美国对于犹太人的歧视表现在社会和经济层面, 这与欧洲长久的意识形态和信仰上的仇恨不同, 并且只是暂时的"(Dobkowski 363)。美国的反犹太主义只是舶来之物, 并没有深层的根基。与此同时, 犹太人否认自己的身份而获得的新生活并不能真正消除犹太人内心的焦虑与彷徨。换言之, 否认自己, 但并不能遗忘过去, 尽管享有同美国人一样的社会生活, 但却不能获得同等的身份地位与自我认同感。这也是欧茨对犹太双重叙事伦理问题的拷问: 真正融入美国文化并不意味着迎合美国人的趣味而失去自己, 也不是像雅各布一样完全地坚持自我的文化叙事而不去变更和妥协, 而是只有既坚持自我叙事身份又积极接纳新的社会叙事, 才能实现真正的越界生存。

# 第三节　个体的反强权叙事与社会公正:
# 《大瀑布》中个体反强权叙事的伦理传承

个体的社会叙事既受到社会叙事的塑造, 同时也会改变其形态或者挑战其权威。作为社会存在的个体, "人类具有在社会历史、文化现实和传统观念中生产意义的能力。这就指向一个不可否认的事实: 人类能力是一种公共现象; 生活在社会和政治领域有能力的和有意义的个体, 无论在个体与群体中都表现出强烈的自我意识"(Wall, Schweiker, and Hall 7)。这就引出了社会文化中个体伦理道德准则的来源, 伦理思想总是与语境性的社会叙事和自我叙事密切相连, 可以说, "自我不仅仅是单纯的独立个体, 而且是具有创造性的主体, 是造就社会道德和民族文化的积极力量"(江宁康 x)。也就是说, 伦理意义产生于个体与社会之间的叙事交织与冲突。

欧茨的小说《大瀑布》涵盖了人性、婚姻、爱情、家庭、历史和成长等多种主题, 正如小说封面的那句话: "如果你只读一本小说的话, 就读这本小说，你将会无法自拔。"这本小说中包含了太多有关人性的伦理反思。欧茨将她对于人类困境的一贯思考发展到了又一个巅峰——对于反抗强权叙事方法本身的伦理思考。小说主人公德克勇于向强权叙事挑战，他激烈的反抗方式虽然当时并不成功，但是他却成为推翻强权叙事的重要力量，并为后来者的社会叙事建立了叙事的模板。德克的妻子阿里亚，两次失去丈夫，面对外界的质疑与不解，她选择坚持自己的叙事方式以抵抗来自外界的强大社会压力。她坚韧的生活态度也给她的孩子们树立了人生榜样，同时也为她赢得了外界的尊敬。此外，他们的孩子在与周围世界的抗争中经历了对于生命意义与价值的迷茫与寻找的过程。他们最终通过追寻父母的伦理叙事逐渐地认识到了生命的价值和意义的真正来源。无论是父亲德克的反叛叙事，还是母亲独立的叙事选择，都是在面对强大的权力叙事时，通过个体叙事来表达自我的社会价值与意义。他们不甘于社会不公叙事的安排，他们要为正义、公平和自由而作出应有的自我选择。因而，他们反叛叙事的结果不仅改写了强权叙事，而且通过叙事传递伦理的力量。总之，欧茨在这部小说中展示了伦理、权力与叙事之间的交织关系。权力通过社会叙事来实现，而个体叙事通过改写社会叙事来实现社会公平与公正的伦理目标。

## 一、权力颠覆与叙事反叛

叙事权力总是把握在那些特权者的手里。贝纳姆认为，叙事作者掌握了叙事目的、过程和视角等重要问题（贝纳姆 279），而这些叙事又进一步具有控制意识形态的力量，也就是叙事的施为力，"叙事通过行动来让世界成为现实，而不是仅仅报道外部的事实"（Brody and Clark 2014）。事实上，在强大的权力叙事面前，根本就不存在个体的叙事表达，个体的叙事完全被强大的文化语境覆盖。权力需要叙事的支持才能实现其话语的真实性建构，而叙事则把相异的话语重新排列成具有逻辑性和说服力的权力结构。由此，权力通过叙事实现了其控制力的完美建构。

由于"叙事构成了社会控制的权力形式"（James 929），弱势群体也就被强权叙事规定了位置。小说中，当德克帮助尼娜和她的孩子搬出99街区时，她的丈夫仍然留在他们的房子里，"山姆考虑搬出他们的房子，'放弃了'"（Oates, *The Falls* 233）。他情愿接受他现在的位置，不愿意轻易改变。这个位置是社会叙事给予他的，他害怕离开。一旦人们的位置被确定，这个位置便拥有了束缚的力量。作为权力叙事的受害者，他们无从选择，只能被困在无形的牢笼里。当德克听完尼娜的陈述，体会到了一种"本能痛苦的分享"，一种"他们不够强大，敌人就会打败他们"的认识（Oates, *The Falls* 234）。事实上，弱势工人阶级的痛苦完全受制于社会权力机构所构建的权力叙事，使他们变得越来越容易接受自我的处境。

叙事不仅规定了这些弱势的工人阶级，而且还规定了那些权力机构的人所承担的角色。小说中，根据黑衣女人的描述，包括政府官员和资本家在内，"每个人都和我们说谎。市长否定这一切。健康部门，他们说这里没什么不对的。我们生病是我们自己的错，我们'抽太多的烟，喝太多的酒'。那就是他们所说的。他们不在乎我们的孩子是死是活，他们不在乎我们。伯纳比先生，人们为什么如此的邪恶"（同上）。拥有权力者需要不断制造虚假叙事来维护他们既有的利益，有时他们也是被自身的叙事规定了自己所应承担的叙事责任，无法自我辨识。德克发现斯万化学公司明知道这里是化学废物填埋场，还以一美元的价格将其卖给教育部门，并且声明对于任何身体上的伤害和死亡都不承担责任。"这些是如何发生的？这些是如何被允许发生的？在1953年这么近的时候，在广岛和长崎事件之后的8年，当放射性污染的结果被众所周知的时候"（Oates, *The Falls* 223）。德克无法相信这样的事会在合谋的沉默下发生了。换言之，强权叙事之所以能构建成一个完美的叙事体系，完全得益于强权阶层的每一个成员都各司其职。当黑衣女试图与德克谈话，希望他接受她的案子时，他一直拒绝。因为他不能背叛他的朋友、他的阶层、他们的叙事，只能保持沉默。然而每个人都像德克一样沉默，最终汇聚成所有人的沉默，甚至当德克决定打破沉默时，他却要受到其他人的排斥和打击。这就是强权叙事得以实施的内在叙事机制。

合谋的沉默会带来更大的负面效应，即对于强权叙事的助长，也就是越来越多的人继续维持这种叙事的虚假性。"教育部门对与海勒姆和斯万公司的协议内容保密。作为承包商的科尔文也保守了这个秘密，因为他一定知道"（Oates，*The Falls* 224）。所有人都选择了沉默，这样也就为进一步的伦理丧失奠定了叙事基础。换言之，受害者以及相关权力部门共享的叙事机制是这些唯利是图的资本家获得叙事可能的重要前提。叙事成为他们牟取利益的重要手段。对环境破坏给当地居民身体带来的伤害的无视，以及采用多种虚假叙事对质疑声音的压制，都表明了权力的拥有者试图通过叙事来掩盖事实和逃脱责任的罪恶行径。实际上，权力叙事并不是一味地强制实施一些不合理的规定，而是以更为隐蔽的叙事方式来编织他们的故事，从而迷惑受害者。从某种程度上说，叙事拥有为一切不合理的事情披上合理外衣的神奇效力，这就是反抗权力叙事所要揭发的本质问题。因此，叙事既是权力话语的表达方式，也是用以反抗强权的重要手段。

对于权力叙事的反叛需要一个反叛者来揭示其中的不合理因素。小说中的主人公德克出生于富裕的商人家庭，上流社会的生活并没有将他同化为唯利是图、自私自利的资本家。在他的圈子里，虽然德克是一个慷慨的甚至有些挥金如土的人，但是"他会借钱给那些明知道不会还的人。他会接一些明知道不会付费的案子。正如他会接一些明知道不会赢的案子，或者不会赚很多钱的案子"（Oates，*The Falls* 64）。当德克的好朋友面临婚姻危机时，他全力劝解使他们重归于好，而不是试图以律师身份从中牟利。德克所有的行为品质都表明他是一个具有强烈伦理意识的人。安东尼·吉登斯认为每个人身上都具有两面性：一方面是自我为中心的因素，另一方面是包含某种"道德"含义的因素。① 那么小说中的德克就强烈地印证了人性中的两面性，甚至他伦理的一面完全超过了另一面。换言之，德克虽然

---

① Anthony, Giddens. *Capitalism and Modern Social Theory: An Analysis of the Writings of Marx, Durkheim and Max Weber*. Cambridge: Cambridge University Press, 1971: 228. 转引自，伊恩·伯基特（Ian Burkitt）：《社会性自我》，李康译，北京：北京大学出版社，2012年，第26页。

出身于上流社会,但是他却不被上流社会的种种恶习所侵蚀,他的身上体现了各种伦理品质。从某种程度上说,德克堪称他所处的阶层群体的"超人",也就是冲破"集体道德的"反叛者。尼采关于"超人"的理念认为真正的自我尚待实现,只有某些人才能做到这一点。正是德克的与众不同,注定了他成为反叛自身阶层的反叛者的命运。事实上,这种反叛精神早已通过祖父的叙事传到了他的血液里。德克的祖父是曾经从绳索上穿越大瀑布的人,一个被世人视为英雄的人。德克伴随着祖父的传奇故事长大,他的意识里蕴藏着某种像祖父一样征服大瀑布的叙事原型。例如,他娶了寡妇新娘这件事就是他勇于挑战一切社会叙事的体现。因此,德克具有他所属阶层其他人所没有的勇气和品质,这也是他能够反抗自身阶层不公叙事的重要前提。

　　强烈的伦理意识为个体重构社会叙事提供了内在的力量支持。对于黑衣女人想要见他的请求,他一直坚决拒绝,因为黑衣女人的敌人与德克属于同一个群体,他无法向黑衣女人解释"我的朋友就是你的敌人。我的朋友不能是我的敌人"。然而,"他相信他已经做出了决定:不和那个黑衣女人说话"(Oates, *The Falls* 195)。但是当德克真正接触到那些令人触目惊心的化学污染时,他的思想动摇了,他要为那些受害者伸张正义,他自身的伦理信念让他所有的社会叙事开始转变。甚至当他发现自己的家族也涉足这些污染事件时,他感到恶心与羞耻,因为"他也参与了其中。他的一生都参与其中,却不知晓"(Oates, *The Falls* 223)。德克内心的正义感促使他决心要接受这个案件。正如伯基特所说,有意义的行为更加能够表明自我的独特性(伯基特70)。自此,德克完全转变了他对于自身阶层虚伪本质的叙事认知。当黑衣女人尼娜问他:"哦,伯纳比先生!为什么人会如此的邪恶?"(Oates, *The Falls* 229)这个问题让他陷入了深深的思考。他想到了掀起大屠杀的罪人,想到了一些其他类型的罪犯。这些人的行为都可以得到解释,但是他却无法理解这些人,"你甚至都不能说这些人是自私的,因为'自我'看起来与此无关"(Oates, *The Falls* 230)。对于这些泯灭人性的人,德克甚至都无法用合理的叙事来解释他们的行为动机。这些人的行径已经超出了伦理范围，因而德克深感自身与这种叙事对抗所要承担的伦理责任的沉重。

打破成规的叙事者显得难能可贵，然而这些先驱者却很难得到社会的认可。亲人们的不解与劝阻让德克的内心经受到巨大的考验，当德克的姐姐得知他接了"爱的运河"案子后，在电话中说道："……你是醒着的吗，或者你喝多了？你要用疯狂来破坏伯纳比家族吗？……毁掉你的生活！你的事业！与那些会毁掉你的人为敌！如果父亲现在能看到你，他最'喜爱的孩子'变成什么样了会怎么样"（Oates, *The Falls* 236）。德克的决定不仅没有得到家人的支持，而且德克被他的群体成员称为叛徒，因为他违背了他们的"集体道德"。一些人觉得不可思议，其他人则非常愤怒："德克·伯纳比？那个人疯了吗？他一定知道这个案子不会赢。""伯纳比！你必须要赞扬他，那个家伙真有勇气。""伯纳比！那个家伙。他是阶层的背叛者。这将是他事业的终结。"（Oates, *The Falls* 194）但是，德克面对所有人的不解，坚持他的决定，因为"……我已经对如此多的人做出承诺。他们依赖我。这不是一个普通的诉讼——让有钱人更有钱。这次是有关生活，他们的生活。如果我现在放弃，我会让他们失望"（Oates, *The Falls* 244）。德克作为唯一一个接了这个案子，并且坚持下来的律师，如果他都不去挑战这个所有人都试图视而不见的虚假叙事，那么这些人将永远处于这个叙事中无法解脱。更为重要的原因在于，"这些穷人需要我的帮助。他们值得拥有公平。每一个人都对他们说谎，而我不会对他们说谎。我不会放弃他们"（Oates, *The Falls* 243）。换言之，德克的伦理责任不仅在于帮助那些无助的人，而且在于他有责任揭露权力叙事的虚伪本质。

反叛者最大的伦理价值在于其对乌托邦理想的坚持，从而为现实的改变提供可能。正如利科所说，乌托邦"指涉的是遥远的地方，甚至是不存在的地方，但是由于它是根据现实设想的不存在的地方，那么它也就让我们间接地看到了现实"（Ricoeur, *Action*175）。换言之，乌托邦拥有"重塑现实的虚构力量"（Ricoeur, *Ideology and Utopia* 308），反叛者对于乌托邦理想叙事的坚持为现实社会的改写提供了新的可能。小说中，德克对于真相的揭发引起了利益集团的恐慌，他们决定除去德克，并以自杀的虚假叙事来掩盖事实，但这是反叛者最后的、也是最强有力的一次反抗叙事。也就是说，反叛者注定的牺牲是对正义的进一步推进，死亡并不能阻止反叛者的叙事进程，相反，却会成为其反叛叙事的重要情节。反叛者的最大价值在于从本无用处的事物中整理出意义和结构（梅 215）。这就是德克不被周围人理解，却坚定地成为反叛者的原因。正如在审判之后，德克希望："他的孩子们能理解。他相信有一天他们会理解。"（Oates, *The Falls* 268）德克明白他对于这种强权叙事的反叛虽然得不到当前人们的理解，但是他相信时间会证明他的叙事的正确性。

## 二、权力叙事的时间改写

叙事的时间性让叙事可以超越经验，制造那些想象的世界，从而可以得到能为生活提供意义和价值的依据。正是叙事的时间性让一切平凡的事物具有了超越的力量，"在叙事可能的层面上形成的生活计划，将行动和实践投射到目标和理想上。无论何种环境会阻碍他们的成就，或者成为他们前进路上的何种障碍，这些计划都会发挥作为统一原则的功能。从这方面来说，叙事成为生活统一体的中介"（Hall, *The Poetic Imperative* 60）。这也正是故事在社会话语中所产生的颠覆力量，而这种颠覆力量的发挥有赖于时间的积累。正如贝纳姆所说，叙事是时间积累的结果，既取自语境，又形塑语境（贝纳姆 277）。因此，叙事通过时间的积累与重组来实现叙事对现实的改写。

小说中，阿里亚与她丈夫的反叛叙事方式不同，她以自我叙事的方式在时间中抵抗着社会的不公叙事，并以她的方式逐渐影响着周围的人，包括她的孩子们。阿里亚虽然两次失去丈夫，但却不愿成为所有人同情的对象，她以自己的方式坚持寻找自我的意义。阿里亚通过对所有人说"不"，来求得她所说的"是"。尽管如此，过去阿里亚的所有叙事都是由其他人来决定的，包括阿里亚第一次失败的婚姻，也是由双方父母决定的。"她的父母迫切想让这个拘谨的长相普通的老处女嫁人，而他的父母也迫切想让这个呆板的、长相平平的单身汉快点结婚。……因此‘阿里亚’和‘吉尔伯特’想象着自己是棋手，也只不过是棋盘上的棋子罢了”（Oates, *The Falls* 32）。虽然他们看似极易“任人摆布”，但是他们却不愿生活在别人的叙事当中，吉尔伯特选择用死亡来抵抗这种压制，而阿里亚则选择以自我的方式来书写她的反抗叙事，再也不需要活在任何人的叙事当中。

阿里亚以一种沉默而独立的叙事方式征服周围的世界。事实上，沉默与否认都是主动回避的表现（Zerubavel 9）。阿里亚的沉默和否认一切的叙事其实都是对自我反抗叙事的构建。当她的丈夫被确认是跳进大瀑布自杀后，阿里亚被媒体记者们时时地跟踪着，但是“她一点都没有注意到，……阿里亚对他们的出现漠不关心”（Oates, *The Falls* 75）。她的坚强引起了德克的同情，因为“她超越了痛苦。超越了对任何男人的爱”（Oates, *The Falls* 77）。德克被阿里亚身上对自身命运进行反抗的勇敢与坚定所打动，即被她自身叙事所产生的巨大力量吸引。虽然失去了丈夫，阿里亚却能乐观地对此进行自我叙事建构。例如，她改变了称呼自己的方式，“我又把自己称作阿里亚·利特尔了。我再也不是那个他者了”（Oates, *The Falls* 102）。她以乐观而积极的态度诠释自我的存在，因而在她的叙事中总是带有一种不受任何外界束缚的超然态度，这也是阿里亚的自我叙事能超越社会叙事的原因。自此，阿里亚不再是那个任人摆布的小女孩了，她开始书写自我叙事的全新篇章。

阿里亚自己选择了她的第二次婚姻，这是她真正自我叙事的开始。阿里亚决定离开家乡和德克到新的地方生活，这令所有认识他们的人感到惊讶，特别是利特尔家族的亲戚、朋友和熟人们，而阿里亚却说“当然，没人同意，但是我们决定不在乎”（Oates, *The Falls* 115）。阿里亚不需要再为任何人的意见而改变自己叙事的方向。当阿里亚的父亲听到他们结婚的消息，气愤地决定永远禁止他的女儿回到他的教区。然而，“他们结婚了，上帝与他们的幸福毫无关系”（Oates, *The Falls* 121）。她的叙事并不在意那些神的意旨，因为幸福才是她所有叙事的出发点，如果她不幸福，遵从神的旨意又有什么意义呢？阿里亚想到她结婚之前的生活，“繁忙的和严格受限的牧师女儿的生活像一个围裙一样紧紧地束缚着她的身体。当然她有她的音乐,她的学生,她的父母和家人。但是现在想起那种生活,她感到喉咙好像被卡住了。她感到好像要窒息了,缺少氧气"(Oates, *The Falls* 123)。她终于明白自己一直活在别人的叙事当中,从而导致了自我迷失。因而,阿里亚决定追逐自我的叙事方式,不再在意那些外界的意见。她的第二次婚姻虽然没有得到周围人的赞同,但是她"没有任何愧疚,也不在意。不去想事情怎样发生的,或者事情怎么没有发生"(Oates, *The Falls* 125)。阿里亚真正领悟到自我叙事的书写只有挣脱他人以及社会文化的叙事才能实现,同时也需要时间的证明。

独立是阿里亚自我叙事的主要内容。虽然她的丈夫德克很有钱,完全不用阿里亚工作,但是她却选择在家里教钢琴。"那是 1950 年,不是 1942年。美国的妇女都不工作。特别是阿里亚阶层的已婚妇女都不工作。她能想象到如果她的母亲有这样的提议,她的父亲会做出怎样的反应。利特尔家族没有女人工作。一个都没有。"(Oates, *The Falls* 128)但是令她惊奇的是,丈夫德克非常支持她的决定,"阿里亚,请做你想做的事。任何能让你快乐的事也会让我快乐。我经常出去,这个地方会变得很寂寞。你是一个'事业型的女人'——我理解,我为你骄傲"(同上)。德克尊重阿里亚的独立,阿里亚也同样留给德克足够的独立空间。虽然成了德克的妻子,但阿里亚能够清醒地认识到自己在周围世界的位置。因为她是德克的妻子,他们尊敬她,并对她友好,其中一两个还和她调情,但是她知道他们不会像接受德克·伯纳比一样接受她。于是阿里亚尽量避免参加德克的社交活动,这样可以留给他足够的独立空间。如果说"只有通过叙事的形式,那些生活中时间的、目标的、协商的和语境的意义才能被掌握"(Isaacs 133),那么阿里亚对于自我和他人的独立观念是她自我叙事的主要内容,这让她的自我叙事具有了不被外界干预以及不去干预其他叙事的特性。因而,阿里亚独立的自我叙事具有反抗社会权力叙事的强大力量。

阿里亚认为幸福的生活是自我叙事的结果,正如她所说:"爱就是偶然的,就像掷骰子。但是好的玩家知道如何掌控它。"(Oates, *The Falls* 143)

阿里亚认为自我的生活只有靠自我主动去把握才能获得幸福。她害怕再次失去她的丈夫而重回孤独，因而她决定生更多的孩子来让他们的小家庭变得圆满。孩子的出生让阿里亚变得更加独立自信。这也让她的父亲原谅了她匆忙结婚的鲁莽行为，"阿里亚很感激，因为他父亲的话有些勉强。在她的一生中她不再需要他们时刻说出来（她为什么要真正在意任何人？现在她有了她的孩子。她的）"（Oates, *The Falls* 148）。阿里亚通过对自我叙事的坚持，拥有了自己的家庭、自己的孩子和自己的生活，她再也不需要因为任何人的意见而改变和动摇自己的决定。因此，阿里亚的自我叙事不仅让她拥有了自己的幸福，而且也改变了周围世界对她的叙事。

阿里亚独立的自我叙事是生存伦理的体现，正如阿里亚对她的儿子罗伊尔所说："你不应该说'很少的事情让我快乐'。当我的家人是安全的，每一件事都让我快乐"（Oates, *The Falls* 324）。阿里亚自我封闭的叙事方式的另一原因正是出于对孩子们安全的考虑，而自我封闭是她能想到的最好的保护方式。德克被谋杀之后，阿里亚通过几乎与世隔绝的生活书写着自我叙事，并以此来获得安全感。德克死后，"阿里亚将他们关在门外。关上所有的窗户并放下百叶窗"（Oates, *The Falls* 276）。她想把她周围世界的人关在外面，同时也把自己关在里面，以此来获得安全感。因为她不需要别人的同情，不想接受他们的歉意。事实上，阿里亚是以自我封闭的方式来保护她的孩子们不受到外界叙事的伤害。对于阿里亚这样一个柔弱的女人来说，在这样一个卑劣的城市中抚养三个孩子，顽强而独立的生活方式是她最好的叙事选择。她并不想让任何人知道她们的情况，从而表示出一种嘲讽的同情。正如她所说："但是我不是一个寡妇。我拒绝那个称呼。我认为那些自认为是寡妇的人应该在她丈夫的葬礼上一同殉葬，给所有人一个震惊"（同上）。阿里亚选择坚强地面对生活，而不是悲天悯人地博得别人的同情，这就是她为孩子们树立的榜样。阿里亚要求她的孩子们和她一样要坚强地面对自己的生活，永远不要让世人看到他们脆弱的一面，这也是她信奉的自我叙事原则："永远不要哭。不要在公开的场合，也不要在这个房子里。如果我发现你们其中的一个孩子哭，我将会让你们吃苦头。明白吗?"(Oates, *The Falls* 277)阿里亚对孩子们的爱让她对自我的叙事方式无比坚定，同时也让她的内心充满了力量。从某种意义上说，阿里亚的叙事选择既是她对于外界世界的反抗，也是她对于外界世界的融入。换言之，她的自我叙事是一种社会身份的展演，她在与社会互动的过程中塑造了一个独立的社会自我。因此，阿里亚的自我叙事选择既是一个自我的社会认同过程，又是一个与社会叙事交锋的过程。

### 三、叙事的超越与伦理的传承

叙事具有的社会伦理功能不在于它作为一种手段的妥协性，而在于其抵抗力或批判性。更为重要的是，通过社会叙事能让主体获得存在的意义。可以说，"社会历史叙事会帮助我们理解个体行为背后的社会历史过程，以及他们与自由获得之间的联系"(Deneulin, "Necessary Thickening" 36)。然而，长久以来，叙事的权力一直把握在那些当权者的手里，他们通过叙事的形式让那些苦难者的角色得以合理化。换言之，权力叙事为非道德的行为找到了正当的理由。那么，反抗叙事的伦理功能就在于自由叙事的建构，一种使生命具有意义的叙事建构。这样说来，权力叙事的抵抗者也就成为自由意识的代表，给予其他人的叙事和反抗以蓝本和力量。欧茨小说中反抗者的叙事包含两种风格：一种是强烈的个人反抗形式，一种是以沉默的方式书写个人叙事的方式，这些叙事形式为个体的反抗叙事提供了多种路径。虽然并不是每一种反抗叙事都被社会伦理迅速接受，但是它们通过时间证明了其伦理价值。

欧茨在她的这部小说中又一次强调了个人叙事与社会叙事的伦理关系。在强大的权力叙事里，个人叙事完全被宏大叙事所吞没。然而，权力叙事的反抗者会将他们对于公平正义的信念付诸实际的行动，尽管他们的行为可能会被当时周围的人所不齿，但是他们的行动会赋予家人、社会以力量。如果没有他们这种看起来不切实际的理想主义者的努力，那么伦理也就无法真正得以实现。正如批评理论家朱迪斯·巴特勒(Judith Butler)所说，伦理责任源自叙事，即只有让自己成为叙述的主体才能为他人提供可依靠和建立责任的依据(转引自 Nazar 438)。因而,从某种程度上说,这些怀有乌托邦理想的革命者是社会伦理的推动者,他们的叙事所具有的伦理维度需要时间来印证。

叙事伦理依靠时间来实现,这是叙事伦理的重要特征之一。虽然"叙事身份的故事真相经常会被修改,甚至在一定的限度内,同样的一组事件有可能有不同的故事版本"(Dauenhuer 242)。但是,时间会将叙事的是非曲直完全颠覆,让真相得以呈现,让错误得以纠正。换言之,叙事的伦理意义随着时间和语境的变化而发生变化,我们曾经认为具有伦理意味的事情可能不再重要,而那些不被认为具有伦理价值的行为却被时间所发掘,那么个体叙事也就通过时间来超越自身。正如伯基特认为的,虽然躯体会消亡,但我的社会性自我却会成为超越时间的永恒存在(伯基特 59)。小说中,德克的伦理行为在十六年后终于得到了承认,纪念会上人们称他为"英雄""超越时代的悲剧人物""一个殉难的理想主义者"及"一个有智慧和才干的律师"。在那个漠视生态的年代,他被化学工业与腐败的政客、司法联合迫害,诋毁而死(Oates, *The Falls* 471)。然而,德克这个被当时社会上所有人鄙视、厌恶和孤立的反叛者,也变成了今天的英雄人物。正如心理学家罗洛·梅所发现的一样:反叛者往往在后世才能得到真正的承认(梅 201),因为反叛者的超凡之处正在于能够清楚地认识到这一价值(梅 216)。个体叙事与社会叙事之间这种不断流动的变动关系需要时间来证明。欧茨强调反叛者是那个超越时间、超越认识的先知者,那么其对于社会的意义最终必将被时间证明。

从某种程度上说,叙事伦理意义的发挥取决于叙事者和接收者两个方面的因素。叙事者所采取的伦理立场一定会影响整个叙事的伦理取位,而接收者主观的接受选择同样也会影响伦理意义的传承。伦理的叙事传承是一个由内而外和由外向内的双重过程,任何一个方面的缺失都不可能完成伦理的传承。正如利奥塔所说,叙事的意义传递过程与叙事主体的获得过程事实上是一致的(利奥塔 47)。由于叙事具有内外结合的开放性结构,无论是叙事的内在建构和叙事的外在来源都决定了叙事结果的无限可能性。

由此说来，对于父辈叙事的传承过程就不是简单的模仿，而是一个批判继承的过程，这就是欧茨所强调的叙事意义传承的根本目的。

对于过去故事的讲述者和聆听者来说，故事成为传承文化与伦理的载体。换言之，"叙事常常依靠过去来认可或者描述行为"（James 929）。祖辈的叙事是社会责任最好的描述方式。父亲德克的反叛叙事中对自我社会价值与意义的追寻，以及他不甘于强权叙事的安排，为正义、公平和自由重构社会的叙事，不仅改变着周围的世界，而且给孩子的成长带来了可以追寻的力量，让他们在探索自我与世界的关系时有了更加坚定的信心和勇气。欧茨常常在小说中将父母和孩子分为两个部分来推动故事的发展。换言之，欧茨在她的小说中展现出代际之间的传承过程。事实上，这是一种伦理的传承或者救赎的基本模式，一种需要时间参与的伦理过程。代际之间的传承是表达伦理循环的最好方式。

自我的社会叙事由多种叙事共同组成。例如，父亲和母亲对于孩子的影响在无形中成为个人叙事的一部分。小说中，德克和阿里亚的大儿子钱德勒的社会叙事受到了父母的影响，这让他变得更加成熟，更加能够承担家庭和社会责任。钱德勒承担家庭责任的行为是他建立社会叙事的开始。当父亲去逝后，母亲要求他不要在弟弟、妹妹以及其他人面前提起他们的父亲。他一直遵守着这个要求。他明白母亲这样做的良苦用心，因而成为母亲叙事方式的坚定拥护者。于是，"自从那个早熟的十一岁起，他就是一个忠诚于母亲的儿子。对于他（失去父亲，还未成年的）的弟弟和妹妹来说，他还是一个可爱的、耐心的和值得依靠的大哥哥"（Oates, *The Falls* 75）。这些都是他作为一个家庭成员应该承担的家庭责任。与此同时，钱德勒的社会责任感部分源于父亲叙事对他的影响。正是由于周围人对父亲的误解，钱德勒迫切需要得到社会的认可，一种对于他自身能力、品质和价值的认可。于是，通过对父亲叙事的找寻，他开始重新认识自我以及自我的社会责任感。小说最后，他决定要像母亲一样掌控自己的生活，不必为"他所是的那个人"，以及"他出生的那个人"而感到羞辱。他要像父亲一样为社会他人的幸福而作出贡献，甚至不惜付出生命的代价去帮助别人。

个体叙事与社会叙事具有复杂的对应关系，利科通过恶的伦理观展示了自由具有一种超越世俗的力量。自由不是一种观念，也不是一种状态，而是一种关系的打破。换言之，伦理的意义在于其成为（becoming）的过程，而不是其最终的结果（being）（Burkitt 4）。二儿子罗伊尔总是希望得到别人的承认：生活中，他是一个乐观爱笑的人；工作中，他是一个乐观积极、受欢迎的导游；家庭中，他也是母亲喜欢的听话而懂事的小儿子。然而，这些都不是真正的他，而是他想要得到别人的认可而伪装出的一面。罗伊尔的内心充满了矛盾，"在指挥那一船人时，他感觉到了奇怪的自由。他需要工作，需要有责任感。或者对陌生人负责要比对你熟悉和在乎的人负责要好"（Oates, *The Falls* 292）。这表明罗伊尔的自我叙事正处于一个形成的过程中，他一方面害怕承担责任，一方面又需要找到社会存在感。他在这两者之间无法找到平衡，因而内心备受折磨。

正是道德定位的模糊才让主体叙事具有更多的思考空间。然而道德定位并不一定是非善即恶，也可以是各种善恶交织的状态。例如，尽管父亲德克出身于资产阶级，但是他却与其他人不同，他善良、慷慨，拥有不畏一切的勇敢。正如詹姆斯·鲍德温所言，假若你能改变人们的思维方式，你就拥有改变一切的能力（Baldwin 3）。因此，叙事的指向性对于自我伦理生活具有巨大的改变力。最终罗伊尔通过对父亲叙事的追寻找到了自我叙事的伦理方向。

> 他感觉不到累了。他说不清他是兴奋还是震惊。这里有如此多他所不知道的事情，如此多他无法想象的事。他觉得天空中在一个无人知晓的地方，好像有一道门为他打开，阳光透过大敞着的门照进来，就像透过乌云的缝隙照进来的阳光，在大湖区上空只有短暂的几分钟的阳光。那是刺眼的、明亮的而不是明媚的光线，但它是光线。（Oates, *The Falls* 335）

对于迷茫的罗伊尔来说，父亲叙事的伦理意义在于为他指明了获得人生意义的伦理方向。

小女儿朱丽叶被一种所谓的"集体意识"所困扰，而这些却是个体社会存在的意义基础（Burkitt 19）。周围环境中对于他们姓氏的言论使她成为游离于主流群体的异类。

> 你和她说话，她听不见。站在她周围，她看不见。视线直接绕过你，像是在听远处的什么。要想引起她注意，你不得不在她面前拍手，拍她、扯她的头发直到她大叫。伯纳比，你的父亲把他的车开进了河里，你的父亲进监狱了。伯纳比，羞耻，羞耻！因此，童年就是忍受。当她回顾这些过去的岁月，好像是别人的，一个她不认识的勇敢而固执的小女孩。（Oates, *The Falls* 419）

与她的母亲相同，强大的社会压力让朱丽叶以自我的方式构建着独特的个人叙事。母亲称她为幽灵女孩，因为她像一个被幽灵跟随的女孩。哥哥罗伊尔也看到过她的"幽灵自我"："朱丽叶经过加油站，那是 20 年代小伙子们经常出现的地方，那些家伙罗伊尔都认识。而朱丽叶却没有意识到他们正注视着她，互相推操，咧着嘴笑"（同上）。她对外界的各种叙事选择视而不见，以自我的叙事方式构建着自我的叙事。从某种程度上说，这与母亲的叙事方式相同，她以此来求得自我保护或者对外界的社会叙事进行反抗，朱丽叶总是能听到一个奇怪的声音，这个声音像她的父亲发出的，"朱丽叶！朱丽叶！伯纳比！羞耻，那个羞耻的名字。你知道你的名字。到你瀑布中的父亲这里来"（Oates, *The Falls* 411）。另外一次，当她在教堂里唱歌时，她能看到父亲在人群中倾听，并且为她鼓掌。事实上，朱丽叶对父亲的叙事想象是她对内在力量的叙事需求。

欧茨在这部小说中试图说明这个世界的意义与我们的叙事有关。事实上，故事的讲述比强硬的说教更加有力。《圣经》采用各种故事作为规劝信徒的布道词，这些故事以生动而富有吸引力的方式让所有人对与道德有关的问题进行深入的思考（Booth, *Essential* 241）。这些圣经故事的作者非常清楚故事的道德说教意味（Booth, *Essential* 241）。也就是说，故事对于伦理的传承具有重要的方法意义。小说中，父亲德克和母亲阿里亚的伦理叙事成为他们孩子找寻伦理定位和社会价值的叙事模板，这不仅实现了自身伦理价值、体现了意义的证明过程，而且实现了叙事伦理的时间传承。正如罗洛·梅所作的比喻，革命者与反叛者的区别在于，前者只是重新占据奴隶主的位置，而后者的目的在于推翻整个奴隶制度（梅 198-199）。反叛叙事的本质也在于改变社会的心理、观念和意识形态。德克虽然付出了生命的代价，但是他改变的不只是他的家人对家庭、生命和社会责任的叙事，还有全社会对权力的叙事，这才是他作为一个反叛者对于社会的真正意义和责任感。欧茨通过个人叙事证明，这种由内而外产生的伦理力量是一切社会叙事的出发点，而叙事正是书写社会变革的最好方式。换言之，只有通过叙事的改写，新的伦理才有可能建立。由于叙事是表达自我与社会之间张力的理想方式，个人的故事具有超越个人价值而表征社会力量的重要功能（巴德利、辛格 146）。因此，欧茨通过这部小说展现了社会叙事引导个人故事走向的一个特定方向。反过来，个体叙事也为社会叙事注入不同的声音，而最终个人故事会融入大众故事，成为历史文化的一部分。

# 结　论

　　美国作家乔伊斯·卡罗尔·欧茨一直是多产作家的代名词。新世纪以来，已过花甲之年的欧茨常常受到评论界和读者对于她创作能力的质疑，然而她却以一部又一部高质量的作品向世人证明了她旺盛的创作力和对写作的热情。与此同时，欧茨的小说创作发生了叙事伦理转向，也就是说，欧茨不再满足于展现那些现实困境，或者从内心来思考这些困境，而是进一步提出了解决办法。这就是在她新世纪作品中逐步展现的，并且发展成为的一种拥有明确叙事框架和共同伦理目标的叙事伦理方法。从某种程度上说，这是欧茨创作观成熟的表现。她从人类困境的展示，到心理方法的探索，再到叙事方法的获得，完成了探索意义生成方法的后期发展轨迹，从而为她的作家生涯增添了浓墨重彩的一笔。

　　欧茨在她的小说中展示了现代人获得伦理意义的叙事方法。欧茨在一次采访中说，她写这么多小说的原因是想让读者看到人性的多样性。实际上，每一种人性都是一种叙事方式，都是个体的叙事建构结果。随着欧茨小说创作的深入，她开始对人性的本质或者人性意义的来源进行深入的思考。也就是说，欧茨从对人性的展示转向了对人性意义获得方式的深究。具体而言，欧茨将小说中人物叙事本身作为叙事意义的呈现过程，即叙事成为自我的身份建构、与他者的伦理交流以及社会存在超越等伦理目标的实现方式，也是一种试图改变自我，影响他人和社会的行动方式。因此，欧茨通过人物叙事的方式表达了她对于人类生存、人性本质以及人类追寻自由价值的严肃思考，让我们看到了其作为小说家的精湛技艺和独具匠心。

　　叙事作为一种具有伦理功能的行为在欧茨小说的解读中发挥了重要的指示作用。欧茨让我们感受到人物叙事对自我身份的建构，特别是对自我存在价值的探究与感受的重要意义。更重要的是，叙事的过程比叙事的结果更加具有意义。欧茨在小说中对人物通过叙事获得意义的过程进行了充分论证。具体而言，自我叙事中，叙事作为自我身份认同的重要方式，不仅表现为人物通过记忆的叙事构建形成完整的自我概念，从而为进一步的自我身份认同打下基础，而且人物自身叙事同一性的实现与人物自我同一性的获得之间具有紧密的联系。除此之外，人物不同叙事可能的尝试也为自我获得不同身份认同提供了可能。在他者叙事中，人物通过他者叙事的生成构建过程转变了自身的伦理观念、解决了自身伦理困境并获得了自身的伦理意义，更为重要的是，还传递了善的思想和行为。在社会叙事与个人叙事之间的冲突与融合中，个人叙事作为对社会不公叙事的反抗形式，其叙事内容以及过程本身都对权力叙事造成了一定的冲击和改变，成为实现种族平等、民族共存和权力公正的重要伦理途径。可以说，在欧茨的小说中叙事已成为一种普遍的主题，这与她早期以女性和暴力主题为创作特征一样，人物叙事行为以其多变性正渗透到她的每一部作品当中。欧茨作为一个敏锐的社会观察者，她看到了社会生活中叙事的力量和影响，因而将其融入她作品的创作过程，并进行了大量的创新与发展。事实上，欧茨发现叙事不仅存在于人物自我的内部叙事中和自我与他人的伦理交流中，而且还存在于社会文化生活中。欧茨正是着迷于叙事所具有的无限可能，因而将其编织于她的每一个故事当中。

　　欧茨小说中，人物叙事的独特之处在于通过叙事的中介作用实现了人物的身份认同、伦理交流和存在超越等伦理意义。这与法国哲学家保罗·利科的叙事伦理思想相似。换言之，利科创造性地建立了伦理、叙事与主体自我之间的叙事伦理关系，指出了伦理目标概念的三个构件——个人的、人际的和社会的三要素之间的连贯性。这为欧茨小说人物的叙事伦理研究提供了理论基础和结构框架，为人物叙事与伦理目的之间建立了有机联系。从某种程度上说，欧茨人物的叙事伦理描写成为叙事伦理思想的具体实践与阐释。换言之，叙事伦理也让欧茨的小说具有了哲学的高度。理论家们常常选择小说来表达他们的哲学观点的原因便在于，小说总是能产生某种微妙的感染力，对思想和心灵产生影响。同理，叙事伦理不应该停留在对理论的探讨上，而应该让叙事走出文本，走进每一个人的生活。我们每一个人、每一天和每一次思考都是一次叙事，这个叙事与具体的人和事以及伦理意义相连。

欧茨不仅通过人物叙事提出了一个展现伦理的全新视角，而且进一步展现了更加生活化的伦理判断标准。伦理判断不是一系列标准的实践，而是让人形成一种称之为道德的习惯（Booth, *Essential* 222）。伦理并不是一定要做出多么伟大的牺牲或者丰功伟绩，而是在日常生活中发现有意义的点滴。自我取得的任何进步，看到人性任何的一次闪光，哪怕是不再迷茫，不再为无谓的想法而忘记自我，这看似微不足道的一切都成为欧茨对于伦理的全新定义。她让人物在这些人性的闪光点上找到前进的动力和方向，成为对他人和社会负责任的伦理主体。例如，在一般意义上对事实进行叙事性重组可能被认为是一种不道德的行为，但是为了伦理目标而进行的叙事重组或者改造则可以被认为是有意义的行动。实际上，欧茨在她新世纪小说中对伦理意义的界定包含了一切生活的叙事行为。正如布思所指出的，英语比起其他学科具有更大的社会价值的原因在于，通过故事进行的伦理传递（Booth, *Essential* 229）。这并不是说知识不重要，但更重要的是，只有懂得人生的意义才能更好地去学习和运用知识。这就是欧茨想要通过她的小说传递的思想，即叙事作为人物自我认同、伦理交流和社会生存的基本方式，目的是让每个人获得人生的意义。反过来，伦理意义也是人物叙事构建的出发点。

布思认为，不管各种后现代批评贴上什么标签，如女性主义、马克思主义、新历史主义、解构主义、文化批判、同性恋研究、种族研究、后殖民研究等，实际上都在探讨有关故事对我们生活的终极影响的问题。虽然有人认为后现代主义者不关心伦理问题，但实际上，后现代主义者与传统作家一样，不仅关注形式的创新与实验，更关注伦理问题，而且是以一种全新的方式在后现代语境下对伦理进行不同呈现，人性、希望、信仰、责任、义务、关爱、亲情、平等、公平与正义仍然是他们小说彰显的核心价值。欧茨的小说虽然展现了各种后现代创作的实验技巧，但是她从没有放弃对伦理主题的再现。只不过欧茨以一种更为巧妙的方式将其置于人物自身叙事的讲述过程中，将叙事伦理作为小说的主题来展现，通过人物的叙事行为来探讨广义上的叙事对于人类生活的意义，而不是局限于作品的伦理主题或者叙事方法的表征。也就是说，欧茨的叙事伦理着眼点更加开阔而具有创新性，她想要在社会生活这个大语境下来探讨叙事的伦理意义。因为故事更为重要的价值在于为我们提供了了解自我、对待他人和融入文化的重要内容（Booth, *Essential* 244）。因而，这样的叙事探讨更加具有普遍的伦理价值。

　　欧茨小说中人物的自我叙事是获得身份认同的重要来源。自我叙事首先面临的是自我概念的记忆叙事：一方面，自我概念来自记忆叙事的建构；另一方面，自我概念又形塑记忆叙事的内容，记忆叙事，特别是创伤记忆的叙事重组，为自我概念的生成提供了可能的确证，而明确的自我概念又会成为自我身份认同的内部基础。此外，自我叙事具有多元的叙事来源。自我叙事不仅包含意愿叙事的内容，还包括非意愿的内容，意愿与非意愿共同构成自我叙事的基本内容。欧茨对于自我叙事的能动性和叙事行为本身的重视与强调，以及主体对不同叙事可能的尝试表明了自我叙事的不同可能代表着主体身份的不同。与此同时，自我叙事还需要弥合处理自我的相同性与自身性之间的缝隙。自我内部并不是一个单一的层面，而是由多个方面相互交织的统一体，包括自身性和相同性的内容。叙事同一性使自我的同一性中内在的矛盾和冲突得到了完美的解决。因此，欧茨的自我叙事既是对自我中心主义的反驳，也是对身份建构外在论的又一反证。自我叙事将自我作为一个变动的、可塑的和能动的主体，具有建构和重组自我身份的各种可能，从而实现自我概念的确定性、身份认同能动性和自我的同一性等伦理目标。

　　欧茨小说人物的他者叙事是进行伦理交流的重要方式。叙事是人类存在和交流的一种表达方式。叙事过程实际上是一种关系确立的过程，主要涉及伦理关系。自我与他者之间的伦理关系既是叙事建构的前提假设，也是叙事建构的限定条件和建构结果。根据利科"作为他者的自身"理论，自我的他者叙事才是实现自我身份以及与他者伦理交流的可能方式。欧茨小说中他者的呈现是缺失的、多面的和相异的，这就决定了他者叙事的生成性、多元性和双重性的特点。因此，欧茨在她的小说中强调了自我通过他者叙事的建构与生成来实现自我伦理的转变、传递与交流等意义生产过程。

欧茨小说中，社会叙事构成了个体生存的社会语境，其往往以公众的意识形态、民族文化和权力话语的形式出现。然而，欧茨小说中将个体叙事作为一种反抗社会强权叙事的重要伦理方法。换言之，叙事既是权力的工具，同时也是弱者最好的反抗方式。个体叙事作为反抗种族主义的叙事方法，为种族主义叙事的改写提供了可能。民族文化叙事是民族凝聚与融合的最好方式，同时也是民族之间产生隔阂的最大因素。欧茨在她的小说中反映了美国犹太移民双重文化叙事的矛盾，提出了越界生存背后所隐藏的叙事伦理问题。此外，社会是一个各种权力叙事交融的集合，个体为了求得在社会中的公正，不得不采取各种个体叙事的形式来反抗强权叙事的束缚。总之，欧茨将个体叙事与强权叙事并置，既指出反抗强权叙事的个体叙事的伦理价值，又指出其具有超越时间的伦理传承意义。

本研究结合多门学科的最新发展对美国著名女作家欧茨新世纪小说中的人物叙事伦理进行分析，试图融合哲学、伦理学和叙事学的相关理论，从而更好地理解欧茨小说的深刻内涵和创作机制。首先，哲学家保罗·利科的叙事与伦理哲学为欧茨小说人物的叙事伦理研究提供了理论基础。通过将利科叙事伦理理论与欧茨小说人物叙事伦理描写结合，本研究试图发现欧茨小说人物描写的一个基本主题框架，并进一步总结欧茨小说中人物叙事与伦理目的之间的有机联系。其次，本研究试图将后经典叙事学中对叙事功能、修辞功能和意义生产功能的研究与欧茨小说中具体的人物叙事描写相结合，从而发现欧茨人物叙事所发挥的伦理意义，即人物自身的各种叙事建构对自我理解、伦理交流和社会存在的意义生产功能。具体来说，人物自我叙事的重构是自我获得身份认同的主要方式；人物的他者叙事是人物与他人进行伦理传递与交流的重要途径；人物的社会叙事是人物通过个体叙事对抗强权叙事来实现种族、民族和阶级公平与正义叙事的建构方法。最后，本研究选取欧茨 2001—2012 年的 9 部小说作为主要研究对象。欧茨这一时期的小说处于她创作的成熟期，这些小说都展现了人物通过自身叙事对于伦理意义的追寻。从某种程度上说，欧茨新世纪小说中的人物不再是那些被动消极的受害者形象，他们通过积极主动的叙事行为实现了自我由内而外的成长和超越。因此，运用叙事伦理理论来对欧茨小说人物叙事这一阶段性特征进行研究是颇具可行性的。

　　欧茨小说人物的叙事伦理再现对于文学创作的发展具有重要的意义。首先，欧茨被称为心理现实主义大师的原因在于，她不仅注重人物的心理描写，而且注重通过人物的心理描写再现社会现实。这与心理现实主义传统极为相似，但是欧茨并不是简单地继承了心理现实主义的传统，而是借鉴了现代主义和后现代主义的众多技巧，最终形成了心理现实主义创作风格。其次，现代主义对人物内心的描写间接地反映了对现实生活的无奈与失望。而欧茨则通过叙事的方法发现改变自我、他人和社会的可能方式，自我不再是消极的受动者，而是主动的施动者。再次，欧茨通过对伦理价值的坚持，反驳了后现代将一切意义抹除和否定的做法，但同时她也并不排斥后现代的写作技巧。最后，欧茨对所有的否定和综合正是她多产和多面的体现。欧茨并不忠于任何一种文学流派，但也不排斥任何一种写作方法。她既有自己的坚持，也有自我的创见。而叙事作为一种无所不在、无所不包、无所不能的现代精神的再现，促使她将叙事作为主题进行创作。欧茨的叙事再现，一方面是她对叙事意义本身的肯定，另一方面也是她多元写作的需要。叙事自身多变的特点为她的写作提供了一个可以发挥想象的空间。此外，欧茨对于叙事伦理主题的探讨，将叙事与伦理进行了完美的结合，是她对一切文学创作形式进行继承发展的结果。她发现了叙事作为伦理中介的巨大力量和可能性。这是欧茨对自己文学创作的又一次超越。

　　小说创作是作家社会责任感的一种体现。许多作家通过不同的方式描绘了物化世界。卡夫卡运用寓言的方式，陀思妥耶夫斯基则关注心理对于现实的反映，加缪关注个人的反叛，但是这些作家在描摹客观现实时，都没有试图去探索一种改变的方法。这些作家仍然抱着一种力图客观地表现、描述世界的愿望。正如托尔斯泰的小说中包含的两种声音，一种是把握现实的强烈欲望，另一种是解答现实生活中遇到的种种难题。许多现实主义作家在作品中仅呈现出了第一个方面，他们只是忠实地描绘了现实的图景，而第二个方面则是作家真正应当思考和实践的领域。换言之，作家对于生存问题的追问体现的是一种重要的社会责任感，一种对于人类存在困境的反思。作家应该在写作中探究人类存在的价值并寻求解决心理困境的方式和方法。欧茨通过人物叙事构建了一个个相互密切联结的意义世界。她将人物的内部世界与外部世界巧妙地联结在一起，模糊了现实与超现实的界限，通过人物叙事来折射外部的历史文化语境，将宏大叙事转变为个体书写，从心理描写转为叙事建构，从人物叙事引申出伦理意义。因此，欧茨作为一名现实主义作家，她能够发现叙事作为一种社会存在的方式正成为一种强劲的潮流，并且可能成为解决人类自身种种困境的方法，这体现了她作为一位关注现实的小说家的社会责任感。

　　欧茨对人物叙事伦理的呈现也并非完美无瑕。由于欧茨的多产，她的小说难免出现重复的人物和场景描写。如果读上她的几本小说，就会发现多个似曾相识之处。此外，欧茨对一些人物的塑造过于理想化，虽然是为一定的伦理主题服务，但会略失真实。例如，《妈妈走了》中的妈妈和《中年》中的亚当形象便太过完美。不过，虽然欧茨有一些不足之处，但其小说的总体价值不容忽视。

　　本研究探讨了欧茨新世纪小说中人物的叙事伦理问题，将小说中的叙事伦理主题与人物描写紧密结合。同时，对叙事伦理问题的研究结合了当前学界对叙事研究的新方法、新视角，特别是结合利科的叙事伦理理论，进一步拓展了叙事研究领域。本研究的创新之处主要体现在以下四个方面：第一，选题上，本研究对欧茨新世纪小说进行叙事伦理研究，是对目前欧茨小说研究的补充。第二，理论上，本研究结合利科叙事伦理哲学思想与后经典叙事学中有关叙事行为功能的研究理论，将叙事作为主题，而不是作为叙事方法来研究。此外，本研究还借鉴了伦理学和社会学中有关叙事作为一种行为、思维等理论对欧茨小说中人物叙事伦理主题进行了研究。在对各种叙事理论进行综合的基础上，本研究认为欧茨小说中的人物叙事可作为一种身份认同、伦理交流和社会生存的伦理方法，这具有一定的创新意义。第三，方法上，本研究以叙事为基点，从自我叙事，到他人叙事，再到社会历史文化叙事，采用递进的方式将叙事由内而外地进行全面的研究，是对自我的复杂结构的深入分析。第四，视角上，本研究从叙事学、伦理学、社会学等跨学科的视角出发，对欧茨小说中的人物叙事伦理进行深入的探讨，特别是对叙事作为现代人获得意义的方式的探讨，为欧茨小说的研究开启了新的思路。总之，结合目前人文学科研究的叙事转向，本研究揭示了欧茨研究除了文学技巧和伦理主题之外的其他叙事伦理研究路径。尽管如此，鉴于笔者才疏学浅、写作时间的限制和相关资料的不足，疏漏在所难免，有待日后进一步的改进和完善。

# 参考文献

## 英文文献

Apfelbaum, E. "The Dread: An Essay on Communication Across Cultural Boundaries. " *The International Journal of Critical Psychology* Vol. 4, (2001): 19-35.

Baldwin, James. "Interview by Mel Watkins. " *New York Times Book Review* Vol. 23, (September 1979): 3.

Barondes, Samuel. *Making Sense of People.* Upper Saddle River, New Jersey: FT Press, 2012.

Beller, Steven. *Antisemitism: A Very Short Introduction.* Oxford: Oxford University Press, 2007.

Booth, Wayne. *The Rhetoric of Fiction.* Chicago: University of Chicago Press, 1961.

---. *The Company We Keep: An Ethics of Fiction.* Oakland: The University of California Press, 1988.

---. *The Essential Wayne Booth.* Ed. Walter Jost. Chicago: The University of Chicago Press, 2006.

Boughton, Vick. "Review of *The Gravedigger's Daughter.* " *People* Vol. 67, No. 22 (6/4/2007): 48.

Brody, Howard and Clark, Mark. "Narrative Ethics: A Narrative. " *Hastings Center Report* Vol. 44, Supplement( Jan. 2014): S7-S11.

Bronfen, Elizabeth. *Over Her Dead Body: Death, Femininity, and the Aesthetic.* Manchester: Manchester University Press, 1992.

Browning, Don. "Ricoeur and Practical Theology." *Paul Ricoeur and Contemporary Moral Thought.* Eds. John Wall, William Schweiker, and W. David Hall. New York: Routledge, 2002: 251-263.

Burkitt, Ian. *Social Selves: Theories of Self and Society.* London: Sage Publications Ltd., 2008.

Butler, Judith. *The Psychic Life of Power, Theories in Subjection.* Palo Alto, CA: Stanford University Press, 1997.

---. "Violence, Nonviolence: Satre on Fanon." *Race after Sartre: Antiracism, Africana Existentialism, Postcolonialism.* Ed. Jonathan Judaken. New York: State University of New York Press, 2008: 211-232.

Chatterjee, Srirupa. "Joyce Carol Oates's*The Gravedigger's Daughter* and Matha Nussbaum's Development Ethics." *Journal of English Studies* Vol. 4, No. 3&4(Sep. & Dec. 2009): 70-77.

---. "Tyranny of the Beauty Myth in Joyce Carol Oates's *My Sister, My Love.*" *Explicator* Vol. 71, No. 1(2013): 22-25.

Chirot, Daniel and McCauley, Clark. *Why Not Kill Them All? The Logic and Prevention of Mass Political Murder.* Princeton, NJ: Princeton University Press, 2006.

Cohen, Josh. "Review of *Middle Age.*" *Library Journal* Vol. 126, No. 13 (August 2001): 164.

---. "Review of*The Tattooed Girl.*" *Library Journal* Vol. 128, No. 7 (4/15/2003): 126.

Cohen, Joshua. "Review of *The Falls.*" *Library Journal* Vol. 129, No. 9(5/15/2004): 116.

---. "Review of*My Sister, My Love.*" *Library Journal* Vol. 133, No. 8 (5/1/2008): 59.

---. "Review of *The Gravedigger's Daughter.* " *Library Journal* Vol. 132, No. 7 (2007): 75-76.

Collins, Rachel. "Review of *I'll Take You There.* " *Library Journal* Vol. 127, No. 15(9/15/2007): 93.

Cologue-Brookes, Gavin. *Dark Eyes on America.* Baton Rouge: Louisiana State Univeristy Press, 2005.

Dauenhauer, P. Bernard. "Ricoeur and the Tasks of Citizenship" *Paul Ricoeur and Contemporary Moral Thought.* Eds. John Wall, William Schweiker and W. David Hall. New York: Routledge, 2002: 233-250.

Day, Tammerie. *Constructing Solidarity for a Liberative Ethics: Anti-Racism, Action, and Justice.* New York: Palgrave Macmillan, 2012.

Deleuze, G. *Cinema I: The Movement-Image.* Trans. H. Tomlinson and R. Habberjam. Minneapolis: University of Minnesota Press, 1996.

Deneulin, Severine, Mathias Nebel and Nicholas Sagovsky. "Introduction." *Transforming Unjust Structures: The Capability Approach.* Eds. Severine Deneulin, Mathias Nebel and Nicholas Sagovsky. Dordrecht, Netherlands: Springer, 2006.

---. "Necessary Thickening: Ricoeur's Ethic of Justice as a Complement to Sen's Capability Approach. " *Transforming Unjust Structures: The Capability Approach.* Eds. Severine Deneulin, Mathias Nebel and Nicholas Sagovsky. Dordrecht, Netherlands: Springer, 2006.

Dobkowski, Micael. "The Anti-Semitic ' Imaging ' of the Jew in America. " *Judaism* Vol. 25, No. 3(Summer 76): 363-374.

Duffy, Maria. *Paul Ricoeur's Pedagogy of Pardon: A Narrative Theory of Memory and Forgetting.* New York: Continuum International Publishing Group, 2009.

Edemariam, Aida. "The new Monroe doctrine. " *The Guardian* (2004-09-04).

Freud, Sigmund. *Delusion and Dream: An Interpretation in the Light of*

*Psychanalysis of "Gradiva", A Novel by Wilhelm Jensen.* Ed. P. Rieff.
 Boston: Beacon Press, 1956.

Gans, Herbert J. "Deconstructing the Underclass: The Term's Dangers as a
 Planning Concept. " *Journal of the American Planning Association* Vol. 56,
 (Summer 1990): 271.

Goldstein, Daaniel. "Reproductive Technologies of the Self: Michel Foucault and
 Meta-Narrative-Ethics. " *Journal of Medical Humanities* Vol. 24, No. 3/4
 (Win. 2003): 229-240.

Grosfoguel, Ramon. " What is Racism?" *Journal of World-Systems Research*
 Vol. 22, No. 1(2016): 9-15.

Gusdorf, G. "Conditions and Limits of Autobiography. "*Autobiography: Essays
 Theoretical and Critical.* Ed. J. Olner. Princeton, NJ: Princeton University
 Press, 1980.

Hagen, W. M. "Review of *Mudwoman.* " *World Literature Today* Vol. 87, No. 2
 (Mar/Apr. 2013): 141-142.

Hall, W. David. " The Site of Christian Ethics. Starry Heavens and Moral
 Worth. " *Paul Ricoeur and Ccontemporary Moral Thought.* Eds. John Wall,
 William Schweiker, and W. David Hall. New York: Routledge, 2002.

---. *Paul Ricoeur and the Poetic Imperative.* New York: State University of New
 York Press, 2007.

Halpern, Jodi. "Narratives Hold Open the Future. " *Narrative Ethics: the Role of
 Stories in Bioethics, Special Report, Hastings Center Report* Vol. 44, No. 1
 (2014): S25-S27.

Huffer, Lynne. "'There Is No Gomorrah': Narrative Ethics in Feminist and
 Queer Theory. " *Differences: A Journal of Feminist Cultural Studies* Vol. 12,
 No. 3(2001): 1-32.

Hutchings, Vicky. "Review of *I'll Take You There.* " *New Statesman* Vol. 132,
 No. 4622(1/27/2003): 55.

Hyden, L. "Illness and Narrative. " *Sociology of Health and Illness* Vol. 19, No. 1( 1997) : 1243-1236.

Isaacs, Peter. "Ontology, Narrative, and Ethical Engagement. " *Confessions: Confounding Narrative and Ethics.* Eds. Eleanor Milligan and Emma Woodley. Newcastle upon Tyne: Cambridge Scholars Publishing, 2010: 121-142.

James, Bernard. "Narrative and Organizational Control: Corporate Visionaries, Ethics and Power. " *The International Journal of Human Resource Management* Vol. 5, No. 4( Dec. 1994) : 927-851.

Jen, Gish. *Tiger Writing: Art, Culture, and the Interdependent Self.* Massachusetts: Harvard University Press, 2013.

Jenell, William and Schoon, Kristin. "Antiracism, Pedagogy, and the Development of Affirmative White Identities Among Evangelical College Students. " *Christian Scholar's Review* Vol. 36, No. 3 ( Spring 2007 ): 285-301.

Johnson, Greg. *Invisible Writer.* New York: A Dutton Book, 1998.

---. *Joyce Carol Oates: Conversations* 1970-2006. Princeton, New Jersey: Ontario Review Press, 2006.

---. ed. *The Journal of Joyce Carol Oates:* 1973-1982. New York: Ecco Press, 2007.

Johnson, M. *Moral Imagination: Implications of Cognitive Science for Ethics.* Chicago: University of Chicago Press, 1993.

Judaken, Jonathan. "Sartre on Racism: From Existential Phenomenology to Globalization and ' the New Racism'. " *Race After Sartre: Antiracism, Africana Existentialism, Postcolonialism.* Ed. Jonathan Judaken. New York: State University of New York Press, 2008: 23-54.

Kermode, Frank. *The Sense of an Ending: Studies in the Theory of Fiction.* Oxford: Oxford University Press, 1968.

Kemp, Peter. "Narrative Ethics and Moral Law in Ricoeur." *Paul Ricoeur and Contemporary Moral Thought*. Eds. John Wall, William Schweiker, and W. David Hall. New York: Routledge, 2002: 32-46.

Kessel, Joyce. "Review of *Black Girl/White Girl*." *Library Journal* Vol. 132, No. 110(6/15/2007).

King, Nicola. *Memory, Narrative, Identity, Remembering the Self*. Edinburgh: Edinburgh University Press, 2000.

Koning, Cristina. "Review of *Mother Missing*." *Times*(11/11/2006): 14.

Kudat, Catherine. " I'm Spartacus!" *A Companion to Narrative Theory*. Eds. James Phelan, Peter J. Rabinowitz. Malden, MA: Blackwell Publishing Ltd., 2005: 484-498.

Lacan, J. *The Four Fundamental Concepts of Psychoanalysis*. Trans. A. Sheridan. Ed. A. Miller. London: Hogarth Press, 1977.

Levinas, Emmanuel. *Time and the Other*. Trans. Richard A. Cohen. Pittsburgh: Duquesne University Press, 1987.

---. *Totality and Infinity*. Trans. Alphonso Lingis. Pittsburgh: Duquesne University Press, 1969.

---. *Existence and Existents*. Trans. Alphonso Lingis. The Hague: Martinus Nijhoff, 1978.

---. *Ethics and Infinity: Conversations with Philippe Nemo*. Trans. Richard A. Cohen. Pittsburgh: Duquesne University Press, 1985.

---. *Otherwise Than Being or Beyond Essence*. Trans. Alphonso Lingis. The Hague: Martinus Nijhoff, 1981.

Loeb, Monica. *Literary Marriages: A Study of Intertextuality in a Series of Short Stories by Joyce Carol Oates*. Bern: Peter Lang AG, 2002.

Loftus, Elizabeth and Ketcham, Katherine. *The Myth of Repressed Memory: False Memories and Allegations of Sexual Abuse*. New York: St. Martin's Griffin, 1996.

Maggie, Gee. "Complicated Shades of Love." *Sunday Times*(1/12/2003): 46.

Margalit Avishai. *The Ethics of Memory*. Cambridge, Mass.: Harvard University Press, 2002.

Mcalpin, Heller. "Suburbanites Discover Growing up is Hard to Do." *Christian Science Monitor* Vol. 93, No. 213(9/27/2001): 20.

Mcguire, Patricia. "Academia Nuts." *America* Vol. 209, No. 13(2013): 34-36.

Melikian, Janet. "Review of *My Sister, My Love*." *School Library Journal* Vol. 54, No. 11(Nov. 2008): 157.

Milazzo, Lee. *Conversations with Joyce Carol Oates*. Jackson: University Press of Mississippi, 1989.

Montelle, Martha. "Narrative Ethics." *Hastings Center Report* Vol. 44, Supplement (Jan. 2014): S2-S6.

Nazar, Hina. "Facing Ethics: Narrative and Recognition from George Eliot to Judith Butler." *Nineteenth-Century Contexts* Vol. 33, No. 5 (Dec. 2011): 437-450.

Newton, Adam. *Narrative Ethics*. Cambridge, Massachusetts: Harvard University Press, 1997.

Nooteboom, Cees. *Rituals*. Trans. Adrienne Dixon. Baton Rouge: Louisiana, 1983.

Nussbaum, Martha. *Cultivating Humanity: A Classical Defense of Reform in Education*. Cambridge, MA: Harvard University Press, 1997.

---. *Love's Knowledge: Essays on Philosophy and Literature*. Oxford: Oxford Univeristy Press, 1990.

Oates, Joyce Carol. *Black Girl White Girl*. New York: Harper Collins Publishers Inc., 2006.

---. *I'll Take You There: A Novel*. New York: Harper Collins Publishers Inc., 2002.

---. *Middle Age: A Romance*. New York: Ecco Press, 2002.

---. *Missing Mom*. New York: Harper Collins Publishers Inc., 2005.

---. *Mudwoman*. New York: Harper Collins Publishers Inc., 2012.

---. *My Sister, My Love*. New York: Harper Collins Publishers Inc., 2008.

---. *The Falls*. New York: Harper Collins Publishers Inc., 2004.

---. *The Gravedigger's Daughter*. New York: Harper Collins Publishers Inc., 2007

---. *The Tattooed Girl*. New York: Harper Collins Publishers Inc., 2003.

Ostertag, Stephen and Armaline, William. "Image Isn't Everything: Contemporary Systemic Racism and Antiracism in the Age of Obama." *Humanity & Society* Vol. 25, No. 3(Aug. 2011): 261-289.

Pack Sylvia, Tuffin Keith, and Lyons Antonia. "Resisting Racism."*Alter Native: An International Journal of Indigenous Peoples* Vol. 11, No. 3 (2015): 269-282.

Phelan, James. "Narratives in Contest, or Another Twist in the Narrative Turn." *PMLA* Vol. 123, No. 1(January 2008): 166.

---. *Narrative as Rhetoric: Technique, Audiences, Ethics, Ideology*. Columbus: The Ohio State University Press, 1996.

Rampell, ed. "The Progressive Interview of Joyce Carol Oates." *Progressive* Vol. 78, No. 2(February 2014): 21-24.

Ratcliffe, Sophie. "Home Truths."*New Statesman* Vol. 134, No. 4763 (2005): 52-53.

Ratner, Rochelle and Burns, Ann. "Review of *The Tattooed Girl*." *Library Journal* Vol. 129, No. 4(3/1/2004): 126.

Ricoeur, Paul. *Lectures on Ideology and Utopia*. Ed. G. H. Taylor. New York: Columbia University Press, 1986.

---. *Time and Narrative ( Volume 3 )* . Trans. Kathleen Blamey and David Pelluer. Chicago: University of Chicago Press, 1988.

---. *Oneself as Another*. Chicago: University of Chicago Press, 1992.

---. "Ethics and Human Capability." *Paul Ricoeur and Contemporary Moral Thought*. Eds. John Wall, William Schweiker, and W. David Hall. New York: Routledge, 2002: 279-290.

---. "Capabilities and Rights." *Transforming Unjust Structures: The Capability Approach.* Eds. Deneulin, Severine, Mathias Nebel and Nicholas Sagovsky. Dordrecht, Netherlands: Springer, 2006: 17-26.

---. *From Text to Action: Essays in Hermeneutics II.* Trans. K. Blamey and J. B. Thompson. Evanston: Northwestern University Press, 2007.

Rimmon-Kenan, Shlomith. *Narrative Fiction: Contemporary Poetics (2nd edition).* London: Routledge, 2005.

Roberts, Robert. "Narrative Ethics." *Philosophy Compass* Vol. 7, No. 3 (Mar. 2012): 174-182.

Rosenblatt, Paul. *The Impact of Racism on African American Families.* Burlington: Ashgate Publishing Company, 2014.

Schacher, Danierl. *Searching for Memory: The Brain, the Mind, and the Past.* New York: Basic Books, 1996.

Schick, Irvin Cemil. *The Erotic Margin: Sexuality and Spatiality in Alteritist Discourse.* London: Verso, 1999.

Seaman, Donna. "Review of *I'll Take You There.*" *Booklist* Vol. 98, No. 22 (8/1/2002): 1886.

---. "Review of *Black girl/White Girl.*" *Booklish* Vol. 102, No. 21 (7/1/2006): 7-8.

---. "Review of *Mudwoman.*" *Booklist* Vol. 108, No. 5 (11/12/2011): 23.

Shapiro Ellen. "Reviews the Book *the Falls.*" *People* Vol. 62, No. 15 (10/11/2004): 53.

Simms, Karl. *Paul Ricoeur.* London: Routledge, 2003.

Smiley, Pamela. "Incest, Roman Catholicism, and Joyce Carol Oates." *College Literature* Vol. 18, No. 1 (Feb. 1991): 38.

Smith, Robert. *Conservatism and Racism and Why in America They Are the Same.* New York: State University of New York Press, 2010.

Spivak, Gayatri Chakravorty. *A Critique of Colonial Reason.* Cambridge, MA:

Harvard University Press, 1999.

Srivastava, Sarita. " ' You're Calling Me a Racist?' : The Moral and Emotional Regulation of Antiracism and Feminism. " *Signs*: *Journal of Woman in Culture & Society* Vol. 31, No. 1(Autumn 2005): 29-62.

Starr, Smith. "Review of *Black Girl / White Girl.* " *Library Journal* Vol. 131, No. 12(2006): 69.

Stoetzler, Marcel. *Antisemitism and the Constitution of Sociology.* London: University of Nebraska Press, 2014.

Susana, Araujo. "Joyce Carol Oates Reread: Overview and Interview with the Author. " *Critical Survey* Vol. 18, No. 3( 2006): 92-105.

Taylor, C. *Sources of the Self*: *The Making of Modern Identity.* Cambridge, MA: Harvard University Press, 1989.

Tury, Carrie. "Just Saying ' Yes'. " *Publishers Weekly* Vol. 260, No. 7( 2013): 34-35.

Wall, John. " Moral Meaning. " *Paul Ricoeur and Contemporary Moral Thought.* Eds. John Wall, William Schweiker, and W. David Hall. New York: Routledge, 2002: 47-63.

Wall, John, William Schweiker, and W. David Hall. "Human Capability and Contemporary Moral Thought. " *Paul Ricoeur and Contemporary Moral Thought.* Eds. John Wall, William Schweiker, and W. David Hall. New York: Routledge, 2002: 1-14.

Wallace, I. Mark. "The Summoned Self. " *Paul Ricoeur and Contemporary Moral Thought.* Eds. John Wall, William Schweiker, and W. David Hall. New York: Routledge, 2002: 80-96.

Welch, Susan. "American Opinion Toward Jews During the Nazi Era: Results from Quota Sample Polling During the 1930s and 1940s. " *Social Quarterly* Vol. 95, No. 3(Sep. 2014): 615-635.

Wells, Susanne. "Review of*Missing Mom.* " *Library Journal* Vol. 130, No. 14

（2005）: 133.

White, Hayden. *Metahistory: The Historical Imagination in Nineteenth-century Europe.* Baltimore: Johns Hopkins University Press, 1973.

Wilkinson, Joanne. "Review of *the Tattooed Girl.*" *Booklist* Vol. 99, No. 13(2/ 1/2003): 1108.

---. "Reviews the Book *The Falls.*" *Booklist* Vol. 100, No. 17(5/1/2004): 1483.

Wilks, Tom. "Social Work and Narrative Ethics." *British Journal of Social Work* Vol. 35, (2005): 1249-1264.

Zerubavel, Eviatar. *The Elephant in the Room: Silence and Denial.* Oxford: Oxford University Press, 2006.

Zias, Anthony D. "The Repetition of Unrecognized Desire: An Analysis of the Traumatized Subject in Joyce Carol Oates's *Son of the Morning.*" *PsyArt* (2011): 23.

## 中文文献:

阿普里尔·奥康奈尔、文森特·奥康奈尔、洛伊斯·孔茨:《心理学与我》, 王飞雪、罗虹、冯奕斌译, 北京: 中国人民大学出版社, 2011年。

艾伯特·敏米(Albert Memmi):《殖民者与受殖者》, 魏无良译, 黄燕堃校, 《解殖与民族主义》, 许宝强、罗永生选编, 北京: 中央编译出版社, 2004年, 第33-59页。

芭芭拉·查尔尼娅维斯卡:《组织中的叙事与关于组织的叙事》,《叙事探究——焦点话题与应用领域》, 瑾·克兰迪宁主编, 鞠玉翠译, 北京: 北京师范大学出版社, 2012年, 第132-162页。

巴赫金:《巴赫金全集》(第一卷), 钱中文主编, 晓河等译, 石家庄: 河北教育出版社, 1998年。

保罗·利科:《诠释学与人文科学——语言行为解释文集》, J. B. 汤普森编译, 孔明安、张剑、李西祥译, 北京: 中国人民大学出版社,

2012 年。

贝尔·胡克斯：《反抗的文化：拒绝表征》，朱刚、肖腊梅、黄春燕译，南
    京：南京大学出版社，2012 年。

蔡敏玲：《理解孩子的个人叙事》，《叙事探究——焦点话题与应用领域》，
    瑾·克兰迪宁主编，鞠玉翠译，北京：北京师范大学出版社，2012
    年，第 211-249 页。

陈爱华：《跨文化视野下不同自我观的碰撞与融合——论任碧莲的〈虎书：
    艺术、文化与互依型自我〉》，《外国文学动态研究》2015 年第 1 期，第
    29-31 页。

茨维坦·托多罗夫：《散文诗学——叙事研究论文集》，侯应花译，天津：
    百花文艺出版社，2011 年。

戴维·博耶：《从威尔达到迪士尼——空庭组织研究中的生成故事》，《叙
    事探究——原理、技术与实例》，瑾·克兰迪宁主编，鞠玉翠译，北
    京：北京师范大学出版社，2012 年，第 324-358 页。

戴卫·赫尔曼：主编，《新叙事学》，马海良译，北京：北京大学出版社，
    2002 年。

高木光太郎：《证言心理学——相信记忆、怀疑记忆》，北京：中国政法大
    学出版社，2013 年。

高颖娜：《敬畏自然敬畏生命——欧茨小说〈大瀑布〉的生态伦理解读》，
    《电影文学》2008 年第 15 期，第 130-131 页。

H. 波特·阿博特：《叙事的所有未来之未来》，陈永国译，《当代叙事理
    论指南》，James Phelan、Peter J. Rabinowitz 主编，北京：北京大学出
    版社，2007 年，第 615-629 页。

胡小冬：《从暴力到宽容：欧茨的超越观》，博士论文，上海：华东师范大
    学，2012 年。

江宁康：《美国当代文学与美利坚民族认同》，南京：南京大学出版社，
    2008 年。

杰罗姆·布鲁纳：《故事的形成：法律、文学、生活》，孙玫璐译，北京：

教育科学出版社，2006年。

杰娜·巴德利、杰斐逊·辛格：《绘制生命故事之径——贯穿一生的叙事认同》，《叙事探究——原理、技术与实例》，瑾·克兰迪宁主编，鞠玉翠译，北京：北京师范大学出版社，2012年，第130-160页。

瑾·克兰迪宁、杰里·洛希卡：《为叙事探究场影描绘地图——边界空间与张力》，《叙事探究——焦点话题与应用领域》，瑾·克兰迪宁主编，鞠玉翠译，北京：北京师范大学出版社，2012年，第45-93页。

金铭：《〈妈妈走了〉中的女性主义关怀伦理实践——欧茨对女性主义发展方向的思考》，《外语学界》2014年第3期，第244-255页。

凯文杰·范胡泽：《保罗·利科哲学中的圣经叙事》，杨慧译，北京：中国人民大学出版社，2012年。

利奥塔：《后现代状况》，车槿山译，北京：三联书店，1997年。

李莉：《友谊、爱情和自我三部曲——的学院小说〈我带你去那儿〉的伦理思想》，《天津外国语学院学报》2009年第4期，第45-49页。

刘小枫：《沉重的肉身》，北京：华夏出版社，2007年。

刘玉红：《论乔伊斯·卡罗尔·欧茨的哥特现实主义小说》，博士论文，南京大学，2007年。

罗宾·沃霍尔：《歉疚的追求：女性义义叙事学对文化研究的贡献》，《新叙事学》，戴卫·赫尔曼主编，马海良译，北京：北京大学出版社，2002年，第231-246页。

罗伯特·菲利普斯：《乔伊斯·卡罗尔·欧茨访谈录》，杨向荣译，《青年文学》2008年第11期，第124页。

罗兰·巴特：《S/Z》，上海：上海人民出版社，2012年。

罗洛·梅：《人的自我寻求》，北京：中国人民大学出版社，2008年。

马克·弗里曼：《自传性理解和叙事研究》，《叙事探究——原理、技术与实例》，瑾·克兰迪宁主编，鞠玉翠译，北京：北京师范大学出版社，2012年，第55-84页。

马尼特·贝纳姆：《本土视角的文化故事研究》，《叙事探究——焦点话题

与应用领域》，瑾·克兰迪宁主编，鞠玉翠译，北京：北京师范大学
出版社，2012年，第275-301页。

聂珍钊、邹建军：主编，《文学伦理学：文学研究方法新探讨》，武汉：华
中师范大学出版社，2006年。

皮埃尔·安德烈·塔吉耶夫：《种族主义源流》，高凌翰译，北京：三联书
店，2005年。

切丽尔·克雷格、詹尼斯·休伯：《关系的回响：在故事编织的生活和语
境中塑造和重塑叙事研究》，《叙事探究——原理、技术与实例》，
瑾·克兰迪宁主编，鞠玉翠译，北京：北京师范大学出版社，2012
年，第222-259页。

曲春景、耿占春：《叙事与价值》，上海：学林出版社，2005年。

萨特：《存在与虚无》，陈宣良译，北京：三联书店，1987年。

单雪梅：《从乔伊斯·卡洛尔·欧茨的小说看其女性主义意识的演进》，博
士论文，上海外国语大学，2000年。

斯蒂分妮·皮尼格、加里·戴恩斯：《叙事探究的历史定位：转向叙事的
若干主题》，《叙事探究——焦点话题与应用领域》，瑾·克兰迪宁主
编，鞠玉翠译，北京：北京师范大学出版社，2012年，第4-44页。

王弋璇：《暴力与冲突——乔伊斯·卡罗尔·欧茨小说中的空间性》，博士
论文，上海外国语大学，2008年。

王静：《乔伊斯·卡罗尔·欧茨的悲剧小说研究》，博士论文，苏州：苏州
大学，2014年。

王守仁：《从写实到实验的小说》，《新编美国文学史》（第四卷），刘海平、
王守仁主编，上海：上海外语教育出版社，2002年，第125-168页。

王晓丹：《乔伊斯·卡罗尔·欧茨近期小说中的身份建构》，博士论文，上
海：上海外国语大学，2013年。

伍茂国：《从叙事走向伦理——叙事伦理理论与实践》，北京：新华出版
社，2013年。

谢有顺：《中国小说叙事伦理的现代转向》，博士论文，上海：复旦大学，

2010 年。

许晶：《对他者之爱——乔伊斯·卡罗尔·欧茨小说中暴力背后的伦理关怀》，博士论文，北京：北京外国语大学，2013 年。

亚伯拉罕·马斯洛：《人性能达到的境界》，曹晓慧等译，北京：世界图书出版公司，2014 年。

杨建玫：《超越人类中心主义的樊篱——欧茨小说中的生态伦理思想研究》，博士论文，北京：中央民族大学，2010 年。

于丽娅·克里斯特娃：《反抗的未来》，桂林：广西师范大学出版社，2007 年。

张文红：《伦理叙事与叙事伦理：90 年代小说的文本实践》，北京：社会科学文献出版社，2006 年。

赵毅衡：《符号学原理与推演》，南京：南京大学出版社，2011 年。

朱莉：《囚徒、玩偶、自我——评〈掘墓人的女儿〉中的伦理身份的演变》，《当代外国文学》2015 年第 2 期，第 14-19 页。

朱丽叶·米切尔：《记忆与精神分析》，《记忆》，帕特里夏·法拉、卡拉琳·帕特森编，户晓辉译，北京：华夏出版社，2011 年，第 89-106 页。

朱世达：《乔伊斯·卡·欧茨的崛起》，《读书》1980 年第 12 期，第 140-142 页。